金 學 叢 書
第二輯 29

吳 敢
胡衍南 霍現俊
主編

金學索引（上編）

吳敢 編著

臺灣 學生書局 印行

金學叢書第二輯序

　　2013 年 5 月第九屆（五蓮）國際《金瓶梅》學術討論會期間，胡衍南、霍現俊忙裏偷閒，時而小聚，漢書下酒，就中便有本叢書編輯出版一事。當時即擬與吳敢商談，以期盡快成議。只是吳敢當時會務繁多，此議終未提及。2013 年 7 月 3 日，胡衍南到徐州公幹，當晚至吳敢舍下小酌，此事即進入操作程序。此後電郵往來，徐州、臺北、石家莊三方輾轉，叢書編撰框架日漸明朗。2013 年 11 月 23 日，胡衍南再度到徐州公幹，代表臺灣學生書局與吳敢詳盡商談編輯出版事宜，本叢書遂成定案。

　　此「金學叢書」之由來也。

　　中國古代小說研究，重大課題眾多。近代以降，紅學捷足先登。20 世紀 80 年代，金學亦成顯學。明代長篇白話小說《金瓶梅》是中國文學史上一部里程碑式的重要作品，其橫空出世，破天荒打破以帝王將相、英雄豪傑、妖魔神怪為主體的敘事內容，以家庭為社會單元，以百姓為描摹對象，極盡渲染之能事，從平常中見真奇，被譽為明代社會的眾生相、世情圖與百科全書。幾乎在其出現同時，即被馮夢龍連同《三國演義》《水滸傳》《西遊記》一起稱為「四大奇書」。不久，又被張竹坡譽為「第一奇書」。《紅樓夢》庚辰本第十三回脂評：「深得《金瓶》壺奧」。魯迅《中國小說史略》認為「同時說部，無以上之」。

　　自有《金瓶梅》小說，便有《金瓶梅》研究。明清兩代的筆記叢談，便已帶有研究《金瓶梅》的意味。如明代關於《金瓶梅》抄本的記載，雖然大多是隻言片語的傳聞、實錄或點評，但已經涉及到《金瓶梅》研究課題的思想、藝術、成書、版本、作者、傳播等諸多方向，並頗有真知灼見。在《金瓶梅》古代評點史上，繡像本評點者、張竹坡、文龍，前後紹繼，彼此觀照，相互依連，貫穿有清一朝，形成筆架式三座高峰。繡像本評點拈出世情，規理路數，為《金瓶梅》評點高格立標；文龍評點引申發揚，撥亂反正，為《金瓶梅》評點補訂收結；而尤其是張竹坡評點，踵武金聖歎、毛宗崗，承前啟後，成為中國古代小說評點最具成效的代表，開啟了近代小說理論的先聲。明清時期的《金瓶梅》研究，具有發凡起例、啟導引進之功。

　　20 世紀是人類歷史上可足稱道的一個百年。對中國人來說，世紀伊始，產生了驚天動地的兩件大事：1911 年封建王朝的終結，1919 年「五四」新文化運動的興起。中國人

心裏承接有豐富的傳統，中國人肩上也負荷著厚重的擔當。揚棄傳統文化，呼喚當代文明，這一除舊佈新的文化使命，在中國用了大半個世紀的時間。觀念形態的更新、研究方法的轉變、思維體式的超越、科學格局的營設一旦萌發生成，便產生無量的影響，具有劃時代的意義。《金瓶梅》研究即為其中一例。

以 1924 年魯迅《中國小說史略》出版，標誌著《金瓶梅》研究古典階段的結束和現代階段的開始；以 1933 年北京古佚小說刊行會影印發行《金瓶梅詞話》，預示著《金瓶梅》研究現代階段的全面推進；以 30 年代鄭振鐸、吳晗等系列論文的發表，開拓著《金瓶梅》研究的學術層面；以中國大陸、臺港、日韓、歐美（美蘇法英）四大研究圈的形成，顯現著《金瓶梅》研究的強大陣容；以版本、寫作年代、成書過程、作者、思想內容、藝術特色、人物形象、語言風格、文學地位、理論批評、資料彙編、翻譯出版、藝術製作、文化傳播等課題的形成與展開，揭示著《金瓶梅》的研究方向。一門新的顯學——金學，已經赫然出現在世界文壇。

20 世紀 70 年代以來的當代金學，中國的吳曉鈴、王利器、魏子雲、朱星、徐朔方、梅節、孫述宇、蔡國梁、甯宗一、陳詔、盧興基、傅憎享、杜維沫、葉朗、陳遼、劉輝、黃霖、王汝梅、周中明、王啟忠、張遠芬、周鈞韜、孫遜、吳敢、石昌渝、白維國、陳昌恆、葉桂桐、張鴻魁、鮑延毅、馮子禮、田秉鍔、羅德榮、李申、魯歌、馬征、鄭慶山、鄭培凱、卜鍵、李時人、陳東有、徐志平、陳益源、趙興勤、王平、石鐘揚、孟昭連、何香久、許建平、張進德、霍現俊、陳維昭、孫秋克、曾慶雨、胡衍南、李志宏、潘承玉、洪濤、楊國玉、譚楚子等老中青三代，辨章學術，考鏡源流，營造了一座輝煌的金學寶塔。其考證、新證、考論、新探、探索、揭秘、解讀、探秘、溯源、解析、解說、評析、評注、匯釋、新解、索引、發微、解詁、論要、話說、新論等，蘊含宏富，立論精深，使得金學園林花團錦簇，美不勝收，可謂源淵流長，方興未艾。中國的《金瓶梅》研究，經過 80 年漫長的歷程，終於在 20 世紀的最後 20 年登堂入室，當仁不讓也當之無愧地走在了國際金學的前列。

此「金學叢書」之要義也。

本叢書暫分兩輯，第一輯為臺灣學人的金學著述，由魏子雲領銜，包括胡衍南、李志宏、李梁淑、鄭媛元、林偉淑、傅想容、林玉惠、曾鈺婷、李欣倫、李曉萍、張金蘭、沈心潔、鄭淑梅，可說是以老帶青；第二輯為中國大陸 20 世紀 80 年代以來學人的《金瓶梅》研究精選集，計由徐朔方、甯宗一、傅憎享、周中明、王汝梅、劉輝、張遠芬、周鈞韜、魯歌、馮子禮、黃霖、吳敢、葉桂桐、張鴻魁、陳昌恆、石鐘揚、王平、李時人、趙興勤、孟昭連、陳東有、孫秋克、卜鍵、何香久、許建平、張進德、霍現俊、曾慶雨、楊國玉、潘承玉、洪濤諸位先生的大作組成，凡 31 人 30 冊（其中徐朔方、孫秋克，

傅憎享、楊國玉，王平、趙興勤，因字數兩人合裝一冊），每冊 25 萬字左右。

　　天津師範學院（今天津師範大學）朱星是中國大陸金學新時期名符其實的一顆啟明星，他在 1979 年、1980 年連續發表多篇論文，並於 1980 年 10 月由百花文藝出版社結集出版了中國大陸新時期《金瓶梅》研究的第一部專著《金瓶梅考證》。朱星的研究結論不一定都能經得住學術的檢驗，但朱星繼魯迅、吳晗、鄭振鐸、李長之等人之後，重新點燃並高舉起這一支學術火炬，結束了沉寂 15 年之久的局面，這一歷史功績，應載入金學史冊。遺憾的是，朱星先生 1982 年逝世，後人查訪困難，只能闕如。

　　香港夢梅館主梅節可謂《金瓶梅》校注出版的大家，1988 年由香港星海文化出版有限公司出版《全校本金瓶梅詞話》；1993 年由梅節校訂，陳詔、黃霖注釋，香港夢梅館出版《重校本金瓶梅詞話》（該本後由臺灣里仁書局 2007 年 11 月初版，2009 年 2 月修訂一版，2013 年 2 月修訂一版八刷）；1998 年梅節再為校訂，陳少卿抄寫，香港夢梅館出版《夢梅館校定本金瓶梅詞話》。前後三次合共校正詞話原本訛錯衍奪七千多處，成為可讀性較好的一個本子。梅節由校書而研究，關於《金瓶梅》作者、傳播、成書、故事發生地等問題的認識，亦時有新見。可惜的是，梅節先生的論文集《瓶梅閒筆硯──梅節金學文存》2008 年 2 月由北京圖書館出版社出版，版權協商匪易，未能入選。

　　上海音樂學院蔡國梁 20 世紀 50 年代末即開始研習《金瓶梅》，寫下不少筆記，1980 年前後即依據筆記整理成文，1981 年開始發表金學論文，1984 年出版第一部專著[1]，累計出版金學專著 3 部[2]、編著 1 部[3]，發表論文多篇，內容涉及《金瓶梅》的思想、源流、人物、作者、評點、文化等諸多研究方向，是早期《金瓶梅》研究的主力成員。無奈聯繫不上，不得已而割愛。

　　國人研究《金瓶梅》的論著，最早是闞鐸的《紅樓夢抉微》[4]，但其只是一個讀書筆記。天津書局 1940 年 8 月出版之姚靈犀《瓶外卮言》，嚴格說也只是一個資料彙編。香港大源書局 1961 年出版之南宮生著《金瓶梅》簡說，算得上是一個原著導讀。臺北時報文化出版公司 1978 年 2 月出版之孫述宇著《金瓶梅的藝術》，可說是第一部文本研究的學術著作。該書全文收入石昌渝、尹恭弘編選的《臺港金瓶梅研究論文選》[5]。2011 年 3 月上海古籍出版社再版，增加了一篇作者自序，更名為《金瓶梅：平凡人的宗教劇》。

---

[1]　《金瓶梅考證與研究》，西安：陝西人民出版社，1984 年。

[2]　另兩部為：《明清小說探幽──明人、清人、今人評金瓶梅》，杭州：浙江文藝出版社，1985 年；《金瓶梅社會風俗》，天津：百花文藝出版社，2002 年。

[3]　《金瓶梅評注》，桂林：灕江出版社，1986 年。

[4]　天津大公報館 1925 年 4 月鉛印。

[5]　南京：江蘇古籍出版社，1986 年。

孫述宇先生本已與上海古籍出版社洽商同意編入金學叢書，並授權主編代理，忽中途撤稿，原因還是版權問題。

還有其他一些因故未能入選的師友：或已作仙遊[6]，或礙於本輯叢書的體例[7]，或因為版權期限，或失去聯繫等。凡此種種，均為缺憾。

儘管如此，第二輯連同第一輯 14 人 16 冊總計所入選的此 45 人 46 冊，已經是中國當代金學隊伍的主力陣容，反映著當代金學的全面風貌，涵蓋了金學的所有課題方向，代表了當代金學的最高水準。

此「金學叢書」之大略也。

臺灣學生書局高瞻遠矚，運籌帷幄，以戰略家的大眼光，以謀略家的大手筆，決計編撰出版「金學叢書」，實金學之幸，學術之福。主編同仁視本叢書為金學史長編，精心策劃，傾心編審。各位入選師友打造精品，共襄盛舉。《金瓶梅》研究關聯到中國小說批評史、中國小說史、中國文學史、中國文學評點史、中國文學批評史等諸多學科，是一個應該也已經做出大學問的領域。為彌補本叢書因為容量所限有很多師友未能入選的不足，特附設一冊《金學索引》[8]，廣輯金學專著、編著、單篇論文與博碩士論文，臚列學會、學刊與所舉辦之金學會議，立此存照，用供備覽。本叢書的編選，既是對過往的總結，也是對未來的期盼。本叢書諸體皆備，雅俗共賞，可以預測，將為金學做出新的貢獻。

此「金學叢書」之宗旨也。

金學已經不是一座象牙塔，而是一處公眾遊樂的園林。三百多部論著，四千多篇學術論文，二百多篇博碩士論文，既有挺拔的大樹，也有似錦的繁花，吸引著越來越多的研究者與愛好者探幽尋奇。不容置疑，傳統的金學，加上以文化與傳播為標誌的、以經典現代解讀為旗幟的新金學，必然展示著甯宗一先生的經典命題：說不盡的《金瓶梅》。

此「金學叢書」之感言也。

吳敢、胡衍南、霍現俊（吳敢執筆）

2014 年元旦

6　如王啟忠、鮑延毅、孔繁華、許志強諸先生等，駕鶴西去的徐朔方先生的精選集由其高足孫秋克代為編選，劉輝先生的精選集由其摯友吳敢代為編選。

7　本輯叢書乃論文精選集，字典、詞典與小塊文章結集便未能入選，《金瓶梅》語言研究的幾位專家如白維國、李申、張惠英、許仰民等因此失選。

8　吳敢編著，分上下兩編。

金學索引（上編）

總目次

金學叢書第二輯序 …………………………………………………………………… I

壹、論文索引（1901-2013）………………………………………………………… 1

貳、論著索引（1925-2013）………………………………………………………… 249

參、博碩士論文索引（1979-2013）………………………………………………… 273

肆、學會索引：中國《金瓶梅》學會與中國《金瓶梅》研究會（籌）… 289

伍、學刊索引：《金瓶梅研究》編輯出版志略 ………………………………… 311

陸、會議索引：中國召開的全國與國際《金瓶梅》學術會議 ……………… 323

後　記 ………………………………………………………………………………… 479

金學索引（上編）

上編目次

金學叢書第二輯序 …………………………………………………………… I

壹、論文索引（1901-2013） …………………………………………… 1

凡　例 ………………………………………………………………………… 1

一、20 世紀《金瓶梅》研究論文索引 ……………………………………… 1

　(一)1901-1949 年 ………………………………………………………… 1

　(二)1950-1978 年 ………………………………………………………… 4

　(三)1979-1984 年 ………………………………………………………… 8

　(四)1985 年 ……………………………………………………………… 20

　(五)1986 年 ……………………………………………………………… 29

　(六)1987 年 ……………………………………………………………… 34

　(七)1988 年 ……………………………………………………………… 40

　(八)1989 年 ……………………………………………………………… 46

　(九)1990 年 ……………………………………………………………… 52

　(十)1991 年 ……………………………………………………………… 61

　(十一)1992 年 …………………………………………………………… 70

　(十二)1993 年 …………………………………………………………… 80

　(十三)1994 年 …………………………………………………………… 88

　(十四)1995 年 …………………………………………………………… 96

　(十五)1996 年 ………………………………………………………… 103

　(十六)1997 年 ………………………………………………………… 108

(十七)1998 年 ……………………………………………………… 114

(十八)1999 年 ……………………………………………………… 120

(十九)2000 年 ……………………………………………………… 129

二、2001-2013 年《金瓶梅》研究論文索引 ……………………… 138

　　(一)2001 年 ……………………………………………………… 138

　　(二)2002 年 ……………………………………………………… 144

　　(三)2003 年 ……………………………………………………… 149

　　(四)2004 年 ……………………………………………………… 159

　　(五)2005 年 ……………………………………………………… 165

　　(六)2006 年 ……………………………………………………… 170

　　(七)2007 年 ……………………………………………………… 177

　　(八)2008 年 ……………………………………………………… 187

　　(九)2009 年 ……………………………………………………… 199

　　(十)2010 年 ……………………………………………………… 206

　　(十一)2011 年 …………………………………………………… 216

　　(十二)2012 年 …………………………………………………… 224

　　(十三)2013 年 …………………………………………………… 231

壹、論文索引（1901-2013）

凡　例

一、本索引收錄 1901-2013 年中國中文報刊所發表的《金瓶梅》研究文章（兼收少量有學術指向的新聞報導），以書代刊類專題論文集中的論文亦酌情收入，其他論文集（香港因金學文章較少例外）與文學史、小說史中的篇章則不予收錄。

二、《金瓶梅》續書研究與《金瓶梅》文化研究的文章亦在收錄範圍之中，但不收一篇之中僅有少量文字論及《金瓶梅》的文章。

三、每篇論文均說明其作者與出處，同一文章在兩處以上報刊發表者，選錄其最早刊出者而附注後刊者。

四、論文排列以發表時間為序。1985 年以前的酌情歸類，1985 年（含本年）以後的按年分列。

五、論文著錄格式，大陸、臺灣、香港各自為式，偶有竄格者，因原本難尋，亦不予統一。

一、20 世紀《金瓶梅》研究論文索引

(一)1901-1949 年

1.　滿文《金瓶梅》
　　鈍宦，國粹學報，第 7 年第 1 號（總 75 號），1911 年
2.　古本《金瓶梅》考證
　　王曇，香豔雜誌，第九期・廢物《小說談》附錄，1915 年
3.　《金瓶梅》考證
　　蔣瑞藻，小說考證，上海商務印書館 1915 年
4.　《金瓶梅》演義考

錢靜方，小說叢考，上海商務印書館 1916 年 4 月

5.　中國文學內的性欲描寫
　　沈雁冰，小說月報，第 17 卷號外，1927 年 6 月

6.　《金瓶梅》
　　水，世界日報・明珠・小說叢談，1929 年 8 月 13 日

7.　《金瓶梅》英譯志
　　大公報・文學副刊，第 113 期，1930 年 3 月 10 日

8.　說部中四大奇書述略
　　宋扶風，民大中國文學系叢刊，第 1 卷第 1 期，1930 年

9.　《金瓶梅》
　　三行，睿湖，第 2 期，1930 年 10 月

10.　《金瓶梅》在德國
　　文藝戰鬥，第 12 期，1931 年 6 月 1 日

11.　《清明上河圖》與《金瓶梅》的故事及其衍變
　　辰伯（吳晗），清華週刊，第 36 卷 4-5 期，1931 年 12 月

12.　《金瓶梅》法文譯本
　　李辰冬，大公報・文學副刊，第 225 期，1932 年 4 月 23 日

13.　《清明上河圖》與《金瓶梅》的故事及其衍變補記
　　辰伯（吳晗），清華週刊，第 37 卷 9-10 期，1932 年 5 月

14.　《金瓶梅》雜話
　　阿英，小說閒談，上海良友圖書印刷公司 1933 年 6 月

15.　金瓶辨
　　阿英，小說閒談，上海良友圖書印刷公司 1933 年 6 月

16.　談《金瓶梅詞話》
　　郭源新（鄭振鐸），文學，第 1 卷第 1 期，1933 年 7 月

17.　《金瓶梅》的著作年代及其社會背景
　　吳晗，文學季刊，創刊號，1934 年 1 月

18.　《金瓶梅詞話》裏的戲曲史料
　　澀齋，劇學月刊，第 3 卷第 9 期，1934 年 9 月

19.　說《金瓶梅》傳奇零折旦劇（第一）
　　陳墨香，劇學月刊，第 3 卷第 9 期，1934 年 9 月

20.　說《金瓶梅》傳奇零析旦劇（第二）

陳墨香，劇學月刊，第 3 卷第 11 期，1934 年 11 月

21.　《金瓶梅》本事考略
　　　許固生，北平晨報・學園，第 772 期，1935 年 1 月 18 日

22.　燈市——《金瓶梅詞話》風俗考之一
　　　阿英，新小說，創刊號，1935 年 2 月

23.　金瓶小景
　　　研德，新小說，創刊號，1935 年 2 月

24.　《金瓶梅》版本考
　　　周越然，新文學，創刊號，1935 年 4 月

25.　《金瓶梅》之意識及其技巧
　　　阿丁，天地人，第 4 期，1936 年 4 月

26.　《金瓶梅詞話》中的幫閒人物
　　　張天疇，書報展望，第 1 卷第 7 期，1936 年 5 月

27.　《金瓶梅詞話》風俗考
　　　阿英，小說閒談，上海良友圖書印刷公司 1936 年 6 月

28.　王世貞未作《金瓶梅》之確證
　　　王採石，民治月刊，第 20 期，1938 年 5 月

29.　《金瓶梅詞話》隨錄
　　　趙景深，小說戲曲新考，上海世界書局 1939 年 1 月

30.　春畫——由金瓶梅圖像談到春宮畫
　　　謝五知，朔風月刊，第 7 期，1939 年 5 月

31.　一種古小說中的文學史料
　　　馮沅君，語言文學專刊，2 卷 1 期，1940 年

32.　《金瓶梅詞話》與曲子
　　　趙景深，文學新刊，第二輯，1941 年；收入《銀字集》，上海永祥印書館 1946 年
　　　3 月

33.　明清小說與子弟書——《金瓶梅》之故事
　　　傅惜華，藝文雜誌，2 卷 10 期，1944 年

34.　關於潘金蓮
　　　俠公，時海日報，1946 年 10 月 1 日

35.　潘金蓮的悲劇
　　　雲，新民報，1946 年 12 月 19 日

36. 《金瓶梅詞話》中的文學史料

   馮沅君，古劇說匯，上海商務印書館 1947 年 1 月

37. 《金瓶梅詞話》中的寶卷

   劉永濟，東南日報·文史，第 56 期，1947 年 9 月 10 日

38. 閒話《金瓶梅》

   馮漢鏞，東南日報·文史副刊，1948 年 2 月 18 日

39. 《金瓶梅》人物小論（系列論文）

   孟超，香港文匯報，1948 年 9 月 9 日-11 月 7 日

(二)1950-1978 年

40. 談《金瓶梅》

   葉慶炳，公論報，1950 年 8 月 22 日

41. 《金瓶梅》的產生和作者

   潘開沛，光明日報，1954 年 8 月 29 日

42. 關於《金瓶梅》的作者——潘開沛《金瓶梅的產生和作者》讀後感

   徐夢湘，光明日報，1955 年 4 月 17 日

43. 《金瓶梅詞話》中的文學史料跋

   馮沅君，古劇說匯，作家出版社 1956 年 1 月

44. 評《金瓶梅》之張竹坡

   一丁，新民報，1956 年 10 月 25 日

45. 《金瓶梅》雜論

   吳其敏，望翠軒讀書隨筆，香港上海書局 1956 年

46. 《金瓶梅》的社會意義及其藝術成就

   李西成，山西師院學報，1957 年第 1 期

47. 試析《金瓶梅》的作者、時代、取材

   張鴻勳，蘭州大學學生科學論文集（人文），1957 年 1 月；《文學遺產增刊》，
   第 6 輯，1958 年 5 月

48. 現實主義與中國現實主義的形成

   李長之，文藝報，1957 年第 3 期

49. 《水滸》和《金瓶梅》在我國現實主義文學發展史中的地位

   李希凡，文藝報，1957 年第 38 期

50. 《金瓶梅》與人情小說

吳雙翼，明清小說講話，香港上海書局 1957 年

51. 土豪西門慶的一生
吳雙翼，明清小說講話，香港上海書局 1957 年

52. 《金瓶梅》的作者
吳雙翼，明清小說講話，香港上海書局 1957 年

53. 根本分歧在哪裏？——評劉大杰先生對《金瓶梅》的評價
《中國文學發展史》批判，中華書局 1959 年

54. 《金瓶梅》及其續書
寧遠，小說新話，香港上海書局 1961 年

55. 論《金瓶梅》中的人物形象及其藝術成就
任訪秋，開封師院學報，1962 年第 2 期

56. 《金瓶梅》創作時代考索——兼與吳晗同志商榷《金瓶梅》著作時代問題
龍傳仕，湖南師院學報，1962 年第 4 期

57. 為什麼要如此推崇《金瓶梅》
張德順，開封師院學報，1964 年第 2 期

58. 《金瓶梅》與足
唯性史觀齋主，歷史性文獻，第 1 期，香港宇宙出版社 1964 年 8 月

59. 《金瓶梅》談性
唯性史觀齋主，歷史性文獻，第 3 期，香港宇宙出版社 1964 年 10 月

60. 《金瓶梅》的「與」「來」二字
高維先，中文研究，第 4 期，1964 年

61. 關於《金瓶梅》中的「鬼」字
高維先，中文研究，第 4 期，1964 年

62. 論中文校勘學的方法——用《金瓶梅》各種版本的校勘為例證
任希之，清華學報，6 卷 1/2，1967 年 12 月，頁 150-199

63. 《金瓶梅》的沿革
令琛，公教知識，第 350 期，1968 年 3 月

64. 日本電影《金瓶梅》
魯稚子，幼獅文藝，29 卷 6 期，1968 年 12 月，頁 25-28

65. 從《水滸傳》潘金蓮故事到《金瓶梅》的風格變異
樂蘅軍，純文學，7 卷 3 期，1970 年 3 月，頁 11-24

66. 《金瓶梅》是一部好書

劍鳴，生力月刊，4 卷 45 期，1971 年 6 月，頁 42-44

67. 《金瓶梅》是一部好書——我看到了「古本」
劍鳴，生力月刊，4 卷 46 期，1971 年 7 月，頁 35-37

68. 李瓶兒——《金瓶梅》第二女主角
劍鳴，生力月刊，5 卷 49 期，1971 年 10 月，頁 41-43

69. 龐春梅——《金瓶梅》第三女主角
劍鳴，生力月刊，5 卷 51 期，1971 年 12 月，頁 32-35

70. 從《金瓶梅》看當時婦女的社會地位
劍鳴，生力月刊，5 卷 52 期，1972 年 1 月，頁 25-27

71. 明末司法的黑幕重重——《金瓶梅》是一部好書
劍鳴，生力月刊，5 卷 53 期，1972 年 2 月，頁 32-35

72. 《金瓶梅》書中的權貴之一——蔡京
劍鳴，生力月刊，5 卷 54 期，1972 年 3 月，頁 23-24

73. 《金瓶梅》書中的權貴之一——朱勔
劍鳴，生力月刊，5 卷 55 期，1972 年 4 月，頁 19-20

74. 西門慶的財富及其它——金瓶梅是一部好書
劍鳴，生力月刊，5 卷 56 期，1972 年 5 月，頁 27-29

75. 《金瓶梅》的作者是誰（1-5）
魏子雲，聯合報，1972 年 9 月 24-28 日

76. 《金瓶梅》裏的飲食和物價
胡聖如，中國文選，1973 年 1 月

77. 《金瓶梅》是否淫書？——中國古典小說漫談之八
殷霞明，廣角鏡，第 8 期，1973 年 5 月 16 日

78. 《金瓶梅》與《續金瓶》
周越然，春秋，19 卷 3 期，1973 年 9 月，頁 37-40

79. 張竹坡評《金瓶梅》
潘壽康，話本與小說，臺北黎明文化事業公司 1973 年 12 月

80. 《金瓶梅》研究
王孝廉，中外文學，3 卷 8 期，1975 年 1 月，頁 50-85

81. 《金瓶梅》的版本及其它
（美）Hanan, Patrick（韓南）撰，丁貞婉譯，國立編譯館館刊，4 卷 2 期，1975 年
12 月，頁 193-228

82. 論〈《金瓶梅》的版本及其它〉
　　魏子雲，國立編譯館館刊，4 卷 2 期，1975 年 12 月，頁 229-241

83. 《金瓶梅》之日譯與歐譯
　　（日）小野忍撰，黃得時譯，中外文學，4 卷 8 期，1976 年 1 月，頁 94-100

84. 《金瓶梅》中所含的一篇白話短篇小說
　　Bishop, John L 撰，蘇友貞譯，中外文學，4 卷 10 期，1976 年 3 月，頁 174-185

85. 《金瓶梅》面面觀
　　黃得時，中華文化復興月刊，9 卷 5 期，1976 年 5 月，頁 25-33

86. 《水滸傳》中武松之故事與《金瓶梅》之比較
　　施瑞生，東吳大學中國文學系系刊，2 期，1976 年 6 月，頁 81-82

87. 《金瓶梅》的命名
　　孫述宇，明報，第 12 期，1976 年 12 月

88. 《金瓶梅詞話》的成書年代（上）（下）
　　魏子雲，出版與研究，3-4 期，1977 年 8 月

89. 談《金瓶梅》的電影和小說
　　魯稚子，書評書目，53 期，1977 年 9 月，頁 140-152

90. 論明代的《金瓶梅》史料
　　魏子雲，中外文學，6 卷 6 期，1977 年 11 月，頁 18-41

91. 論蘭陵笑笑生
　　魏子雲，出版與研究，12 期，1977 年 12 月 16 日

92. 《水滸傳》與《金瓶梅詞話》（上）（下）
　　魏子雲，出版與研究，17-18 期，1978 年 2 月

93. 《金瓶梅》所採用的數據（一）（二）
　　（美）Hanan, Patrick（韓南）撰，丁貞婉譯，出版與研究，15-16 期，1978 年 2 月

94. 《金瓶梅》端引
　　魏子雲，出版與研究，23 期，1978 年 6 月

95. 評介《閒話金瓶梅》
　　吳智和，明史研究專刊，1 期，1978 年 7 月，頁 153-156

96. 《金瓶梅》人物論之一：西門慶的人生與他的那個社會
　　魏子雲，出版與研究，29 期，1978 年 9 月，頁 20-25

97. 重拂人間塵土——介紹孫述宇《金瓶梅的藝術》
　　方瑜，書評書目，66 期，1978 年 10 月，頁 73-77

98. 《金瓶梅的藝術》之出版意義
    李淑芳，書評書目，66 期，1978 年 10 月，頁 77-78

99. 《金瓶梅》書中所保存的民間傳說
    郭立誠，書與人，第 94 期，1978 年 12 月 1 日

100. 《金瓶梅》人物論之六——背時一生的孫雪娥
    魏子雲，臺灣新聞報，1978 年 12 月 11 日

(三)1979-1984 年

101. 莫泊桑和《金瓶梅》
    張友鸞，藝術世界，1979 年第 2 期

102. 《金瓶梅》考證（一）
    朱星，社會科學戰線，1979 年第 2 期

103. 《金瓶梅》的飲食世界（9-19）
    童世璋，民眾日報，1979 年 3 月 6-17 日

104. 李嬌兒下了這一手——《金瓶梅》人物論之七
    魏子雲，臺灣新聞報，1979 年 3 月 15 日

105. 《金瓶梅》名物考
    張易克，民眾日報，1979 年 3 月 23-27 日

106. 藝術的邊緣——介紹孫述宇的《金瓶梅的藝術》
    鄭世仁，出版與研究，43 期，1979 年 4 月 1 日，頁 33-34

107. 《金瓶梅》的盲點（上、下）
    戴良，民眾日報，1979 年 4 月 3、6、13 日

108. 《金瓶梅》裏所保存的數術（上）
    郭立誠，愛書人，第 107 卷，1979 年 4 月 11 日

109. 《金瓶梅》裏所保存的數術（下）
    郭立誠，愛書人，第 108 卷，1979 年 4 月 21 日

110. 孟玉樓處世有道——《金瓶梅》人物論之八
    魏子雲，臺灣新聞報，1979 年 4 月 21 日

111. 黑塔與弇山——試解《金瓶梅》作者及地點之謎並為沈德符辯誣（上中下）
    高陽，中華日報，1979 年 4 月 26-28 日；文學思潮，5 期，1979 年 10 月，頁 171-183

112. 魏子雲為《金瓶梅》探原
    程榕寧，大華晚報，1979 年 4 月 29 日

113. 有關《金瓶梅》的評論的回顧
P. V. Martinson（馬丁森）撰，陳蒼多譯，出版與研究，46 期，1979 年 5 月 16 日，
頁 11-20

114. 《觸政》與《野獲編》（上下）
魏子雲，中華日報，1979 年 6 月 11-12 日

115. 《金瓶梅》的版本
劉心皇，民眾日報，1979 年 6 月 14 日

116. 《金瓶梅》的作者
劉心皇，民眾日報，1979 年 6 月 17-18 日

117. 《金瓶梅》的著作年代
劉心皇，民眾日報，1979 年 6 月 19 日

118. 《金瓶梅》著者的另一說
劉心皇，民眾日報，1979 年 6 月 20 日

119. 《金瓶梅》名物考證
張易克，亞洲世紀，第 109 卷，1979 年 7 月

120. 《金瓶梅》的第一回
魏子雲，臺灣新聞報，1979 年 7 月 27 日

121. 研究《金瓶梅》的一條新資料
馬幼垣，中國古典小說研究專集，1 期，臺北聯經出版事業公司 1979 年 8 月，頁
151-124；中國小說史集稿，臺北時報文化出版事業公司 1980 年 6 月 20 日

122. 重拂人間塵土——介紹孫述宇《金瓶梅的藝術》
方瑜，明史研究專刊，2 期，1979 年 9 月，頁 180-185

123. 《金瓶梅》研究書目
宋隆發，出版與研究，54 期，1979 年 9 月 16 日，頁 27-34

124. 《金瓶梅》的作者究竟是誰？——《金瓶梅》考證（二）
朱星，社會科學戰線，1979 年第 3 期

125. 評《金瓶梅探源》
黃章明，文學思潮，5 期，1979 年 10 月，頁 199-205

126. 為《金瓶梅探原》作答
魏子雲，文學思潮，5 期，1979 年 10 月，頁 185-198

127. 《金瓶梅》的作者問題
杜若，臺肥月刊，20 卷 11 期，1979 年 11 月，頁 43-50

128. 論謝肇淵〈金瓶梅跋〉
魏子雲，中外文學，8 卷 6 期，1979 年 11 月，頁 20-27

129. 《金瓶梅》被篡偽的經過——《金瓶梅》考證（三）
朱星，社會科學戰線，1979 年第 4 期

130. 補談《金瓶梅》的上海版本
鄭逸梅，社會科學戰線，1979 年第 4 期

131. 《金瓶梅》原本無穢語說質疑——與朱星先生商榷
黃霖，復旦學報，1979 年第 5 期

132. 「王伯興」是王世貞的名字嗎？
劉子驤，社會科學戰線，1980 年第 1 期

133. 關於《金瓶梅》考證的一點聲明
朱星，社會科學戰線，1980 年第 1 期

134. 《金瓶梅》的寫定者是李開先
徐朔方，杭州大學學報，1980 年第 1 期；抖擻（香港），第 42 期，1981 年 1 月

135. 《金瓶梅》所反映的階級鬥爭
朱星，河北大學學報，1980 年第 1 期

136. 《金瓶梅》零劄六題
戴不凡，小說見聞錄，浙江人民出版社 1980 年 2 月

137. 不見著錄的一部金瓶梅研究資料（姚靈犀編著《瓶外卮言》）
柳無忌，書評書目，83 期，1980 年 3 月 1 日，頁 40-43

138. 《金瓶梅》編年說
魏子雲，中外文學，8 卷 11 期，1980 年 4 月，頁 42-55

139. 《金瓶梅》初刻本年代商榷
（法）Levy, Andre（雷威安）撰，周昭明譯，中外文學，8 卷 11 期，1980 年 4 月，頁 122-131

140. 論《金瓶梅》謝跋書
馬幼垣，中國古典小說研究專集，第 2 輯，臺北聯經出版事業公司 1980 年 6 月，頁 215-219

141. 《金瓶梅》頭上的王冠
魏子雲，中國古典小說研究專集，第 2 輯，臺北聯經出版事業公司 1980 年 6 月，頁 221-243

142. 《金瓶梅》在法國

錚，世界圖書，1980 年第 2 期

143. 《金瓶梅》的文學評價以及對《紅樓夢》的影響
朱星，河北大學學報，1980 年第 2 期

144. 《金瓶梅》在國外
王麗娜，河北大學學報，1980 年第 2 期

145. 《金瓶梅》是小說創作的里程碑──訪夏志清、浦安迪
馬安一，當代（香港），1980 年第 2 期

146. 《金瓶梅》小考
陳詔，上海師範學院學報，1980 年第 3 期

147. 論《金瓶梅》的思想意義
孫遜，上海師範學院學報，1980 年第 3 期

148. 《金瓶梅》是一本什麼樣的書？
孫遜，書林，1980 年第 3 期

149. 蘇聯出版俄譯本《金瓶梅》
于韋，外國文學研究，1980 年第 3 期

150. 《金瓶梅》在日本
冀振武，社會科學輯刊，1980 年第 3 期

151. 《金瓶梅》的故事梗概和主要人物評價
朱星，河北大學學報，1980 年第 3 期

152. 我的《金瓶梅》研究──《金瓶梅編年說》緒論
魏子雲，文學思潮，第 7 期，1980 年 7 月，頁 57-69

153. 《金瓶梅》的出世與流行──《金瓶梅編年說》第三章
魏子雲，中華文藝，20 卷 1 期，1980 年 9 月，頁 115-127

154. 《金瓶梅探原》
程榕寧，明史研究專刊，3 卷，1980 年 9 月，頁 238-251

155. 《金瓶梅探原》注二
程榕寧等，明史研究專刊，第 3 卷，1980 年 9 月

156. 中國古典色情文學（1）──色情小說・說來話長：從《遊仙窟》到《金瓶梅》
殷登國，家庭月刊，49 期，1980 年 10 月，頁 112-114

157. 談《金瓶梅詞話》
趙景深，中國小說叢考，齊魯書社 1980 年 10 月

158. 《金瓶梅》的編年改元與出世行程

魏子雲，文藝月刊，第 136-137 卷，1980 年 10-11 月，頁 27-37

159. 謝肇淛的〈金瓶梅跋〉

馬泰來，中華文史論叢，1980 年第 4 輯

160. 王伯輿不是王世貞的別號

劉世南，文學評論，1980 年第 4 期

161. 新發現的《金瓶梅》研究資料初探——兼與朱星先生商榷

張遠芬，徐州師範學院學報，1980 年第 4 期

162. 評朱星同志〈金瓶梅三考〉

趙景深，上海師院學報，1980 年第 4 期

163. 法國報界評論《金瓶梅》

福，世界圖書，1980 年第 6 期

164. 論《金瓶梅》的現實主義成就及其嚴重缺陷

孫遜，學術月刊，1980 年第 11 期

165. 法國人眼中的《金瓶梅》

黑龍江日報，1980 年 12 月 2 日

166. 《金瓶梅》的問世與演變

魏子雲，國立編譯館館刊，9 卷 2 期，1980 年 12 月，頁 105-167

167. 蘇聯出版《金瓶梅》

石公，蘇聯文學，1981 年第 1 期

168. 《金瓶梅》成書補證

徐朔方，杭州大學學報，1981 年第 1 期

169. 寶卷在《金瓶梅》中

蔡國梁，河北大學學報，1981 年第 1 期

170. 《金瓶梅》引言

（英）阿瑟・戴維・韋利撰，顧希春譯，河北大學學報，1981 年第 1 期

171. 論《金瓶梅》

徐朔方，浙江學刊，1981 年 1 期

172. 《金瓶梅詞話》的版本及其它

能捷輯錄，貴州日報，1981 年 2 月 14 日

173. 談談《金瓶梅詞話》及其節本

杜維沫，文獻，第 7 輯，1981 年 3 月

174. 《金瓶梅》的政治諷喻

魏子雲，中華文藝，21 卷 1 期，1981 年 3 月，頁 78-86

175. 談談《金瓶梅詞話》成書及其他
杜維沫，文獻，第 7 輯，1981 年 3 月

176. 談談《金瓶梅詞話》及其節本
杜維沫，文獻，第 7 輯，1981 年 3 月

177. 《金瓶梅》淵源的傳說
郁乃堯，貴陽晚報，1981 年 4 月 2 日

178. 《金瓶梅》評價新議
支沖，上海師範學院學報，1981 年第 2 期

179. 《金瓶梅詞話》詞語選釋
張遠芬，中國語文通訊，1981 年第 2 期

180. 評張竹坡的《金瓶梅》評論
王汝梅，文藝理論研究，1981 年第 2 期

181. 也談《金瓶梅》作者的籍貫——對戴不凡「金華說」的考辨
張遠芬，徐州師範學院學報，1981 年第 2 期

182. 一本勇於探索的書——評《金瓶梅考證》
塗宗濤，天津日報，1981 年 7 月 25 日

183. 最近論《金瓶梅》的中文著述
Levy, Andre，中外文學，10 卷 3 期，1981 年 8 月，頁 72-79

184. 試論《紅樓夢》與《金瓶梅》
張俊，北京師範大學學報，1981 年第 3 期

185. 《金瓶梅》在法國
霖，解放日報，1981 年 10 月 21 日

186. 《金瓶梅》抄引他書瑣述
蔡國梁，社會科學輯刊，1981 年第 4 期

187. 《金瓶梅》的作者是山東嶧縣人——再與朱星先生商榷
張遠芬，徐州師範學院學報，1981 年第 4 期

188. 《金瓶梅》小考（續）
陳詔，北方論叢，1981 年第 6 期

189. 燈市·圓社·卜筮·相面——《金瓶梅》反映的明代風氣
蔡國梁，華東師範大學學報，1981 年第 6 期

190. 《金瓶梅》中的歇後語

王強，河北大學學報，1981 年第 6 期

191. 《金瓶梅詞話》特殊詞語例釋
    白維國，學習與思考，1981 年第 6 期

192. 湯顯祖和《金瓶梅》
    徐朔方，群眾論叢，1981 年第 6 期

193. 從《金瓶梅》到《紅樓夢》——兼論我國小說創作的現實主義傳統
    孫遜，紅樓夢研究集刊，1981 年第 7 輯

194. 《紅樓夢》和《金瓶梅》
    徐朔方，紅樓夢研究集刊，1981 年第 7 輯

195. 雜談《金瓶梅詞話》
    夏閎，文匯月刊，1981 年第 11 期

196. 論沈德符說「有陋儒補以入刻」之《金瓶梅》五回
    魏子雲，國立編譯館館刊，10 卷 2 期，1981 年 12 月，頁 147-158

197. 《金瓶梅》說
    宿鷹，香港大學中文學會第五屆中國文化周特刊，1981 年

198. 《金瓶梅》的作者
    田宗堯，中國書目季刊，15 卷 4 期，1982 年 3 月，頁 23-31

199. 《忠義水滸傳》與《金瓶梅詞話》
    黃霖，水滸爭鳴，第 1 輯，1982 年 4 月

200. 麻城劉家和《金瓶梅》
    馬泰來，中華文史論叢，1982 年第 1 輯

201. 《金瓶梅》的辭彙、語彙剳記
    朱星，河北大學學報，1982 年第 1 期

202. 《紅樓夢》與《金瓶梅》
    朱捷，山西師範學院學報，1982 年第 3 期

203. 《紅樓夢》與《金瓶梅》
    盧生，紅樓夢學刊，1982 年第 3 輯

204. 《金瓶梅》是一部自然主義小說嗎？
    蔡國梁，社會科學輯刊，1982 年第 3 期

205. 《金瓶梅》作者新證
    張遠芬，徐州師範學院學報，1982 年第 3 期

206. 「西門典型尚在」——張竹坡的文學典型理論概述兼與朱星先生商榷

陳昌恆，華中師院研究生學報，1982 年第 3 期

207. 張竹坡的文學典型理論續述——評點派小說理論發微之三
陳昌恆，華中師院研究生學報，1982 年第 3 期

208. 「深得《金瓶》壼奧」——略談曹雪芹對《金瓶梅》的藝術借鑒
曦鐘，求是學刊，1982 年第 4 期

209. 《金瓶梅》淺釋
張遠芬，抱犢，1982 年第 4 期

210. 謝肇淛與《金瓶梅》
蔡國梁，福建論壇，1982 年第 4 期

211. 從《金瓶梅詞話》看明人的飲食風貌
戴鴻森，中國烹飪，1982 年 4、5 期；中國食品報，1985 年 4 月 1 日、4 月 29 日、5 月 9 日

212. 《金瓶梅》作者是山東嶧縣人
張遠芬，抱犢，1982 年第 5 期

213. 蘭陵笑笑生即賈三近
張遠芬，抱犢，1982 年第 5 期

214. 張竹坡對《金瓶梅》的評論
（美）戴維特·羅依撰，王汝梅等譯，古代文學理論研究叢刊，第 6 輯，1982 年 9 月

215. 《金瓶梅》作者是誰？——江蘇教師張遠芬有新發現
姚奇，文學報，1982 年 9 月 23 日

216. 對「《金瓶梅》作者即賈三近」的異議
李錦山，抱犢，1982 年第 6 期

217. 《清明上河圖》與《金瓶梅》的瓜葛
林家治，藝譚，1983 年第 1 期

218. 《新刻鏽像批評金瓶梅》評點初探
黃霖，成都大學學報，1983 年第 1 期

219. 論張竹坡關於文學典型的摹神說
陳昌恆，華中師範學院學報，1983 年第 1 期

220. 《金瓶梅》的作者究竟是誰？
曉京，文匯報，1983 年 2 月 28 日

221. 《金瓶梅》的成書年代
魏子雲，中華文藝，25 卷 1 期，總號 145，1983 年 3 月，頁 48-56

222. 賈三近不是《金瓶梅》作者
    李錦山、齊沛，文匯報，1983 年 5 月 30 日

223. 評魏子雲《金瓶梅詞話注釋》
    田宗堯，中國書目季刊，17 卷 1 期，1983 年 6 月，頁 22-26

224. 《金瓶梅》滿文譯本序
    黃潤華、王小虹譯輯，文獻，第 16 輯，書目文獻出版社 1983 年 6 月

225. 從潘金蓮的悲劇下場看其形象的社會意義
    李開，上饒師專學報，1983 年第 2 期

226. 磨鏡・畫裱・銀作・雕漆・織造──《金瓶梅》反映的明代技藝
    蔡國梁，華東師範大學學報，1983 年第 3 期

227. 張遠芬的《金瓶梅》作者新證引起學術界關注
    抱犢，1983 年第 3 期

228. 《金瓶梅》作者屠隆考
    黃霖，復旦學報，1983 年第 3 期

229. 《金瓶梅》中「金華酒」非「蘭陵酒」考辨
    李時人，徐州師範學院學報，1983 年第 3 期

230. 「金華酒」確為浙江金華產補證
    徐建華，徐州師範學院學報，1983 年第 3 期

231. 《金瓶梅》最早付刻人淺探──兼與張遠芬同志商榷
    李錦山，徐州師範學院學報，1983 年 3 期

232. 探索四百年懸案的人──訪研究《金瓶梅》作者的張遠芬
    張盛榮，新華日報，1983 年 8 月 7 日

233. 酒色財氣與《金瓶梅詞話》的開頭：兼評《金瓶梅》研究的「索隱派」
    鄭培凱，中外文學，12 卷 4 期總號 136，1983 年 9 月，頁 42-69；中華文史論叢，
    1983 年第 4 輯

234. 《金瓶梅》作者是屠隆說
    魏子雲，中外文學，12 卷 4 期總號 136，1983 年 9 月，頁 34-41

235. 查夫人・肉蒲團・金瓶梅：兼寄水晶先生
    林柏燕，文訊，4 期，1983 年 10 月，頁 150-154

236. 序《金瓶梅劄記》
    何欣，文藝月刊，172 期，1983 年 10 月，頁 37-41

237. 日起有功：魏子雲先生的《金瓶梅劄記》

杜松柏，中華文藝，26 卷 2 期總號 152，1983 年 10 月，頁 80-83

238. 我是怎樣考證《金瓶梅》作者的？
張遠芬，文學報，1983 年 10 月 13 日

239. 論《金瓶梅》的色情問題
魏子雲，文訊，5 期，1983 年 11 月，頁 94-101

240. 《金瓶梅詞話》與明人飲酒風尚
鄭培凱，中外文學，12 卷 6 期總號 138，1983 年 11 月，頁 4-44

241. 蘇曼殊寫過論《金瓶梅》的文章嗎？
郭良海，天津師範大學學報，1983 年第 4 期

242. 試論西門慶
劉紹智，寧夏教育學院學報，1983 年第 4 期

243. 《金瓶梅》反映的明後期的城市經濟生活
蔡國梁，齊魯學刊，1983 年第 4 期

244. 《金瓶梅詞話》談屑
徐銘延，江海學刊，1983 年第 4 期

245. 明人·清人·今人評《金瓶梅》
蔡國梁，社會科學戰線，1983 年第 4 期

246. 魯迅論《金瓶梅》
王永生，青海師範學院學報，1983 年第 4 期

247. 論《金瓶梅詞話》
章培恒，復旦學報，1983 年第 4 期

248. 賈三近作《金瓶梅》說不能成立——兼談我們應該注意考證的態度和方法問題
李時人，徐州師範學院學報，1983 年第 4 期

249. 《金瓶梅》作者續證
張遠芬，抱犢，1983 年第 6 期

250. 《金瓶梅》與世情小說
黃霖，黑龍江青年，1983 年第 6 期

251. 《紅樓夢》與《金瓶梅》比較兼論性的描寫
傅憎享，未定稿，1983 年第 11 期

252. 〈《金瓶梅》作者屠隆考〉補說
魏子雲，古典文學，5 期，1983 年 12 月，頁 211-225

253. 《金瓶梅》的寫作時代與作者

王達津，文學評論叢刊・古典文學專號，中國社會科學出版社 1983 年

254. 人生真的是漂泊無依嗎？：《水滸傳》《金瓶梅》與《紅樓夢》對存在意義的追尋
王邦雄，鵝湖，9 卷 7 期總號 103，1984 年 1 月，頁 30-33

255. 《金瓶梅詞話》中第五十三至五十七回的補作問題
田宗堯，文學評論，8 期，1984 年 2 月，頁 197-238

256. 試論西門慶的階級出身
李新祥，嘉應師專學報，1984 年第 1 期

257. 與林柏燕先生談《金瓶梅》等
侯健，文訊，10 期，1984 年 4 月，頁 16-20

258. 在《金瓶梅》與《紅樓夢》之間填補歷史空白
盧興基，《明清小說論叢》第 1 輯，春風文藝出版社 1984 年 5 月

259. 試論《金瓶梅》萌發的小說新觀念及其以後之衍化
甯宗一，《明清小說論叢》第 1 輯，春風文藝出版社 1984 年 5 月

260. 論《續金瓶梅》及其刪改本《隔簾花影》和《金屋夢》
朱眉叔，《明清小說論叢》第 1 輯，春風文藝出版社 1984 年 5 月

261. 賈廉、賈慶、西門慶：《金瓶梅》原貌探索
魏子雲，中華文藝，27 卷 3 期總號 159，1984 年 5 月，頁 112-123

262. 詞曰、四貪詞、眼兒媚：《金瓶梅》原貌探索之一
魏子雲，中外文學，12 卷 12 期總號 144，1984 年 5 月，頁 54-66

263. 從《金瓶梅》序跋探全書原貌
魏子雲，書和人，494 期，1984 年 6 月 9 日，頁 1-2

264. 從《金瓶梅》序跋探全書原貌
魏子雲，書和人，495 期，1984 年 6 月 23 日，頁 1-2

265. 武松、武大、李外傳：《金瓶梅》原貌探索
魏子雲，文藝月刊，180 期，1984 年 6 月，頁 70-78

266. 王三官、林太太、六黃太尉：《金瓶梅》原貌探索
魏子雲，中國書目季刊，18 卷 1 期，1984 年 6 月，頁 29-38

267. 新刻繡像批評《金瓶梅》（內閣文庫藏本）出版書肆之研探
（日）荒木猛，中外文學，13 卷 2 期總號 146，1984 年 7 月，頁 106-113

268. 武松、武大、李外傳：《金瓶梅》原貌探索續
魏子雲，文藝月刊，181 期，1984 年 7 月，頁 92-101

269. 《金瓶梅》研究綜述

章舟，高等院校社會科學學報論叢，1984 年 7 月

270. 有關《金瓶梅》早期傳播的一條資料
馬泰來，光明日報，1984 年 8 月 14 日

271. 就《金瓶梅》研究問題答師友
張遠芬，東嶽論叢，1984 年第 2 期

272. 《金瓶梅》對小說美學的貢獻
甯宗一，南開學報，1984 年第 2 期

273. 〈《金瓶梅》的寫定者是李開先〉一文質疑
曾遠聞，教學與科研，1984 年第 2 期

274. 論《金瓶梅》中的潘金蓮
張玄平、王良惠，鞍山師專學報，1984 年第 2 期

275. 《金瓶梅》成書新探
徐朔方，中華文史論叢，1984 年第 3 輯

276. 諸城丘家與《金瓶梅》
馬泰來，中華文史論叢，1984 年第 3 輯

277. 論武大
何根生，漢中師院學報，1984 年第 3 期

278. 〈《金瓶梅》作者屠隆考〉質疑
徐朔方，杭州大學學報，1984 年第 3 期

279. 也談《金瓶梅》中的一詩一文——與黃霖同志商榷
張遠芬，復旦學報，1984 年 3 期

280. 張竹坡生平述略——張竹坡與《金瓶梅》研究之一
吳敢，徐州師範學院學報，1984 年第 3 期

281. 既是突破，又是起點——簡介吳敢同志關於張竹坡與《金瓶梅》的研究
鄭雲波，徐州師範學院學報，1984 年第 3 期

282. 《金瓶梅》新論
夏志清撰，何欣譯，知識分子，第 1 卷第 1 期，1984 年 10 月 5 日

283. 《金瓶梅》的新史料探索
魏子雲，中華日報·副刊，1984 年 10 月 19、20 日

284. 《金瓶梅》是怎樣一部書
趙富平，山西青年，1984 年第 4 期

285. 《金瓶梅》作者屠隆考續

黃霖，復旦學報，1984 年第 4 期

286. 《清毅先生譜稿》——有關張竹坡的重要資料

于盛庭、吳耀忠，徐州師範學院學報，1984 年第 4 期

287. 談《金瓶梅》

聶紺弩，讀書，1984 年第 4 期

288. 《金瓶梅》簡論

郭豫適，華中師範大學學報，1984 年第 6 期

289. 《金瓶梅》與古代世情小說

黃霖，江漢論壇，1984 年第 6 期

290. 晚明以來對《金瓶梅》的評價

社聯通訊，1984 年第 8 期

291. 評《金瓶梅的藝術》

（法）安德烈·勒維撰，白黎譯，文學研究動態，1984 年第 10 期

292. 《金瓶梅》作者新說——介紹《金瓶梅新證》

周晶，新書月報，1984 年第 10 期

293. 《金瓶梅》研究的歷史和現狀

王熙，社會科學動態，1984 年第 11 期

294. 從《金瓶梅》考察十六世紀中葉北方話中的兒化現象

李思敬，《語言學論叢》第 12 輯，商務印書館 1984 年

295. 《金瓶梅》的寫作時代與作者

王達津，文學評論叢刊，1984 年第 18 輯

296. 清河、東京、嚴州：《金瓶梅》原貌探索

魏子雲，中國書目季刊，18 卷 3 期，1984 年 12 月，頁 41-48

297. 苗青、苗員外、苗小湖：《金瓶梅》原貌探索之一

魏子雲，文訊，15 期，1984 年 12 月，頁 235-251

298. 《金瓶梅》的新史料探索

魏子雲，古典文學，6 期，1984 年 12 月，頁 375-384

299. 《金瓶梅》創作時代考索——兼與吳晗同志商榷《金瓶梅》著作時代問題

龍華，古典文學論文選，湖南人民出版社 1984 年

(四)1985 年

300. 《金瓶梅》一書產生的傳說

文摘週刊，1985 年 1 月 6 日

301. 話說《金瓶梅》
     張遠芬，大風，1985 年第 1 期

302. 漢語方言裏的兩種反復問句
     朱德熙，中國語文，1985 年第 1 期

303. 張竹坡及其《金瓶梅》評本
     黃霖，中國古典文學叢考，第 1 輯，1985 年 7 月

304. 古本《金瓶梅》簡介
     胡文彬，文化廣場，1985 年第 1 期

305. 潘金蓮和潘巧雲
     王家句，書林，1985 年第 1 期

306. 張竹坡與《金瓶梅》評點考論
     王汝梅，吉林大學學報，1985 年第 1 期

307. 談《金瓶梅》的方言
     鄭慶山，克山師專學報，1985 年第 1 期

308. 刻露盡相，幽伏含譏──評《金瓶梅詞話》
     惠平，蕪湖師專學報，1985 年第 1 期

309. 論《金瓶梅詞話》的政治性
     黃霖，學術月刊，1985 年第 1 期

310. 關於《金瓶梅詞話》的作者問題
     朱沐，語文導報，1985 年第 1 期

311. 張竹坡年譜簡編
     吳敢，徐州師範學院學報，1985 年第 1 期

312. 《金瓶梅探微》（一）
     張遠芬，淮海論壇，1985 年第 1 期

313. 《金瓶梅》是一本什麼樣的書──鄭振鐸談《金瓶梅詞話》
     集萃，1985 年第 1 期

314. 《金瓶梅》藝術技巧談
     張玄平、王良惠，鞍山師專學報，1985 年第 1 期

315. 關於《金瓶梅》的作者問題
     黃霖，語文導報，1985 年第 1 期

316. 應出版《金瓶梅》的「潔本」

北京晚報，1985 年 2 月 2 日

317. 因果、宿命、改寫問題：《金瓶梅》原貌探索
魏子雲，中外文學，13 卷 9 期總號 153，1985 年 2 月，頁 58-76

318. 《金瓶梅》是部什麼書（上）
白容，今晚報，1985 年 3 月 28 日

319. 《金瓶梅》是部什麼書（下）
白容，今晚報，1985 年 3 月 30 日

320. 《金瓶梅》最早的刻本並無穢語
余小源，浙江日報，1985 年 4 月 7 日

321. 說增道刪《金瓶梅》——訪施蟄存教授
余小源，浙江日報，1985 年 4 月 7 日

322. 研究《金瓶梅》應走的正確方向
魏子雲，古典文學，第 1 集，1985 年 4 月 10 日

323. 談《金瓶梅》的文學性
韋君宜，華聲報，1985 年 4 月 23 日

324. 回應與挑戰——《金瓶梅》的作者呼之欲出
馬森，中國時報·人間副刊，1985 年 4 月 24 日

325. 《紅樓夢》與《金瓶梅》兩書寫作關係探微
曾其秋，中華文藝，29 卷 2 期總號 170，1985 年 4 月，頁 153-171

326. 張竹坡及其《金瓶梅》評點
吳敢，大風，1985 年第 2 期

327. 現實的，更是批判的——論《金瓶梅》
趙慶元，藝譚，1985 年第 2 期

328. 《金瓶梅》張竹坡本「謝頤序」的作者及其影響
劉輝，藝譚，1985 年第 2 期

329. 《金瓶梅》研究在徐州
文藝界，1985 年第 2 期

330. 《金瓶梅》（小資料）
文藝界，1985 年第 2 期

331. 《金瓶梅》潔本即將出版
文藝界，1985 年第 2 期

332. 首屆《金瓶梅》學術討論會在我市舉行

文藝界，1985 年第 2 期

333. 關於出版《金瓶梅》（潔本）的不同看法
韋君宜等，文藝情況，1985 年第 2 期

334. 談《金瓶梅》的初刻本
李時人，文學遺產，1985 年第 2 期

335. 北圖館藏《山林經濟籍》與《金瓶梅》
劉輝，文獻，1985 年第 2 期

336. 《金瓶梅》故事梗概
金樹良，電大教學，1985 年第 2 期

337. 《金瓶梅》的重要版本
滋陽，吉林大學學報，1985 年第 2 期

338. 張竹坡揚州行誼小考
吳敢，揚州師範學院學報，1985 年第 2 期

339. 《金瓶梅》是一部現實主義巨著
陳昌俊，撫州師專學報，1985 年第 2 期

340. 《金瓶梅作者屠隆考》答疑
黃霖，杭州大學學報，1985 年第 2 期

341. 〈《金瓶梅》作者屠隆考〉質疑之二
徐朔方，杭州大學學報，1985 年第 2 期

342. 魏著《金瓶梅詞話注釋》辨證——與魏子雲先生商榷（一）
張遠芬，徐州師範學院學報，1985 年第 2 期

343. 首屆《金瓶梅》學術討論會在徐州召開
孔繁華，徐州師範學院學報，1985 年第 2 期

344. 《金瓶梅探微》（二）
張遠芬，淮海論壇，1985 年第 2 期

345. 《張氏族譜》的發現及其意義
吳敢，淮海論壇，1985 年第 2 期

346. 刻露盡相，幽伏含譏——《金瓶梅》的社會意義及作者的思想
張玄平等，鞍山師專學報，1985 年第 2 期

347. 薛寶釵與潘金蓮
陳詔，新民晚報，1985 年 5 月 1 日

348. 丁耀亢與《續金瓶梅》

余早，青島日報，1985 年 5 月 19 日

349. 略談文龍批評《金瓶梅》

　　劉輝，光明日報，1985 年 5 月 21 日

350. 《金瓶梅》被法文壇譽為「歷史巨著」

　　成，今晚報，1985 年 5 月 29 日

351. 《金瓶梅原貌探索》序

　　翁同文，中國書目季刊，19 卷 1 期，1985 年 6 月，頁 32-35

352. 再談張竹坡的小說評點

　　王汝梅，中國古代小說理論研究，華中工學院出版社 1985 年 6 月

353. 張竹坡在小說理論上的貢獻

　　王汝梅，《明清小說論叢》第 3 輯，春風文藝出版社 1985 年 6 月

354. 《金瓶梅》作者考證

　　（日）日下翠著、夏姮翔譯，《明清小說論叢》第 3 輯，春風文藝出版社 1985 年 6 月

355. 古今指點《金瓶梅》

　　熊寒江，廈門日報，1985 年 6 月 10 日

356. 《金瓶梅考證與研究》出版

　　吳成瑞，新書報，1985 年 6 月 19 日

357. 《金瓶梅》的刻本與作者

　　秦樹藝，重慶日報，1985 年 6 月 22 日

358. 如何評價《金瓶梅》——首屆學術討論會在徐州舉行

　　新民晚報，1985 年 6 月 22 日

359. 《金瓶梅》學術討論會在徐州舉行

　　徐文，光明日報，1985 年 7 月 2 日

360. 首屆《金瓶梅》學術討論會在江蘇省徐州市舉行

　　碧波，青年評論家，1985 年 7 月 10 日

361. 閒話《金瓶梅》

　　陳詔，文匯讀書週報，1985 年 7 月 13 日

362. 閒話《金瓶梅》

　　羅子石，四川日報，1985 年 7 月 24 日

363. 《金瓶梅》的作者呼之欲出

　　馬森，文學報，1985 年 7 月 25 日；臺港與海外文摘，1985 年 10 月

364. 研究《金瓶梅》應走的正確方向

魏子雲，古典文學，下卷 7 期，1985 年 8 月，頁 835-855

365. 《金瓶梅詞話》故事編年
朱一玄，《明清小說研究》第 1 輯，中國文聯出版公司 1985 年 8 月

366. 《金瓶梅》雜誌
孫犁，天津日報，1985 年 9 月 19 日

367. 關於《金瓶梅》的創作成書問題——與徐朔方先生商榷
李時人，上海師範大學學報，1985 年第 3 期

368. 《金瓶梅》作者非「大名士」說——從幾個方面「內證」看《金瓶梅》作者
孫遜、陳詔，上海師範大學學報，1985 年第 3 期

369. 《金瓶梅》小考（一）
陳詔，上海師範大學學報，1985 年第 3 期

370. 從詞話本到說散本——《金瓶梅》成書過程及作者問題研究之一
劉輝，中國古典文學論叢，1985 年 3 輯

371. 《金瓶梅》平議
袁世碩，文史哲，1985 年第 3 期

372. 首屆《金瓶梅》學術討論會在徐州舉行
長遠，文學遺產，1985 年第 3 期

373. 乾隆四十二年刊本《張氏族譜》述考
吳敢，文獻，1985 年第 3 期

374. 《瓶外卮言》——《金瓶梅》研究的第一部論文集
滋陽，吉林大學學報，1985 年第 3 期

375. 從西門慶相親談起——讀《金瓶梅》第七回有感
方平，名作欣賞，1985 年第 3 期

376. 《金瓶梅》的人物描寫
鄭慶山，克山師專學報，1985 年第 3 期

377. 《金瓶梅》傳世的第一個信息——袁中郎致董思白書考辨
周鈞韜，蘇州大學學報，1985 年第 3 期

378. 《金瓶梅》裏的貨幣借貸、兌率與典當
田榮，陝西金融，1985 年第 3 期

379. 張竹坡《十一草》考正
吳敢，徐州師範學院學報，1985 年第 3 期

380. 論《金瓶梅》的情感特性與蘭陵笑笑生的創作動機

及巨濤，徐州師範學院學報，1985 年第 3 期

381. 《金瓶梅》作者為浙江鄞縣人屠隆
　　　海雁，浙江學刊，1985 年第 3 期

382. 文在茲、包岩叟與《金瓶梅》
　　　萬成，浙江學刊，1985 年第 3 期

383. 伯爵與「白爵」──應伯爵形象淺析
　　　鄭慶山，大慶師專學報，1985 年第 4 期

384. 《金瓶梅》中人物描寫的魅力
　　　原水，中國古典文學鑒賞，1985 年第 4 期

385. 關於《金瓶梅》的評點及其他
　　　張嘯虎，中國古典文學鑒賞，1985 年第 4 期

386. 《金瓶梅》是部什麼樣的書
　　　唐富齡，中國古典文學鑒賞，1985 年第 4 期

387. 《金瓶梅》版本小議
　　　常德，中國古典文學鑒賞，1985 年第 4 期

388. 《金瓶梅》用的是山東話嗎？
　　　張惠英，中國語文，1985 年第 4 期

389. 《金瓶梅》是一部什麼樣的書
　　　沈天佑，文史知識，1985 年第 4 期

390. 北圖藏《金瓶梅》文龍批本回評輯錄（上）
　　　劉輝，文獻，1985 年第 4 期

391. 談文龍對《金瓶梅》的批評
　　　劉輝，文獻，1985 年第 4 期

392. 《金瓶梅》的得與失
　　　王星琦，風流一代，1985 年第 4 期

393. 屠本畯和《金瓶梅》
　　　顧國瑞，北京大學學報，1985 年第 4 期

394. 《金瓶梅》的時代性
　　　韓培基，寧夏大學學報，1985 年第 4 期

395. 《金瓶梅》刪節本
　　　滋陽，吉林大學學報，1985 年第 4 期

396. 《金瓶梅》人物漫談

鄭慶山，齊齊哈爾師範學院學報，1985 年第 4 期

397. 《金瓶梅》芻議

郭博，牡丹江師院學報，1985 年第 4 期

398. 六十年《金瓶梅》研究述評（上）

石昌渝、尹恭弘，社會科學研究，1985 年第 4 期

399. 《金瓶梅》成書問題三考

黃霖，復旦學報，1985 年第 4 期

400. 現實主義還是自然主義──試論《金瓶梅》創作方法

鄭慶山，徐州師範學院學報，1985 年第 4 期

401. 善心未泯的沉淪者──論《金瓶梅》中宋惠蓮的形象

孔繁華，徐州師範學院學報，1985 年第 4 期

402. 「趁窩和泥」──小說中的時間與空間

羅德榮，徐州師範學院學報，1985 年第 4 期

403. 我心目中《金瓶梅詞話》的作者

戴鴻森，讀書，1985 年第 4 期

404. 《金瓶梅》中的武松──《金瓶梅原貌探索》節錄

魏子雲，集萃，1985 年第 4 期

405. 蔣竹山和他的生藥鋪──《金瓶梅》和《女嬌魅人案》中的商人形象

方平，小說界，1985 年第 5 期

406. 從續補《紅樓夢》、改寫《水滸傳》說到《金瓶梅》的出版

胡明，文學評論，1985 年第 5 期

407. 評《金瓶梅的問世與演變》

徐朔方，吉林大學學報，1985 年第 5 期

408. 滿文《金瓶梅》

滋陽，吉林大學學報，1985 年第 5 期

409. 脂硯齋之前的《金瓶梅》批評

王汝梅，吉林大學學報，1985 年第 5 期

410. 六十年《金瓶梅》研究述評（下）

石昌渝、尹恭弘，社會科學研究，1985 年第 5 期

411. 近年來《金瓶梅》研究綜述

張慶善，思想戰線，1985 年第 5 期

412. 「說唱詞話」和《金瓶梅詞話》

李時人，復旦學報，1985 年第 5 期

413. 《金瓶梅》與《俊友》

方正耀，書林，1985 年第 6 期

414. 不能為褒揚《金瓶梅》而貶低《水滸》——與章培恒同志商榷

宋謀瑒，晉陽學刊，1985 年第 6 期

415. 關於《金瓶梅》初刻本的考證

周鈞韜，社會科學評論，1985 年第 7 期

416. 閒話《金瓶梅》——訪施蟄存教授

余小源，青年時代，1985 年第 7 期

417. 大陸外的《金瓶梅》熱

吳曉鈴，環球，1985 年第 8 期

418. 《金瓶梅》作者之謎

劉剛直，文學知識，1985 年第 10 期

419. 色情的溫床和愛情的土壤——《金瓶梅》和《十日談》的比較

包遵信，讀書，1985 年第 10 期

420. 現存《金瓶梅詞話》是《金瓶梅》的最早刊本嗎？——與馬泰來先生商榷

劉輝，光明日報，1985 年 11 月 5 日

421. 《金瓶梅》其書

閻中英，百科知識，1985 年第 11 期

422. 漫談《金瓶梅詞話》

戴鴻森，我的大學，1985 年第 11 期

423. 漫談《金瓶梅》人名

詹進峰，語文月刊，1985 年第 12 期

424. 沈德符論《金瓶梅》一文中的丘工部問題

魏子雲，中外文學，14 卷 6 期總號 162，1985 年 11 月，頁 76-85

425. 漫談《金瓶梅》人名

詹進鋒，語文月刊，1985 年第 12 期

426. 張竹坡家世概述

吳敢，《明清小說研究》第 2 輯，中國文聯出版公司 1985 年 12 月

427. 張竹坡《十一草》考評

吳敢，《明清小說研究》第 2 輯，中國文聯出版公司 1985 年 12 月

428. 屠本畯的《金瓶梅》跋

魏子雲，中國書目季刊，19 卷 3 期，1985 年 12 月，頁 20-26

(五)1986 年

429. 大陸的《金瓶梅》研究
    魏子雲，國文天地，8 期，1986 年 1 月，頁 64-67

430. 《金瓶梅》評點者之謎被揭開，張竹坡家世生平研究引起轟動
    雍啟昌，人民日報（海外版），1986 年 1 月 30 日

431. 《金瓶梅》評點者張竹坡之謎揭曉
    吉林日報，1986 年 2 月 17 日

432. 《金瓶梅》婦女的財色世界
    魏子雲，聯合文學，2 卷 5 期總號 17，1986 年 3 月，頁 28-33

433. 笑笑先生何許人也
    張遠芬，文史論壇，1986 年第 1 期

434. 北圖藏《金瓶梅》文龍批本回評輯錄（中）
    劉輝，文獻，1986 年第 1 期

435. 《西廂記》對《金瓶梅》的影響——兼談《金瓶梅》的作者問題
    蔣星煜，華東師範大學學報，1986 年第 1 期

436. 兩部暴露「銅臭」的現實主義傑作——《金瓶梅》與《紅與黑》的比較研究
    肖正雄等，邵陽師專學報，1986 年第 1 期

437. 小議《金瓶梅》的作者是河北籍人
    王強，復旦學報，1986 年第 1 期

438. 也談《金瓶梅詞話》的作者
    朱建明，復旦學報，1986 年第 1 期

439. 《金瓶梅》寫真風格及其形成原因
    趙興勤，復旦學報，1986 年第 1 期

440. 《萬曆野獲編》「金瓶梅」條寫作時間考
    李時人，復旦學報，1986 年第 1 期

441. 崇禎本刪掉了什麼？
    楊士毅摘譯，復旦學報，1986 年第 1 期

442. 馮夢龍是《金瓶梅詞話》的補足者
    趙伯英，鹽城師專學報，1986 年 1 期

443. 再論《水滸》和《金瓶梅》不是個人創作——兼及《平妖傳》《西遊記》《封神演

義》成書的一個側面

徐朔方，徐州師範學院學報，1986 年第 1 期

444. 「真」中見「奇」——《金瓶梅》之「奇」瑣議之一

趙興勤，徐州師範學院學報，1986 年第 1 期

445. 《金瓶梅》人物名號瑣議

趙興勤，淮海論壇，1986 年第 1 期

446. 《萬曆野獲編》與《金瓶梅》

劉輝，徐州師範學院學報，1986 年第 1 期

447. 袁中郎與《金瓶梅》

周鈞韜，徐州師範學院學報，1986 年第 1 期

448. 魏著《金瓶梅詞話注釋》辨正——與魏子雲先生商榷（二）

張遠芬，淮海論壇，1986 年第 1 期

449. 《湯顯祖著作金瓶梅考》的簡介和質疑

徐朔方，溫州師專學報，1986 年第 1 期

450. 對批評〈湯顯祖著作金瓶梅考〉的答復

（美）芮效衛撰，徐珊蕾譯，溫州師專學報，1986 年第 1 期

451. 屠本畯的《金瓶梅》跋

魏子雲，古典文學，8 期，1986 年 4 月，頁 275-285

452. 《金瓶梅》人物三題

蔡國梁，明清小說研究，第 3 輯，中國文聯出版公司 1986 年 4 月

453. 《張竹坡評金瓶梅》理論拾慧

陳昌恆，中南民族學院學報，1986 年第 2 期

454. 北圖藏《金瓶梅》文龍批本回評輯錄（下）

劉輝，文獻，1986 年第 2 期

455. 論《醒世姻緣傳》以及它和《金瓶梅》的關係

徐朔方，社會科學戰線，1986 年第 2 期

456. 袁小修何時見到半部《金瓶梅》

周鈞韜，學術月刊，1986 年第 2 期

457. 再談《金瓶梅詞話》的寫作時代

章培恒，復旦學報，1986 年第 2 期

458. 《金瓶梅》主要版本所見錄

劉輝，復旦學報，1986 年第 2 期

459. 《金瓶梅》中戲曲演出瑣記
    劉輝，劇藝百家，1986 年第 2 期

460. 怎樣閱讀《金瓶梅》
    黃霖，文藝學習，1986 年第 2 期

461. 《金瓶梅》研究近況
    金水，理論交流，1986 年第 2 期

462. 《金瓶梅》中潘金蓮形象的時代意義和歷史地位——談明末清初小說中的婦女問題
    石麟，湖北師範學院學報，1986 年第 2 期

463. 應伯爵論
    林文山，錦州師院學報，1986 年第 2 期

464. 魏著《金瓶梅詞話注釋》辨正——與魏子雲先生商榷（三）
    張遠芬，淮海論壇，1986 年第 2 期

465. 《金瓶梅》・湯顯祖・利瑪竇・王彥泓父子——明季文學史上的文人關係
    鍾來因，福建論壇，1986 年第 2 期

466. 《金瓶梅》和市語
    白維國，《明清小說論叢》第 4 輯，春風文藝出版社 1986 年 6 月

467. 從「來保押送生辰綱」看《金瓶梅詞話》的成書
    鄧瑞瓊、吳敢，《明清小說論叢》第 4 輯，春風文藝出版社 1986 年 6 月

468. 論《金瓶梅》的現實主義傾向
    羅考行，伊犁師範學院學報，1986 年第 2、3 期

469. 《金瓶梅》中杭州一帶用語考
    張惠英，中國語文，1986 年第 3 期

470. 〈《金瓶梅》用的是山東話嗎？〉質疑
    劉鈞傑，中國語文，1986 年第 3 期

471. 《金瓶梅》所用方言討論綜述
    白維國，中國語文，1986 年第 3 期

472. 《金瓶梅》的主題和思想價值
    于承武，東北師大學報，1986 年第 3 期

473. 美國學者韓南〈《金瓶梅》素材探源〉述略
    包振南，漢中師院學報，1986 年 3 期

474. 《金瓶梅》藝術新論
    吳紅，江海學刊，1986 年第 3 期

475. 關於人物性格的塑造——從《金瓶梅》到《紅樓夢》之一
林文山，汕頭大學學報，1986 年第 3 期

476. 《金瓶梅》語釋
白維國，社會科學輯刊，1986 年第 3 期

477. 《金瓶梅西方論文集》前言
徐朔方，杭州大學學報，1986 年第 3 期

478. 《金瓶梅》國外研究論著輯錄
王麗娜，河北大學學報，1986 年第 3 期

479. 《金瓶梅》鈔本的流傳、付刻與作者問題新探
陳毓羆，河北師院學報，1986 年第 3 期

480. 《金瓶梅》的諷刺藝術
梅桐生，貴州民族學院學報，1986 年第 3 期

481. 胸有城府，善自為媒——論《金瓶梅》中孟玉樓的形象
孔繁華，徐州師範學院學報，1986 年第 3 期

482. 《金瓶梅》的語言問題：讀〈《金瓶梅》用的是山東話嗎？〉
魏子雲，書和人，553 期，1986 年 9 月 27 日，頁 1-2

483. 徐州形成《金瓶梅》學術研究群
雍啟昌，文學報，1986 年 10 月 30 日

484. 反抗・追求・幻滅——對潘金蓮的再認識
張明月，常德師專學報，1986 年第 3-4 期

485. 《金瓶梅》小考
陳詔，上海師範大學學報，1986 年第 4 期

486. 鳳姐、黛玉——潘金蓮的一分為二
林文山，山西師院學報，1986 年第 4 期

487. 《金瓶梅》時空觀念的美學貢獻
羅德榮，天津社會科學，1986 年第 4 期

488. 蘭陵笑笑生和他的長篇小說《金瓶梅》
（蘇）李福清撰，白嗣宏譯，文藝理論研究，1986 年第 4 期

489. 《談金瓶梅的初刻本》補正
李時人，文學遺產，1986 年第 4 期

490. 《包法利夫人》和《金瓶梅》
李萬鈞，北京師範大學學報，1986 年第 4 期

491. 《水滸全傳注》試筆（第二十四回上篇）──與《金瓶梅詞話》有關部分
　　　王利器，吉林大學學報，1986 年第 4 期

492. 李開先居官考
　　　卜鍵，戲曲藝術，1986 年第 4 期

493. 李開先與《金瓶梅》中有關《西廂記》之描寫──《金瓶梅》作者考的一面重要參證
　　　卜鍵，戲劇，1986 年第 4 期

494. 青勝於藍──論《紅樓夢》的語言藝術對《金瓶梅》的繼承和發展
　　　周中明，紅樓夢學刊，1986 年第 4 輯

495. 《金瓶梅》補作述評
　　　鄭慶山，克山師專學報，1986 年第 4 期

496. 描寫手法在《金瓶梅》《紅樓夢》中的運用
　　　林文山，河北學刊，1986 年第 4 期

497. 《金瓶梅》原是評話說──兼談《金瓶梅》的作者問題
　　　陳遼，社會科學研究，1986 年第 5 期

498. 《金瓶梅》中的官場描寫
　　　林文山，社會科學研究，1986 年 5 期

499. 閒話《金瓶梅》
　　　孟繁仁，成人教育，1986 年第 6 期

500. 《金瓶梅》成書年代「萬曆說」商兌
　　　周鈞韜，江海學刊，1986 年第 6 期

501. 《金瓶梅》研究方興未艾──兩屆《金瓶梅》學術研究討論會側記
　　　張志春，文論報，1986 年 12 月 1 日

502. 關於《金瓶梅》作者的二十三說
　　　周鈞韜，江漢論壇，1986 年第 12 期

503. 張翀與張竹坡──張竹坡與《金瓶梅》研究之一
　　　吳敢，《明清小說研究》第 4 輯，中國文聯出版公司 1986 年 12 月

504. 《金瓶梅》與魯南方言
　　　張遠芬，《明清小說研究》第 4 輯，中國文聯出版公司 1986 年 12 月

505. 現代中國的《金瓶梅》研究
　　　周鈞韜，《明清小說研究》第 4 輯，中國文聯出版公司 1986 年 12 月

506. 怎能忽略歷史因素？：從大陸學人研究《金瓶梅》說起
　　　魏子雲，國文天地，2 卷 7 期總號 19，1986 年 12 月，頁 54-57

507. 《金瓶梅》
春華，《海戀・星夜・梅花》第七輯，香港大方出版社 1986 年
508. 《金瓶梅》遊戲
李碧華，戲弄，香港天地圖書有限公司 1986 年

(六)1987 年

509. 官場群醜
俞泓，古典文學知識，1987 年第 1 期
510. 學術研究與批評——請教大陸學人徐朔方先生（摘要）
魏子雲，吉林大學學報，1987 年第 1 期
511. 答臺灣魏子雲先生——兼評他的《金瓶梅》作者屠隆說
徐朔方，吉林大學學報，1987 年第 1 期
512. 論張竹坡批評《金瓶梅》康熙本
王汝梅，吉林大學學報，1987 年第 1 期
513. 《金瓶梅詞典》詞條選登
李穆之等，吉林大學學報，1987 年第 1 期
514. 論吳月娘——《金瓶梅》人物論之一
沈伯俊，西南師範大學學報，1987 年第 1 期
515. 罷官考
卜鍵，戲曲藝術，1987 年第 1 期
516. 〈別頭巾文〉不能證明《金瓶梅》作者是屠隆
徐朔方，社會科學戰線，1987 年第 1 期
517. 《玉嬌麗（李）》的猜想推衍
蘇興，社會科學戰線，1987 年第 1 期
518. 《紅樓夢》《金瓶梅》求同比較異議——兼再論曹雪芹的借鑒與創新
傅憎享，社會科學輯刊，1987 年第 1 期
519. 迥然不同的性格，絕然相似的結局——潘金蓮與李瓶兒之比較分析
姚秋霞，學苑，1987 年第 1 期
520. 《金瓶梅》與蒲松齡
劉輝，復旦學報，1987 年第 1 期
521. 張評本《金瓶梅》瑣考
吳敢，徐州師專學報，1987 年第 1 期

522. 淺談《金瓶梅》對《水滸傳》的繼承與發展
　　　田耒，徐州師範學院學報，1987 年第 1 期

523. 「平」中見「奇」──《金瓶梅》之「奇」瑣議之二
　　　趙興勤，徐州師範學院學報，1987 年第 1 期

524. 第二屆《金瓶梅》學術討論會在江蘇省徐州市舉行
　　　趙興勤，文學遺產，1987 年第 1 期

525. 《金瓶梅》與中國茶文化──致張遠芬先生、胡文彬先生
　　　（日）池本義男撰，董玉舫譯，張遠芬校，徐州教育學院學報，1987 年第 1 期

526. 袁小修與《金瓶梅》
　　　周鈞韜，徽州師範專科學校學報，1987 年第 1 期

527. 《金瓶梅》研究的新收穫
　　　張兵，文匯報，1987 年 2 月 10 日

528. 「蘭陵笑笑生」與「笑笑先生」──〈《金瓶梅》作者屠隆考〉存疑
　　　張慶善，大慶師專學報，1987 年第 2 期

529. 論《金瓶梅》中的戲曲演出
　　　劉輝，藝術百家，1987 年第 2 期

530. 關於《金瓶梅》卷首「詞曰」四首
　　　徐朔方，古籍整理與研究，1987 年第 2 期

531. 張竹坡小說美學探略
　　　李燃青，寧波師院學報，1987 年第 2 期

532. 也談《金瓶梅》與《西廂記》──與蔣星煜先生商榷
　　　周鈞韜，華東師範大學學報，1987 年第 2 期

533. 生機，育化於別具一格的探求──《金瓶梅》與《水滸傳》的比較評價
　　　田秉鍔，名作欣賞，1987 年第 2 期

534. 金蓮析：《金瓶梅》人物之二
　　　陳東有，江西大學研究生學報，1987 年第 2 期

535. 《金瓶梅》與明代戲曲
　　　徐扶明，戲劇藝術，1987 年第 2 期

536. 第二屆《金瓶梅》學術討論會述評
　　　林之滿，社會科學戰線，1987 年第 2 期

537. 《金瓶梅》與《漂亮朋友》的現實主義力量
　　　黃宗健，河北學刊，1987 年第 2 期

538. 畸形時代造就的畸形性格——談《金瓶梅》中潘金蓮形象的社會蘊涵
　　　張進德，河南大學學報，1987 年第 2 期

539. 與命運抗爭的失敗者——論《金瓶梅》中孫雪娥的形象
　　　孔繁華，鹽城師專學報，1987 年第 2 期

540. 無德、無行之紈綺兒陳經濟
　　　孔繁華，徐州師範專科學校學報，1987 年第 2 期

541. 康熙六十年刊本《張氏族譜》考探
　　　吳敢，徐州教育學院學報，1987 年第 2 期

542. 《金瓶梅》食話
　　　張士魁，徐州教育學院學報，1987 年第 2 期

543. 《金瓶梅》探源
　　　（美）韓南撰，顧希春譯，溫州師院學報，1987 年第 2 期

544. 《金瓶梅》人物關係簡圖及其他
　　　張玄平、王惠良，鞍山師專學報，1987 年第 2 期

545. 《金瓶梅》的方音特點
　　　張鴻魁，中國語文，1987 年第 2 期

546. 關於《金瓶梅》的時代背景的再思考
　　　周鈞韜，《明清小說研究》第 5 輯，中國文聯出版公司 1987 年 6 月

547. 蘭陵笑笑生的世界和人生——對《金瓶梅》的詩淺見
　　　胡發貴，《明清小說研究》第 5 輯，中國文聯出版公司 1987 年 6 月

548. 《金瓶梅資料彙編》已出版
　　　中，《明清小說研究》第 5 輯，中國文聯出版公司 1987 年 6 月

549. 《金瓶梅》研究的新成果——《金瓶梅成書與版本研究》出版
　　　徐徹，理論信息報，1987 年 6 月 15 日

550. 試論《金瓶梅詞話》中的官吏形象
　　　朱平珍，雲夢學刊，1987 年第 3 期

551. 《金瓶梅詞話》與《西廂記》
　　　郭勇，藝術百家，1987 年第 3 期

552. 論《金瓶梅》——16 世紀一個新興商人的悲劇
　　　盧興基，中國社會科學，1987 年第 3 期

553. 論《新刻繡像批評金瓶梅》
　　　劉輝，文學遺產，1987 年第 3 期

554. 《金瓶梅》與明代的兩種「善書」
周紹良，文獻，1987 年第 3 期

555. 《金瓶梅》作者問題的探索
滋陽，吉林大學學報，1987 年第 3 期

556. 關於長篇小說《金瓶梅》的作者
（蘇）B. C. 馬努欣撰，楊士毅譯，吉林大學學報，1987 年第 3 期

557. 《金瓶梅》人物考——兼談作者之謎
陳詔，學術月刊，1987 年第 3 期

558. 從《金瓶梅》談起——讀書隨感錄
楊蒲，學術研究叢刊，1987 年第 3 期

559. 《金瓶梅》與民間文學
曹晉傑、朱步樓，鹽城師專學報，1987 年第 3 期

560. 《歧路燈》與《金瓶梅》
陳桂聲，徐州師範學院學報，1987 年第 3 期

561. 《如意郎君》的刊刻年代及其與《金瓶梅》之關係
劉輝，徐州師範學院學報，1987 年第 3 期

562. 南戲《拜月亭》和《金瓶梅》
徐朔方，徐州師範學院學報，1987 年第 3 期

563. 張竹坡《金瓶梅》評點概論
吳敢，徐州師範學院學報，1987 年第 3 期

564. 關於《金瓶梅》的主旨
（日）池本義男撰，戴克俊譯，王作峰校，徐州師範學院學報，1987 年第 3 期

565. 性格、命運：一個奇特的怪圈——關於《金瓶梅》人物性格及其結構定向形成模式
的思考
魏崇新，徐州師範學院學報，1987 年第 3 期

566. 面冷心熱，乘時趨附的貴婦——論吳月娘
孔繁華，徐州師範學院學報，1987 年第 3 期

567. 論《金瓶梅》作者的美學追求
鄧星雨，徐州師範學院學報，1987 年第 3 期

568. 「丘諸城」是誰？——兼與馬泰來先生商榷
顧國瑞，徐州師範學院學報，1987 年第 3 期

569. 談《新刻繡像批評金瓶梅》

薛亮，徐州師範學院學報，1987 年第 3 期

570. 《金瓶梅詞話》的地理觀念與徐州

一丁，徐州師範學院學報，1987 年第 3 期

571. 《金瓶梅》故事地點考

陳詔，徐州師範學院學報，1987 年第 3 期

572. 《金瓶梅詞典》序言

王利器，徐州師範學院學報，1987 年第 3 期

573. 《金瓶梅詞典》詞條選登

及巨濤等，徐州師範學院學報，1987 年第 3 期

574. 《金瓶梅》人際關係概論

田秉鍔，徐州教育學院學報，1987 年第 3 期

575. 《金瓶梅》閱讀劄記二則

張遠芬，徐州教育學院學報，1987 年第 3 期

576. 道光五年本《彭城張氏族譜》簡介

吳敢，淮海論壇，1987 年第 3 期

577. 誘發·載體·內核——試論《金瓶梅》藝術創作三因數

葉新源、鍾家蓮，贛南師範學院學報，1987 年第 3 期

578. 情色專輯

李永熾、陳東山、宋美樺、方瑜、鄭培凱，當代，16 期，1987 年 8 月，頁 16-58

579. 從《金瓶梅》談臺灣民俗

巫永福，文學界，23 期，1987 年 8 月，頁 36-50

580. 論《林蘭香》與《紅樓夢》——兼談聯結《金瓶梅》與《紅樓夢》的「鏈環」

張俊，《明清小說論叢》第 5 輯，春風文藝出版社 1987 年 9 月

581. 《金瓶梅》與《林蘭香》

（美）陸大偉，《明清小說論叢》第 5 輯，春風文藝出版社 1987 年 9 月

582. 《金瓶梅》書名辨識

魯歌、馬征，雲南民族學院學報，1987 年第 4 期

583. 《娜娜》和《金瓶梅》

閻鳳海，外國文學研究，1987 年第 4 期

584. 成功的形象與失敗的性描寫——《金瓶梅》藝術瑣談

徐柏容，牡丹江師院學報，1987 年第 4 期

585. 《金瓶梅》研究的新開拓——評蔡國梁著《金瓶梅考證與研究》

彭黎明，河北大學學報，1987 年第 4 期

586. 從《金瓶梅》看明代「家庭奴隸」──「《金瓶梅》與明代社會」之一
　　王續叔，寶雞師院學報，1987 年第 4 期

587. 《開卷一笑》與《金瓶梅》作者問題──從答〈笑笑先生何許人也〉說起
　　黃霖，復旦學報，1987 年第 4 期

588. 潘金蓮和王熙鳳──試析《金瓶梅》《紅樓夢》中兩個潑辣女性形象
　　趙興勤，淮海論壇，1987 年第 4 期

589. 一部諷時刺世的書
　　鄭慶山，蒲峪學刊，1987 年第 4 期

590. 《金瓶梅》所用方言的性質及考證
　　董紹克，山東師大學報，1987 年第 5 期

591. 張竹坡及其對《金瓶梅》的評點
　　李茂肅，山東師大學報，1987 年第 5 期

592. 論《金瓶梅》的語言藝術
　　周中明，文史哲，1987 年第 5 期

593. 美醜都在情和欲之間──《牡丹亭》與《金瓶梅》比較談片
　　卜鍵，文學評論，1987 年第 5 期

594. 《林蘭香》與《金瓶梅》
　　（美）陸大偉，文學遺產，1987 年第 5 期

595. 《金瓶梅》──中國十六世紀後期社會風俗史
　　李時人，文學遺產，1987 年第 5 期

596. 論《金瓶梅》對《水滸傳》的歸化與異化
　　傅憎享，北方論叢，1987 年第 5 期

597. 《金瓶梅》地理背景為山東臨清市考
　　王螢，晉陽學刊，1987 年第 5 期

598. 讀《金瓶梅資料匯錄》
　　一民，藝譚，1987 年第 6 期

599. 論張竹坡《金瓶梅》批評──《金瓶梅會評本》前言
　　徐朔方，文藝理論研究，1987 年第 6 期

600. 「陳四箴」辨正──與黃霖先生商榷《金瓶梅》成書時代問題
　　卜鍵，北京師範大學學報，1987 年第 6 期

601. 論《金瓶梅》《紅樓夢》對現實主義的發展與深化

嘯馬，福建論壇，1987 年第 6 期

602. 1986 年《金瓶梅》研究綜述

金屏，江漢論壇，1987 年第 9 期

603. 著此一家，罵盡諸色——從社會環境描寫看《金瓶梅》

張文華，語文學習與研究，1987 年第 9 期

604. 呼之欲出的笑笑生

陳詔，讀書，1987 年第 9 期

605. 《金瓶梅》與山東風俗

劉輝，文學知識，1987 年第 10 期

606. 《金瓶梅》趣話——作者是誰又一新說

陳詔，新民晚報，1987 年 10 月 24 日

607. 讀孟超的《金瓶梅人物論》

王晨，人民日報（海外版），1987 年 10 月 26 日

608. 《金瓶梅》流變拾零

黃霖，中國古典文學叢考，第 2 輯，1987 年 11 月

609. 《金瓶梅》在法國

錢林森，文藝報，1987 年 12 月 12 日

610. 《金瓶梅詞話》（提要）

周鈞韜，《明清小說研究》第 6 輯，中國文聯出版公司 1987 年 12 月

611. 關於《金瓶梅》崇禎本的問題

魏子雲，中國書目季刊，21 卷 3 期，1987 年 12 月，頁 124-126

(七)1988 年

612. 張竹坡與《金瓶梅》

吳敢，人民日報（海外版），1988 年 1 月 7 日

613. 用新觀點審視《金瓶梅》——談談《金瓶梅的思想和藝術》

希夷，四川日報，1988 年 1 月 15 日

614. 讀《瓶》雜臆（四則）

李金波，上海師範大學學報，1988 年第 1 期

615. 試論官哥兒藝術作用

史禮心，北方工業大學學報，1988 年第 1 期

616. 貴在補缺，妙在彙集——《金瓶梅書錄》評議

王毓林，吉林大學學報，1988 年第 1 期

617. 全校本《金瓶梅詞話》前言
梅節，吉林大學學報，1988 年第 1 期

618. 《張竹坡批評第一奇書金瓶梅》校點後記
王汝梅，吉林大學學報，1988 年第 1 期

619. 對《金瓶梅》研究的新貢獻——評《張竹坡批評第一奇書金瓶梅》校點本
朱一玄，吉林大學學報，1988 年第 1 期

620. 《金瓶梅的修辭》評介
吳曉鈴，吉林大學學報，1988 年第 1 期

621. 《金瓶梅》作者問題漫議
魯歌，西北大學學報，1988 年第 1 期

622. 《金瓶梅》原是評話再論
陳遼，揚州師院學報，1988 年第 1 期

623. 瓶兒這個女人
陳東有，江西大學研究生學報，1988 年第 1 期

624. 《金瓶梅》抄引話本小說考探
周鈞韜，蘇州大學學報，1988 年第 1 期

625. 《金瓶梅》是王世貞及其門人的聯合創作
周鈞韜，明清小說研究，1988 年第 1 期

626. 《肉蒲團》與《金瓶梅》
崔子恩，學術交流，1988 年第 1 期

627. 論中國文學中的潘金蓮形象
歐恢章，重慶師範學院學報，1988 年第 1 期

628. 論西門慶的商業活動——與盧興基商榷
甘建民，鐵道師範學院學報，1988 年第 1 期

629. 《張竹坡與金瓶梅》序
劉輝，徐州師範學院學報，1988 年第 1 期

630. 《金瓶梅書錄》評介
張慶善，徐州師範學院學報，1988 年第 1 期

631. 《金瓶梅》的藝術視角
田秉鍔，徐州教育學院學報，1988 年第 1 期

632. 論《金瓶梅》及其研究——《金瓶梅詞話》文獻研究叢書十五編之九

（日）池本義男撰，董玉舫譯，張遠芬校，徐州教育學院學報，1988 年第 1 期

633. 《金瓶梅》美學價值初探
蕭世傑，湖北教育學院學報，1988 年第 1 期

634. 《金瓶梅》的死亡意識探析
歐宗啟，廣西民族學院學報，1988 年第 1 期

635. 釋《金瓶梅》詞語三條——兼與臺灣大學魏子雲先生商榷
李申，人民日報（海外版），1988 年 3 月 17 日

636. 馮夢龍與《金瓶梅》
魏子雲，漢學研究，6 卷 1 期總號 11，1988 年 6 月，頁 269-295

637. 《金瓶梅》研究的新進展——讀吳紅、胡邦煒新著《金瓶梅的思想和藝術》
王利器，人民日報（海外版），1988 年 6 月 2 日

638. 也談《金瓶梅》作者之「謎」
馮其庸，文藝報，1988 年 6 月 25 日

639. 《金瓶梅》婚喪禮儀考
陳詔，上海師範大學學報，1988 年第 2 期

640. 《金瓶梅》的「沉冤」究指何事？
王瑩，山西師大學報，1988 年第 2 期

641. 《金瓶梅》研究之歷史問題
陳昌恆，文學研究參考，1988 年第 2 期

642. 《金瓶梅》的美學意義
陳東有，江西大學研究生學報，1988 年第 2 期

643. 讀《金瓶梅詞典》詞條選登
王邁，蘇州大學學報，1988 年第 2 期

644. 《金瓶梅》溯源與考證
周鈞韜，明清小說研究，1988 年第 2 期

645. 時代的畸形兒——試談《金瓶梅》中的幾個人物
桂榮華，桂林教育學院學報，1988 年第 2 期

646. 「非大名士」參與《金瓶梅》創作之內證
周鈞韜，徐州師範學院學報，1988 年第 2 期

647. 章回小說發展軌跡的追尋
劉峻山，社會科學研究，1988 年第 2 期

648. 《論金瓶梅的成書及其它》前言

徐朔方，河北師院學報，1988 年第 2 期

649. 試論《金瓶梅》中的人口買賣

黃吉昌，昭通師專學報，1988 年第 2、3 期

650. 《金瓶梅》概說

王汝梅，知識與人才，1988 年第 2 期

651. 試評魏子雲先生對《金瓶梅》語言的看法

張天堡，淮北煤師院學報，1988 年第 2-3 期

652. 《續金瓶梅》是怎樣一本書

文匯報，1988 年 8 月 21 日

653. 潘金蓮這個女人

魏子雲，聯合文學，4 卷 11 期總號 47，1988 年 9 月，頁 45-52

654. 萬曆野獲編卷廿五《金瓶梅》解說

魏子雲，中國國學，16 期，1988 年 10 月，頁 181-188

655. 《金瓶梅》抄本考

葉桂桐，文學遺產，1988 年第 3 期

656. 怎樣認識《金瓶梅》

流舟，文科月刊，1988 年第 3 期

657. 《查泰萊夫人的情人》與《金瓶梅詞話》之比較

陳昌恆，外國文學研究，1988 年第 3 期

658. 《金瓶梅》與《水滸傳》重迭部分的比較研究

周鈞韜，漢中師院學報，1988 年第 3 期

659. 《金瓶梅》作者馮夢龍考述

陳昌恆，華中師範大學學報，1988 年第 3 期

660. 《林蘭香》《金瓶梅》《紅樓夢》

王永健，紅樓夢學刊，1988 年第 3 輯

661. 中日所藏《金瓶梅詞話》應是同一刻本

魯歌，明清小說研究，1988 年第 3 期

662. 論潘金蓮

姜超，學術界，1988 年第 3 期

663. 略論《水滸傳》與《金瓶梅》的關係

魯歌，貴州師範大學學報，1988 年第 3 期

664. 論《金瓶梅》《林蘭香》《紅樓夢》題材主題的繼承和發展

鄧繼家，鹽城教育學院學報，1988 年第 3、4 期

665. 《金瓶梅》人物行為的倫理思考
毛忠賢，九江師專學報，1988 年第 4 期

666. 從接受美學看《金瓶梅》研究
李延，上海師範大學學報，1988 年第 4 期

667. 在現實的反思中求永恆──《金瓶梅》的情感意向分析
羅小東，文學評論，1988 年第 4 期

668. 《金瓶梅》的成書年代新線索
葉桂桐，北京師範大學學報，1988 年第 4 期

669. 張竹坡批評《金瓶梅》的言意論與欣賞觀
吳曉明，漢中師院學報，1988 年第 4 期

670. 孽海之花醜惡之花──也談《金瓶梅》的美學價值
賀信民，漢中師院學報，1988 年第 4 期

671. 潘金蓮的再評價
張岳林，遼寧教育學院學報，1988 年第 4 期

672. 論《金瓶梅詞話》諷刺藝術的特色
姜雲，安徽大學學報，1988 年第 4 期

673. 《金瓶梅》──弱國民性的展覽
朱邦國，西南民族學院學報，1988 年第 4 期

674. 《金瓶梅》作者王穉登考
魯歌、馬征，社會科學研究，1988 年第 4 期

675. 《摩爾·弗蘭德斯》與《金瓶梅》
王建開，貴州教育學院學報，1988 年第 4 期

676. 丁耀亢及其《續金瓶梅》
黃霖，復旦學報，1988 年第 4 期

677. 《金瓶梅》方言釋略
趙興勤，鹽城師專學報，1988 年第 4 期

678. 《金瓶梅》性生活描寫淺探
郭滿祿，荷澤師專學報，1988 年第 4 期

679. 「由說話看出人來」──談《金瓶梅》的人物語言藝術
謝國芳，益陽師專學報，1988 年第 4 期

680. 袁氏兄弟知見《金瓶梅》的時間考辨

　　劉孔伏、潘良熾，煙臺師範學院學報，1988 年第 4 期

681. 林太太：招宣府裏的叛逆者——《金瓶梅》人物芻議
　　　蕭世傑，湖北教育學院學報，1988 年第 4 期

682. 「金錢崇拜」與《金瓶梅詞話》
　　　張靖龍，溫州師範學院學報，1988 年第 4 期

683. 潘金蓮與中國傳統文化
　　　鄧志芳，文藝學習，1988 年第 4 期

684. 官哥兒的病態與心態
　　　傅憎享，社會科學研究，1988 年第 5 期

685. 從歷史走向現實——《金瓶梅》對古代小說審美領域的拓展
　　　孟昭連，南開學報，1988 年第 5 期

686. 關於《金瓶梅》中的性描寫
　　　孟昭連，徐州教育學院學報，1988 年第 5 期

687. 《金瓶梅》作者馮夢龍續考
　　　陳昌恆，湖北大學學報，1988 年第 6 期

688. 淺談《金瓶梅》中潘金蓮形象
　　　劉孝嚴，東北師大學報，1988 年第 6 期

689. 李瓶兒的夢象與心象——《金瓶梅》心理描寫探勝之一
　　　傅憎享，遼寧師範大學學報，1988 年第 6 期

690. 水銀·磨鏡·驚閨葉——《金瓶梅》中的鏡子
　　　吳曉明，華東師範大學學報，1988 年 6 期

691. 市井文不與詩筆——《金瓶梅》《紅樓夢》美學風貌比較分析
　　　嘯馬，江海學刊，1988 年第 6 期

692. 試論《金瓶梅》典型形象的歷史地位
　　　王啟忠，江海學刊，1988 年第 6 期

693. 《金瓶梅》用字流俗——是俚人耳錄而非文人創作
　　　傅憎享，學習與探索，1988 年第 6 期

694. 李瓶兒與尤二姐——《金瓶梅》、《紅樓夢》人物比較
　　　張福慶，文史知識，1988 年第 7 期

695. 淺談《金瓶梅》中的婦女群像
　　　陳繼勇，文科月刊，1988 年第 12 期

696. 《金瓶梅》成書問題管見

　　　　魯歌，江漢論壇，1988 年第 12 期

697. 從社會環境描寫看《金瓶梅》作者的思想傾向
　　　　張文華，阜新師範專科學校學報，1988 年

(八)1989 年

698. 60 名專家分析《金瓶梅》思想和藝術價值
　　　　長友，文匯報，1989 年 1 月 3 日

699. 讀《金瓶梅故事》
　　　　唐弢，文藝報，1989 年 1 月 4 日

700. 非淫書辨——《金瓶梅》的歷史命運與現實評價摭談
　　　　劉輝、及巨濤，文學評論叢刊，第 31 輯，文化藝術出版社 1989 年 3 月

701. 村姑‧閨秀——略談《金瓶梅》與《紅樓夢》
　　　　談鳳梁、王欲祥，古典文學知識，1989 年第 1 期

702. 一部「人情風俗史」傑作
　　　　張立德，寧夏教育學院學報，1989 年第 1 期

703. 淺議《紅樓夢》與《金瓶梅》的關係
　　　　董紹仲，伊犁師範學院學報，1989 年第 1 期

704. 腰纏十萬貫，騎鶴下揚州——《金瓶梅》描寫的商品經濟生活摭談
　　　　董芳等，齊齊哈爾師範學院學報，1989 年第 1 期

705. 《金瓶梅》是非之我見
　　　　宗德生，江西社會科學，1989 年第 1 期

706. 論《金瓶梅》的近代現實主義特色
　　　　周中明，安徽大學學報，1989 年第 1 期

707. 淺談《金瓶梅》的語言藝術
　　　　潘國欽等，牡丹江師院學報，1989 年第 1 期

708. 論《金瓶梅》的花子虛
　　　　姜志信等，松遼學刊，1989 年第 1 期

709. 《金瓶梅》社會意義管窺
　　　　鄧星雨，明清小說研究，1989 年第 1 期

710. 《金瓶梅》淵源與考證（續）
　　　　周鈞韜，明清小說研究，1989 年 1 期

711. 一部值得閱讀的專著——談鄭慶山的《金瓶梅論稿》

張子敬，學習與探索，1989 年第 1 期

712. 自然美——《金瓶梅》詩詞的語言特色
劉繼超，寶雞師院學報，1989 年第 1 期

713. 也談《金瓶梅》頭上的王冠——與魏子雲先生商榷
周鈞韜，南京師大學報，1989 年第 1 期

714. 《金瓶梅》藝術簡論
魏崇新，徐州師範學院學報，1989 年第 1 期

715. 《金瓶梅》寓意層次論
田秉鍔，徐州師範學院學報，1989 年第 1 期

716. 論《金瓶梅》中運用俗語的藝術
周中明，徐州師範學院學報，1989 年第 1 期

717. 談談《金瓶梅》的對比藝術
盛堅，徐州師範學院學報，1989 年第 1 期

718. 對〈魏著《金瓶梅詞話》注釋〉辨證——與張遠芬同志商榷
孟憲章，徐州師範學院學報，1989 年第 1 期

719. 《金瓶梅》疑難詞語釋
王汝梅，徐州師範學院學報，1989 年第 1 期

720. 拙中藏智，冷眼待時——論《金瓶梅》李瓶兒形象
孔繁華，徐州師範學院學報，1989 年第 1 期

721. 《金瓶梅及小說戲曲比較研究》序
馮其庸，徐州師範學院學報，1989 年第 1 期

722. 《金瓶梅》用的是「南北混合的官話」嗎？
張天堡，淮北煤師院學報，1989 年第 1 期

723. 潘金蓮的性悲劇及其他
朱邦國，淮陰師專學院，1989 年第 1 期

724. 帶有奴僕烙印的反抗者——記《金瓶梅》中的來旺
孔繁華，文科教學，1989 年第 1-2 期

725. 《金瓶梅》研究升溫——10 年出版有關學術著作不下百種
顧方東，人民日報，1989 年 5 月 15 日

726. 首屆國際金瓶梅學術討論會舉行
雍啟昌、徐承德，文匯報，1989 年 6 月 16 日

727. 古典文學中唯一的自然主義力作——《金瓶梅詞話》的新評估

楊昌年，教學與研究，11 期，1989 年 6 月，頁 55-83

728. 《金瓶梅詞話》裏的清河即以嘉靖時期的北京為模型初探：《金瓶梅詞話》研究之一
吳曉鈴，中外文學，18 卷 2 期總號 206，1989 年 7 月，頁 107-122

729. 一個罕見的女性世界——兼及《金瓶梅》的道德與美學思考
呂紅，上海文論，1989 年第 2 期

730. 《金瓶梅》研究之歷史回顧
陳昌恆，中國文學研究，1989 年第 2 期

731. 張竹坡批評《金瓶梅》的貢獻和缺陷
呂永，長沙水電師範學院學報，1989 年第 2 期

732. 真切、完整的人物形象——也談李瓶兒
沈天佑，文史知識，1989 年第 2 期

733. 《金瓶梅》飲食狀況簡介
李志剛、范宜人，烹飪者之友，1989 年第 2 期

734. 《金瓶梅》和李開先十六事
吳曉鈴，吉林大學學報，1989 年第 2 期

735. 《新刻繡像批評金瓶梅》初探（一）
王汝梅，吉林大學學報，1989 年第 2 期

736. 從《續金瓶梅》看《金瓶梅》的版本與作者
葉桂桐，吉林大學學報，1989 年第 2 期

737. 從《續金瓶梅》看《金瓶梅》人物摭談
黃毓文，吉林師範學院學報，1989 年第 2 期

738. 美的藝術與醜的藝術——從西門慶之死看《水滸》和《金瓶梅》的審美特徵
陳金泉，齊魯學刊，1989 年第 2 期

739. 沈德符所記《金瓶梅》事考誤
劉孔伏、潘良熾，齊魯學刊，1989 年第 2 期

740. 《金瓶梅》研究的可喜進展——全國第三屆《金瓶梅》學術討論會概述
林之滿，社會科學戰線，1989 年第 2 期

741. 《金瓶梅》研究淺議——在全國第三屆《金瓶梅》學術討論會開幕式上的講話
盛思明，明清小說研究，1989 年第 2 期

742. 《金瓶梅》行為哲學淺論
田秉鍔，明清小說研究，1989 年第 2 期

743. 《金瓶梅》作者的心態

劉紹智，明清小說研究，1989 年第 2 期

744. 《金瓶梅》寫性的特點與價值
趙慶元，明清小說研究，1989 年第 2 期

745. 論西門慶
羅德榮，明清小說研究，1989 年第 2 期

746. 李瓶兒性格轉變的多重因素
石麟，明清小說研究，1989 年第 2 期

747. 《金瓶梅》與《百家公案全傳》
周鈞韜，明清小說研究，1989 年第 2 期

748. 全國第三屆《金瓶梅》學術討論會綜述
一土，明清小說研究，1989 年第 2 期

749. 論李瓶兒形象的矛盾性及其悲劇性
申士堯，陝西教育學院學報，1989 年第 2 期

750. 「異舊手而出之」——張竹坡《金瓶梅》的美學評議
趙伯英，鹽城師專學報，1989 年第 2 期

751. 西門慶是怎樣發跡的——《金瓶梅》與明代商品經濟
李文煥，殷都學刊，1989 年第 2 期

752. 從《金瓶梅》到《歧路燈》
弦聲，殷都學刊，1989 年第 2 期

753. 談《讀書》對《金瓶梅》的評論
甯宗一，讀書，1989 年第 2 期

754. 論蘭陵笑笑生
張遠芬，徐州教育學院學報，1989 年第 2 期

755. 試論《金瓶梅》的語言研究
張鴻魁，煙臺師範學院學報，1989 年第 2 期

756. 中國小說美學的一大突破——談《金瓶梅》「趣味」與「情理」的統一
李正光，呂梁教育學院學報，1989 年第 2-3 期

757. 從《金瓶梅》看明代市井飲食風貌
李志剛，中國食品，1989 年 8 月

758. 《金瓶梅》清唱曲辭考探
周鈞韜，藝術百家，1989 年第 3 期

759. 論《金瓶梅詞話》中的證詩

　　周雙利，內蒙古民族師範學院學報，1989 年第 3 期

760. 淺談《金瓶梅》中的諷刺手法

　　張簡，內蒙古民族師範學院學報，1989 年第 3 期

761. 關於《金瓶梅》最早收藏者的補證

　　劉宏，文學遺產，1989 年第 3 期

762. 《金瓶梅》戲劇史料輯說

　　孫崇濤，文獻，1989 年第 3 期

763. 《金瓶梅》所反映的明代商業

　　姜守鵬，東北師大學報，1989 年第 3 期

764. 從《金瓶梅》第十七回看小說的時代背景

　　周鈞韜，江蘇教育學院學報，1989 年第 3 期

765. 《金瓶梅》在日本的流傳及影響

　　馬興國，陰山學刊，1989 年第 3 期

766. 論《紅樓夢》與《金瓶梅》是兩種文化

　　周中明，紅樓夢學刊，1989 年第 3 期

767. 比較《金瓶梅》與《紅樓夢》戲曲描寫

　　徐扶明，紅樓夢學刊，1989 年第 3 期

768. 淺談《金瓶梅》的思想傾向

　　郭青，牡丹江師院學報，1989 年第 3 期

769. 《金瓶梅》中的「把」字句

　　潘攀等，武漢教育學院學報，1989 年第 3 期

770. 兩個追求幸福而所托非人的「淫奔女」形象──李瓶兒與尤三姐形象之比較

　　馮子禮，明清小說研究，1989 年第 3 期

771. 關於西門慶的性觀念──《金瓶梅》研究之一

　　正風、心平，佳木斯師專學報，1989 年第 3 期

772. 反禮教的形象畫卷──《金瓶梅》裸露人欲的思想意義

　　王啟忠，學術研究，1989 年第 3 期

773. 魯迅論《金瓶梅》及《魯迅全集》中的注釋正誤

　　魯歌，紹興師專學報，1989 年第 3 期

774. 《金瓶梅》思辨錄

　　甯宗一，南開學報，1989 年第 3 期

775. 論《金瓶梅》的性行為描寫

于雷等，南通社會科學，1989 年第 3 期

776. 運河經濟文化與《金瓶梅》——論《金瓶梅》的文化背景

陳東有，萍鄉教育學院學報，1989 年第 3 期

777. 《金瓶梅》——明代商品經濟的泡沫

張子敬，蒲峪學刊，1989 年第 3 期

778. 《金瓶梅》成書三階段說——兼談《金瓶梅》的作者問題

陳遼，東嶽論叢，1989 年第 4 期

779. 《金瓶梅》妒婦論

茉莉，北京大學研究生學刊，1989 年第 4 期

780. 簡析《金瓶梅》「生殖崇拜」文化返祖現象

王啟忠，求是學刊，1989 年第 4 期

781. 物欲橫流，本末顛倒——《金瓶梅》對經濟文化異質新態描寫的價值

王啟忠，社會科學戰線，1989 年第 4 期

782. 《金瓶梅》量詞系統

周建民，武漢教育學院學報，1989 年第 4 期

783. 善惡殊途，美醜判然——《金瓶梅》與《紅樓夢》中女性形象之比較

馮子禮，青海社會科學，1989 年第 4 期

784. 《金瓶梅》詞語考釋

張湧泉，杭州大學學報，1989 年第 4 期

785. 《金瓶梅》研究四說

王輝斌，荊門大學學報，1989 年第 4 期

786. 國際《金瓶梅》學術討論會綜述

孔繁華，徐州師範學院學報，1989 年第 4 期

787. 古代文學諷諭傳統的新發展——試論《金瓶梅》政治諷諭藝術的特點

王啟忠，綏化師專學報，1989 年第 4 期

788. 《金瓶梅》中孟玉樓形象淺析

顧建國，淮陰教育學院學報，1989 年第 4 期

789. 評《金瓶梅》的續書《隔簾花影》

余嘉華，湖北師範學院學報，1989 年第 4 期

790. 試論《金瓶梅》在人物形象塑造上對中國典型小說的貢獻

黃嘉洪，贛南師範學院學報，1989 年第 4 期

791. 讀《金瓶梅詞話》校點本劄記

董紹克，山東師大學報，1989 年第 5 期

792. 《金瓶梅》研究形成新格局新浪潮——首屆國際《金瓶梅》學術討論會學術觀點綜述

徐仁，文學遺產，1989 年第 5 期

793. 簡論《醒世姻緣傳》同《金瓶梅》的淵源關係

金學斯，上海大學學報，1989 年第 6 期

794. 《金瓶梅》寫人敘事淺論

鄧韶玉、楊尊白，四川師範大學學報，1989 年第 6 期

795. 《金瓶梅》禮儀描寫中的時代意識

王啟忠，佳木斯師專學報，1989 年第 6 期

796. 《金瓶梅》的細節描寫與人物性格

鄭祥，佳木斯師專學報，1989 年第 6 期

797. 古代小說中複製出的第一個家庭環境——《金瓶梅》家庭描寫的價值

王啟忠，學習與探索，1989 年第 6 期

798. 西門慶家族流變形態特點新論

王啟忠，學習與探索，1989 年第 6 期

799. 《金瓶梅》之謎新解

張遠芬，橋，1989 年第 6 期

800. 獨具慧眼，自成一家——評黃霖新著《金瓶梅考論》

劉輝，文匯讀書週報，1989 年 11 月 18 日

801. 建國後《金瓶梅》的七個版本

周光夏，人民日報（海外版），1989 年 12 月 5 日

802. 《金瓶梅》全譯本在法國

（法）艾蒂的，文藝報，1989 年 12 月 12 日

803. 《金瓶梅詞話》和李開先的家事與交遊——《金瓶梅詞話》研究之二

吳曉鈴，中外文學，18 卷 7 期總號 211，1989 年 12 月，頁 29-58

804. 黃霖主編《金瓶梅大辭典》介紹

魏子雲，中國書目季刊，23 卷 3 期，1989 年 12 月，頁 134-137

(九)1990 年

805. 《金瓶梅》研究十年

劉輝，中國社會科學，1990 年第 1 期

806. 一石千層浪——試論《金瓶梅》的輻射式環靶結構

蕭宿榮，文藝理論家，1990 年第 1 期

807. 蘭陵笑笑生建構《金瓶梅》的藝術視角

李永昶、劉作運，文史哲，1990 年第 1 期

808. 《金瓶梅》中的「兒」尾不全是兒化音

董紹克，古漢語研究，1990 年第 1 期

809. 由傳統文化向近代文化嬗變的形象寫照——試論《金瓶梅》中文化異質新態的時代
價值

王啟忠，北方論叢，1990 年第 1 期

810. 《金瓶梅》服飾小考二則

張瑞泉，史學集刊，1990 年第 1 期

811. 《金瓶梅》職官小考二則

成積春，史學集刊，1990 年第 1 期

812. 從民俗描寫看《金瓶梅》的時代背景

陳詔，寧波大學學報，1990 年第 1 期

813. 《金瓶梅》借用《青瑣高議》材料考

趙逵夫，漢中師院學報，1990 年第 1 期

814. 《金瓶梅》作者不是馮夢龍

魯歌，西北大學學報，1990 年第 1 期

815. 《金瓶梅》作者新探

靳青萬，許昌師專學報，1990 年第 1 期

816. 也談《金瓶梅》的主旨

鄧韶玉、王弘達，瀋陽師範學院學報，1990 年第 1 期

817. 評魯迅的《金瓶梅》論三題

鍾來因，明清小說研究，1990 年第 1 期

818. 相悖互依，逆向同歸——《金瓶梅》《紅樓夢》主人公比較

馮子禮，明清小說研究，1990 年第 1 期

819. 《金瓶梅》與明後期社會的財色瘋狂

毛忠賢，宜春師專學報，1990 年第 1 期

820. 《金瓶梅》塑造人物藝術漫談

全景長，南都學壇，1990 年第 1 期

821. 張竹坡「洩憤說」初探

趙民，濟寧師專學報，1990 年第 1 期

822. 《金瓶梅》抄改《水滸傳》瑣談
　　　李芷，鹽城師專學報，1990 年第 1 期

823. 從《金瓶梅詞話》中的兒化詞看其作者的籍貫
　　　孟守介等，鐵道師院學報，1990 年第 1 期

824. 「人面高低總為銀」──論《金瓶梅》中常時節
　　　孔繁華，徐州教育學院學報，1990 年第 1 期

825. 論《金瓶梅》的結構特徵
　　　夏春豪，徐州教育學院學報，1990 年第 1 期

826. 《金瓶梅》的現實主義瑣談
　　　李鳳儀，蒲峪學刊，1990 年第 1 期

827. 《金瓶梅》與性心理
　　　謝駿，暨南大學研究生學報，1990 年第 1 期

828. 論《金瓶梅》獨特的藝術思維指向（論文摘要）
　　　陳東有，文藝理論家，1990 年第 1 期

829. 黃霖副教授提出──《金瓶梅》非丁惟寧所著
　　　梯，社會科學報，1990 年 3 月 29 日

830. 《金瓶梅》的作者是王采
　　　洪城、李明等，徐州日報，1990 年 4 月 14 日

831. 近年來《金瓶梅》作者研究綜述
　　　楊美琴，上海師範大學學報，1990 年第 2 期

832. 「東吳弄珠容」係董其昌考
　　　徐恭時，上海師範大學學報，1990 年第 2 期

833. 從西門慶的發跡與滅亡，看中國封建社會末期資本主義萌芽的必然命運
　　　王芳智，山東社聯通訊，1990 年第 2 期

834. 《金瓶梅》對《水滸傳》的繼承與發展
　　　劉永良，內蒙古民族師院學報，1990 年第 2 期

835. 簡析《金瓶梅》中潘金蓮的雙重性格
　　　劉孝嚴，長春師院學報，1990 年第 2 期

836. 《金瓶梅》的遭遇和中國人的心態
　　　陳詔文，書林，1990 年第 2 期

837. 讀《金瓶梅人物譜》
　　　謝廣田，書林，1990 年第 2 期

838. 古代小說「寫實」藝術的昇華——《金瓶梅》對古典小說題材的新開拓
　　　王啟忠，齊魯學刊，1990 年第 2 期

839. 《金瓶梅》——晚明社會歷史的一面巨鏡
　　　韶玉、弘達，許昌師專學報，1990 年第 2 期

840. 從《金瓶梅》到《紅樓夢》
　　　余力，紅樓夢學刊，1990 年第 2 輯

841. 《金瓶梅》節日描寫中的人文精神
　　　王啟忠，瀋陽師範學院學報，1990 年第 2 期

842. 《金瓶梅》大量性描寫出現之原因初探
　　　韶玉、尊白，松遼學刊，1990 年第 2 期

843. 《金瓶梅》清唱曲辭考
　　　周鈞韜，明清小說研究，1990 年第 2 期

844. 試論《金瓶梅》藝術結構在中國長篇小說發展史上的意義
　　　許建平，河北師範大學學報，1990 年第 2 期

845. 金錢的肆虐與宗法傳統的貶值——《金瓶梅》對宗法社會的悖逆
　　　張進德，河南大學學報，1990 年第 2 期

846. 論《金瓶梅》的罵語與罵俗
　　　傅憎享，學術交流，1990 年第 2 期

847. 對文學審美品格的逆向反映——評《金瓶梅》對人性弱點無節制的展示
　　　王啟忠，南京社會科學，1990 年第 2 期

848. 關於《金瓶梅》的幾個問題
　　　周維衍，復旦學報，1990 年第 2 期

849. 《續金瓶梅》的成書年代——兼與黃霖先生商榷
　　　張清吉，徐州教育學院學報，1990 年第 2 期

850. 《金瓶梅》作者諸說
　　　張進德，殷都學刊，1990 年第 2 期

851. 論《金瓶梅詞話》的被動句
　　　許仰民，殷都學刊，1990 年第 2 期

852. 淺論《金瓶梅詞話》的藝術魅力與藝術技巧
　　　王良惠等，綏化師專學報，1990 年第 2 期

853. 明代神道數術與社會結構之關係——《金瓶梅詞話》之分析研究
　　　耿振華，臺北市立師範學院學報，21 期，1990 年 6 月，頁 359-388

854. 欲海無涯，唯情是岸——《金瓶梅》的情與欲
鄭明娳，聯合文學，6 卷 10 期總號 70，1990 年 8 月，頁 138-144

855. 《金瓶梅》對比藝術探微——兼談《紅樓夢》的嬗變
董芳，人文雜誌，1990 年第 3 期

856. 一部古倫理社會情態變形史傑作
周克良，大慶師專學報，1990 年第 3 期

857. 《金瓶梅》與明代宦官
陳詔，上海師範大學學報，1990 年第 3 期

858. 古代小說類型新探——兼論《金瓶梅》在小說文體演變史上的地位
甯宗一，天津社會科學，1990 年第 3 期

859. 論春梅與潘金蓮性格的同一性與縱向歸併
李貴銀，中山大學研究生學刊，1990 年第 3 期

860. 嚴復曾批點過「明版」《金瓶梅》
官桂銓，文獻，1990 年第 3 期

861. 《金瓶梅》作者應是南方人
新林，古典文學知識，1990 年第 3 期

862. 《金瓶梅詞話》作者蘭陵笑笑生即謝榛考辨
王連洲，東嶽論叢，1990 年第 3 期

863. 《金瓶梅》與《紅樓夢》研究比證
鄭克晟、馮爾康，史學集刊，1990 年第 3 期

864. 《金瓶梅》中妾婦奴性形象淺析
王笑婷，寧夏大學學報，1990 年第 3 期

865. 《金瓶梅》正誤舉要
魯歌、馬征，許昌師專學報，1990 年第 3 期

866. 兩個失落自我作無謂紛爭的可悲人物——孫雪娥與趙姨娘形象之比較
馮子禮，紅樓，1990 年第 3 期

867. 論《金瓶梅》的俗語與民俗
傅憎享，瀋陽師範學院學報，1990 年第 3 期

868. 《金瓶梅》與《紅樓夢》審美價值比較
厲平，社會科學輯刊，1990 年第 3 期

869. 代表當代中國金學研究水準的力作——評《金瓶梅考證》
陳詔，社會科學輯刊，1990 年第 3 期

870. 會校本《新刻繡像批評金瓶梅》述評
　　孫慰川，社科信息，1990 年第 3 期

871. 站在新的時代文化的高度觀照《金瓶梅》
　　李時人，學習與探索，1990 年第 3 期

872. 《金瓶梅》故事編年補正──與朱一玄先生商榷
　　朱亞平，南開學報，1990 年第 3 期

873. 《金瓶梅》早期抄本流傳梳理
　　王輝斌，荆州大學學報，1990 年第 3 期

874. 《金瓶梅》──一部荒誕而深邃的人生悲劇
　　朱德發等，濟寧師專學報，1990 年第 3 期

875. 論《金瓶梅》的語言模式──兼評「山東方言說」
　　孟憲章，徐州教育學院學報，1990 年第 3 期

876. 「謝榛就是『蘭陵笑笑生』」說糾謬
　　李慶立，聊城師範學院學報，1990 年第 3 期

877. 都知愛慕此生才──潘金蓮與王熙鳳形象之比較
　　馮子禮，淮海論壇，1990 年第 3 期

878. 《金瓶梅》與《紅樓夢》研究比證
　　鄭克晟、馮爾康，史學集刊，1990 年第 3 期

879. 再論《金瓶梅》與道教
　　鍾來因，明清小說研究，1990 年第 3-4 期

880. 《金瓶梅詞話》中的宣卷──兼談《金瓶梅詞話》的成書過程
　　車錫倫，明清小說研究，1990 年第 3-4 期

881. 再論《金瓶梅詞話》的成書
　　鄧瑞瓊，明清小說研究，1990 年第 3-4 期

882. 評〈《金瓶梅》成書的上限〉
　　徐朔方，明清小說研究，1990 年第 3-4 期

883. 《金瓶梅》文化意義芻論
　　陳東有，明清小說研究，1990 年第 3-4 期

884. 讀《金瓶梅詞話辭典》劄記
　　王汝梅，明清小說研究，1990 年第 3-4 期

885. 《金瓶梅》方言詞語注商榷
　　張炳森，明清小說研究，1990 年第 3-4 期

886. 兩個不同社會圈子裏的模範女性——孟玉樓與薛寶釵形象之比較

馮子禮，明清小說研究，1990 年第 3-4 期

887. 試論《金瓶梅》的諷刺藝術

張文華，阜新師專學報，1990 年第 3-4 期

888. 《金瓶梅》與白描寫法

牧惠，廣州日報，1990 年 9 月 27 日

889. 科學在於發現——《金瓶梅考論》讀後

張兵，社會科學報，1990 年 9 月 27 日

890. 《清明上河圖》與《金瓶梅》

齊介文，人民日報（海外版），1990 年 10 月 10 日

891. 《金瓶梅》作者補證

余力文，文匯報，1990 年 10 月 17 日

892. 也談西門慶的商業屬性與歷史功罪

高培華，中國社會科學，1990 年第 4 期

893. 《金瓶梅》小說文體的創新

石昌渝，文學遺產，1990 年第 4 期

894. 《金瓶梅》性描寫批判

熊篤，文學遺產，1990 年第 4 期

895. 性·人物·審美——《金瓶梅》談片

張國星，文學遺產，1990 年第 4 期

896. 《金瓶梅》反映的明代奴婢制度

姜守鵬，史學集刊，1990 年第 4 期

897. 《金瓶梅》舊詩尋源

傅憎享，遼寧大學學報，1990 年第 4 期

898. 異曲同工的挽歌——《金瓶梅》與《十日談》中僧侶形象比較

董芳，許昌師專學報，1990 年第 4 期

899. 《金瓶梅》主題縱橫談

蕭世傑，社會科學動態，1990 年第 4 期

900. 《金瓶梅》典型情節蘊含的歷史價值

王啟忠，學術交流，1990 年第 4 期

901. 論《金瓶梅詞話》的「把」（將）字句

許仰民，信陽師範學院學報，1990 年第 4 期

902. 何能「寫淫婦居然淫婦」──古代小說美學劄記
     余三定，真善美，1990 年第 4 期

903. 《金瓶梅》的道德困惑──兼談作者的創作心態
     魏崇新，徐州師範學院學報，1990 年第 4 期

904. 《金瓶梅》故事背景年代考
     洪城、董明，徐州師範學院學報，1990 年第 4 期

905. 《金瓶梅》與運河文化
     田秉鍔，徐州師範學院學報，1990 年第 4 期

906. 《金瓶梅》中的選官制度與明王朝的衰亡
     朱玉英，徐州師範學院學報，1990 年第 4 期

907. 幫閒有術，古今一絕──論《金瓶梅》中應伯爵
     載湘、蘇石，徐州師範學院學報，1990 年第 4 期

908. 第四屆全國《金瓶梅》學術討論會綜述
     張文德，徐州師範學院學報，1990 年第 4 期

909. 就《金瓶梅》食事與魏子雲先生商榷
     張士魁，徐州師範學院學報，1990 年第 4 期

910. 談《金瓶梅》中的歇後語
     孟憲章，徐州師範學院學報，1990 年第 4 期

911. 由類型化向個性化的真正轉折──《金瓶梅》性格描寫的歷史貢獻
     王啟忠，徐州師範學院學報，1990 年第 4 期

912. 從京都大學所藏《金瓶梅詞話》殘本談起
     孫立川，海南師院學報，1990 年第 4 期

913. 試論《金瓶梅》飲食描寫中的文化形態
     王啟忠，綏化師專學報，1990 年第 4 期

914. 《金瓶梅》寫作空間環境考
     洪誠、武鈞，淮海論壇，1990 年第 4 期

915. 貴族社會與市井社會芸芸眾生的絕妙的傳神寫照──《金瓶梅》與《紅樓夢》人物群像比較
     馮子禮，紅樓，1990 年第 4 期

916. 《金瓶梅》序言作者是誰
     新民晚報，1990 年 5 月 31 日

917. 為什麼說《金瓶梅》是一部既有較高價值，又有嚴重問題的現實主義作品？

　　　　鍾小燕，中文自修，1990 年第 5 期

918. 銳識深究　別開生面——評《金瓶梅的思想和藝術》
　　　　何開四，文史雜誌，1990 年第 5 期

919. 《金瓶梅》的語言藝術
　　　　張家英，北方論叢，1990 年第 5 期

920. 由重塑水滸武松故事看《金瓶梅》向近代現實主義的轉變
　　　　朱成器，對外經濟貿易大學學報，1990 年第 5 期

921. 古代小說複製出的第一個商品市場環境——試論《金瓶梅》對經濟環境描寫的歷史
　　　　價值
　　　　王啟忠，齊齊哈爾師範學院學報，1990 年第 5 期

922. 《金瓶梅》「性目的論」初探
　　　　李建中，江淮論壇，1990 年第 5 期

923. 《金瓶梅》隱語揭秘
　　　　傅憎享，社會科學輯刊，1990 年第 5 期

924. 對封建政治肌體的整體性解剖——《金瓶梅》對官場描寫的認識價值
　　　　王啟忠，社會科學輯刊，1990 年第 5 期

925. 《金瓶梅》的諧謔因素及其喜劇風格
　　　　孟昭連，南開學報，1990 年第 5 期

926. 咬著青山不放鬆——讀周鈞韜新著《金瓶梅探謎與藝術賞析》
　　　　曾亞，學海，1990 年第 5-6 期

927. 對封建政治肌體的整體性解剖——《金瓶梅》對官場描寫的認識價值（續）
　　　　王啟忠，社會科學輯刊，1990 年第 6 期

928. 《金瓶梅》與《紅樓夢》的時間觀念及其審美效應
　　　　李裴，貴州社會科學，1990 年第 10 期

929. 《金瓶梅》作者是賈夢龍
　　　　許志強，棗莊日報，1990 年 12 月 8 日、12 月 15 日、12 月 22 日、12 月 29 日

930. 潘金蓮、武松新論
　　　　龔維英，貴州社會科學，1990 年第 12 期

931. 《金瓶梅》風波
　　　　彥火，《焦點文化》第五輯，香港明窗出版社 1990 年

932. 《金瓶梅》呼冤
　　　　彥火，《焦點文化》第五輯，香港明窗出版社 1990 年

933. 《金瓶梅詞話》新校本
    彥火，《焦點文化》第五輯，香港明窗出版社 1990 年

934. 禁書與窺秘
    彥火，《焦點文化》第五輯，香港明窗出版社 1990 年

935. 「金學」研究的興起
    彥火，《焦點文化》第五輯，香港明窗出版社 1990 年

(十)1991 年

936. 酒色財氣的奴隸——論《金瓶梅》中的西門慶
    孔繁華，大慶師專學報，1991 年第 1 期

937. 論「混帳惡人」西門慶的形象
    朱繼琢等，廣東民族學院學報，1991 年第 1 期

938. 《金瓶梅》作者的婦德觀
    程然，文藝學習，1991 年第 1 期

939. 《金瓶梅》作者特徵與王寀
    洪城，文教資料，1991 年第 1 期

940. 《金瓶梅》詠打千秋詩乃唐寅原作
    鄭平昆，文獻，1991 年第 1 期

941. 《金瓶梅》作者不是謝榛——與王連洲先生商榷
    魯歌、馬征，東嶽論叢，1991 年第 1 期

942. 簡述《金瓶梅探謎與藝術賞析》
    韓玉，遼寧大學學報，1991 年第 1 期

943. 吳晗對《金瓶梅》作者「王世貞說」的否定不能成立
    周鈞韜，江蘇社會科學，1991 年第 1 期

944. 《紅樓夢》與《金瓶梅》的語言比較
    張惠英，紅樓夢學刊，1991 年第 1 期

945. 《金瓶梅》中的語氣助詞「著」
    周建民，武漢教育學院學報，1991 年第 1 期

946. 揭開《金瓶梅》作者之謎——《金瓶梅》作者為賈夢龍
    李芳元，棗莊師專學報，1991 年第 1 期

947. 《金瓶梅》清唱曲辭考（續）
    周鈞韜，明清小說研究，1991 年第 1 期

948. 《金瓶梅》表意含蓄化探繹
　　　許建平，河北師範大學學報，1991 年第 1 期

949. 關於《金瓶梅》研究的爭論
　　　海宜，學術月刊，1991 年第 1 期

950. 《金瓶梅作者為李開先考》質疑
　　　王輝斌，荊門大學學報，1991 年第 1 期

951. 試論《金瓶梅》的宗教背景及宗教流行
　　　黃吉昌，昭通師專學報，1991 年第 1 期

952. 試論《金瓶梅》中的「財」與「色」
　　　李建中，思想戰線，1991 年第 1 期

953. 《金瓶梅》反映南清河說質疑
　　　張家英，復旦學報，1991 年第 1 期

954. 社會的畸形兒——潘金蓮
　　　余峃，濟寧師專學報，1991 年第 1 期

955. 《金瓶梅》書名翻譯探討
　　　張森林，徐州教育學院學報，1991 年第 1 期

956. 《金瓶梅》語言藝術略論
　　　洪兆平，唐山師專·唐山教育學院學報，1991 年第 1 期

957. 探頤索隱話《金瓶梅》——讀《明代文學批評史》談片
　　　（日）西村夫，綏化師專學報，1991 年第 1 期

958. 《金瓶梅詞話》故事編年考察
　　　張家英，綏化師專學報，1991 年第 1 期

959. 《金瓶梅詞話》詩詞文化二三論
　　　陳東有，萍鄉教育學院學報，1991 年第 1 期

960. 《金瓶梅詞話》與《聊齋俚曲》的方言比較
　　　鄭慶山，蒲峪學刊，1991 年第 1 期

961. 蘭陵笑笑生·李開先和《金瓶梅》
　　　种衍璋，內蒙古電大學刊，1991 年第 1 期

962. 《金瓶梅》與《永怡堂詞稿》
　　　許志強，棗莊社聯通訊，1991 年第 1-2 期

963. 讀《金瓶梅素材來源》
　　　盛思明，人民日報（海外版），1991 年 2 月 5 日

964. 《金瓶梅》是累積型作品說駁論
    劉孔伏、潘良熾，中國書目季刊，24 卷 4 期，1991 年 3 月，頁 22-28

965. 《水滸傳》英雄觀念平議──兼評浦安迪教授《四大奇書》〔《三國演義》《西遊
    記》《水滸傳》《金瓶梅》〕
    商偉，九州島學刊，4 卷 1 期總號 13，1991 年 4 月，頁 85-98

966. 《金瓶梅》當成書於萬曆中期
    魯歌，雲南民族學院學報，1991 年第 2 期

967. 《金瓶梅詞話》的小說個性
    蕭學禹，雲南教育學院學報，1991 年 2 期

968. 扭曲的靈魂，悲劇的命運──《金瓶梅》中的潘金蓮
    宋培憲，文史知識，1991 年第 2 期

969. 《金瓶梅》的地理背景
    徐朔方，文學遺產，1991 年第 2 期

970. 「騷動」和「喧嘩」──論潘金蓮與西門慶
    姜志信，遼寧教育學院學報，1991 年第 2 期

971. 再論《金瓶梅》付刻問題
    劉孔伏、潘良熾，西南民族學院學報，1991 年第 2 期

972. 再論運河經濟文化與《金瓶梅》
    陳東有，江西大學學報，1991 年第 2 期

973. 攀附者的辛酸和悲哀──《金瓶梅》與《紅樓夢》中的兩個姥姥
    馮子禮，紅樓，1991 年第 2 期

974. 《金瓶梅》「壼奧」之我見
    李公韜，撫順師專學報，1991 年第 2 期

975. 《金瓶梅》悲劇內涵初探
    董芳，牡丹江師範學院學報，1991 年第 2 期

976. 論西門慶之死
    高志忠，牡丹江師範學院學報，1991 年第 2 期

977. 站在權威肩上的反思與拓展──讀《金瓶梅探謎與藝術賞析》
    林之滿，社會科學戰線，1991 年第 2 期

978. 散曲、劇曲與《金瓶梅》成書年代
    蔡敦勇，社會科學輯刊，1991 年第 2 期

979. 《金瓶梅詞話》的「人欲」描寫及其評價

張兵，明清小說研究，1991 年第 2 期

980. 《金瓶梅》服飾描寫蘊含的物化價值
王啟忠，佳木斯師專學報，1991 年第 2 期

981. 《金瓶梅》與道教
陳遼，南通師專學報，1991 年第 2 期

982. 《金瓶梅》成書年代考證
黃吉昌，昭通師專學報，1991 年第 2 期

983. 《金瓶梅鑒賞辭典·方言俗語》辨證
姜志信，保定師專學報，1991 年第 2 期

984. 《金瓶梅》詞語零劄
李申，徐州師範學院學報，1991 年第 2 期

985. 《金瓶梅》仿詞藝術談
張漢基、孟憲章，徐州教育學院學報，1991 年第 2 期

986. 《續金瓶梅》所表現的愛國主義精華
時寶吉，殷都學刊，1991 年第 2 期

987. 關於《金瓶梅作者補證》的馬後炮
李慶立，聊城師範學院學報，1991 年第 2 期

988. 《金瓶梅》中獨特的語法現象
吳延枚，淮陰教育學院學報，1991 年第 2 期

989. 論《金瓶梅》和文化傳統
陳遼，淮海論壇，1991 年第 2 期

990. 關於《金瓶梅》德文全譯本譯者祁拔兄弟〔Kibat, Otto & Kibat, Arthur〕及其它（上）
李士勳，文訊，29 期總號 68，1991 年 6 月，頁 92-94

991. 關於《金瓶梅》德文全譯本譯者祁拔兄弟〔Kibat, Otto & Kibat, Arthur〕及其它（下）
李士勳，文訊，30 期總號 69，1991 年 7 月，頁 82-85

992. 蘭陵笑笑生及其小說《金瓶梅》
（蘇）李福清，《國際金瓶梅研究集刊》第 1 集，成都出版社 1991 年 7 月

993. 《金瓶梅》新論
夏志清，《國際金瓶梅研究集刊》第 1 集，成都出版社 1991 年 7 月

994. 《金瓶梅》的諷刺藝術
孫述宇，《國際金瓶梅研究集刊》第 1 集，成都出版社 1991 年 7 月

995. 《金瓶梅》以家喻國的隱射

（美）凱瑟琳・卡爾麗茨，《國際金瓶梅研究集刊》第 1 輯，成都出版社 1991 年 7 月

996. 統治思想趨於崩潰及舊倫理的淪喪——《金瓶梅》所反映的時代及社會意義

田秉鍔，《國際金瓶梅研究集刊》第 1 集，成都出版社 1991 年 7 月

997. 《金瓶梅》敘事美學特徵

（美）浦安迪，《國際金瓶梅研究集刊》第 1 集，成都出版社 1991 年 7 月

998. 《金瓶梅詞話》第五十三、五十四回的秘密

（法）雷威安，《國際金瓶梅研究集刊》第 1 集，成都出版社 1991 年 7 月

999. 《金瓶梅》成書的上限

梅節，《國際金瓶梅研究集刊》第 1 集，成都出版社 1991 年 7 月

1000. 《金瓶梅詞話》之文獻分析略論

（日）池本義男，《國際金瓶梅研究集刊》第 1 集，成都出版社 1991 年 7 月

1001. 沈德符論《金瓶梅》隱藏與暗示之探微

魏子雲，《國際金瓶梅研究集刊》第 1 集，成都出版社 1991 年 7 月

1002. 馮夢龍與《金瓶梅》

朱傳譽，《國際金瓶梅研究集刊》第 1 集，成都出版社 1991 年 7 月

1003. 青出於藍——論《紅樓夢》脫胎於《金瓶梅》

祁和輝，《國際金瓶梅研究集刊》第 1 集，成都出版社 1991 年 7 月

1004. 《金瓶梅詞話》中歌曲的三大隱喻（摘要）

（美）柯麗德，《國際金瓶梅研究集刊》第 1 集，成都出版社，1991 年 7 月

1005. 張竹坡的理論體系（摘要）

（加）米列娜，《國際金瓶梅研究集刊》第 1 集，成都出版社 1991 年 7 月

1006. 談西門慶營造花園（摘要）

（日）清水茂，《國際金瓶梅研究集刊》第 1 集，成都出版社 1991 年 7 月

1007. 《金瓶梅》・蘭陵美酒與蘭陵笑笑生

崔學文，《國際金瓶梅研究集刊》第 1 集，成都出版社 1991 年 7 月

1008. 關於現代川劇潘金蓮

黃裳，《國際金瓶梅研究集刊》第 1 集，成都出版社 1991 年 7 月

1009. 關於《金瓶梅》戲曲

吳曉鈴，《國際金瓶梅研究集刊》第 1 集，成都出版社 1991 年 7 月

1010. 笑笑先生非蘭陵笑笑生補證

徐朔方，《國際金瓶梅研究集刊》第 1 集，成都出版社 1991 年 7 月

1011. 《金瓶梅》與現代敘事藝術

弓戈，《國際金瓶梅研究集刊》第 1 集，成都出版社 1991 年 7 月

1012. 春日訪徐朔方談《金瓶梅》研究

張夢華，《國際金瓶梅研究集刊》第 1 集，成都出版社 1991 年 7 月

1013. 《金瓶梅》研究在蘇聯

楊士毅，《國際金瓶梅研究集刊》第 1 集，成都出版社 1991 年 7 月

1014. 奇書共研討　疑義相與析──1990 年海峽兩岸明清小說金陵研討會有關《金瓶梅》
述評

何睫，《國際金瓶梅研究集刊》第 1 集，成都出版社 1991 年 7 月

1015. 今年的《金瓶梅》研討會

魏子雲，中國書目季刊，25 卷 2 期，1991 年 9 月，頁 75-76

1016. 對封建社會的有力暴露與諷刺──論《金瓶梅》的思想價值

朱繼琢，廣東民族學院學報，1991 年第 3 期

1017. 《金瓶梅》「把」字句研究

孫占林，廣西師院學報，1991 年第 3 期

1018. 《金瓶梅詞話》語詞劄記

蔣禮鴻，文獻，1991 年第 3 期

1019. 《金瓶梅詞典》釋義商補

王邁，中國語文，1991 年第 3 期

1020. 從動詞尾碼「子」的運用推測《金瓶梅》的作者

白水，古籍整理研究學刊，1991 年第 3 期

1021. 《金瓶梅》指斥的明代時人時事

姜畾，史學集刊，1991 年第 3 期

1022. 《金瓶梅》作者「屠隆」說考釋

李燃青，寧波師院學報，1991 年第 3 期

1023. 關於魯南風俗的質疑──臺灣魏子雲《金瓶梅詞話注釋》讀後

一冰，民俗研究，1991 年第 3 期

1024. 《金瓶梅》故事年代與寫作年代

洪誠、明武，江蘇社會科學，1991 年第 3 期

1025. 《金瓶梅》作者唐寅初考

朱恒夫，江蘇教育學院學報，1991 年第 3 期

1026. 酒色財氣與安身立命──《金瓶梅詞話》的文化情結

陳維昭，汕頭大學學報，1991 年第 3 期

1027. 女性的自我失落與蛻變——簡析《金瓶梅》《紅樓夢》的婦女觀
　　　董芳，安順師專學報，1991 年第 3 期

1028. 關於《金瓶梅》編年的「隱喻」問題——敬復魏子雲先生
　　　周中明，安徽大學學報，1991 年第 3 期

1029. 廿公是誰？東吳弄珠客又是誰？
　　　王利器，社會科學戰線，1991 年第 3 期

1030. 從張竹坡評點《金瓶梅》看讀者的主體作用
　　　吳波，懷化師專學報，1991 年第 3 期

1031. 初論《金瓶梅》的人物性格系統
　　　陳建生，明清小說研究，1991 年第 3 期

1032. 文龍的《金瓶梅》題旨論
　　　孫蓉蓉，明清小說研究，1991 年第 3 期

1033. 西門慶謀財娶婦的時代意蘊
　　　南矩容，固原師專學報，1991 年第 3 期

1034.「金瓶梅現象」剖析
　　　毛毳，鄭州大學學報，1991 年第 3 期

1035. 由《金瓶梅》回前詩詞看其作者
　　　張家英，學習與探索，1991 年第 3 期

1036.《金瓶梅》的兩條重要正誤
　　　魯歌、馬征，貴州文史叢刊，1991 年第 3 期

1037. 論《金瓶梅詞話》的因果句
　　　許仰民，信陽師範學院學，1991 年第 3 期

1038.《金瓶梅詞典》獻疑
　　　姜志信，保定師專學報，1991 年第 3 期

1039. 西門慶形象與佛道意識
　　　余岢，濟寧師專學報，1991 年第 3 期

1040. 第五屆全國《金瓶梅》學術討論會綜述
　　　張文德，徐州師範學院學報，1991 年第 3 期

1041.《金瓶梅》是累積型作品說駁論
　　　劉孔伏、潘良熾，煙臺師範學院學報，1991 年第 3 期

1042.《金瓶梅詞話》刻本第九十一回錯誤辨正
　　　張天堡，淮北煤師院學報，1991 年第 3 期

1043. 吳晗先生關於《金瓶梅》成書年代的論斷不能成立

周鈞韜，淮海論壇，1991 年第 3 期

1044. 古代小說「白話」語言藝術的成熟——《金瓶梅》語言運用上的新創造

王啟忠，管理與教學，1991 年第 3 期

1045. 《金瓶梅》作者「笑笑生」的連鎖雙邊諧隱的猜想——試用明人《七歲》觀探索《金瓶梅》作者賈三近的謎語

譚彼岸，廣東教育學院學報，1991 年第 4 期

1046. 《金瓶梅》的誤會

李書磊，文學自由談，1991 年第 4 期

1047. 論《金瓶梅詞話》的「吃」字句

許仰民，許昌師專學報，1991 年第 4 期

1048. 《金瓶梅》中的動詞性主謂語句

何洪峰，武漢教育學院學報，1991 年第 4 期

1049. 《金瓶梅詞話》是一部探討人生的小說

許建平，明清小說研究，1991 年第 4 期

1050. 《金瓶梅詞話注釋》質疑

姜志信，河北師院學報，1991 年第 4 期

1051. 關於《金瓶梅》全書構成問題

薛洪，學術研究叢刊，1991 年第 4 期

1052. 《金瓶梅》成書年代考證（續）

黃吉昌，昭通師專學報，1991 年第 4 期

1053. 論《金瓶梅詞話》的多音節狀態形容詞

許仰民，信陽師範學院學報，1991 年第 4 期

1054. 《金瓶梅》中俗語的連用

沈慧雲，語文研究，1991 年第 4 期

1055. 《金瓶梅》語語補釋

顧冠華，徐州師範學院學報，1991 年第 4 期

1056. 《金瓶梅》書名英譯芻議

張森林、王小鐵，徐州師範學院學報，1991 年第 4 期

1057. 李瓶兒之追求與幻滅

載湘、蘇石，徐州師範學院學報，1991 年第 4 期

1058. 莫將癰疽作桃花——我看《金瓶梅》中的性描寫

田耒，徐州師範學院學報，1991 年第 4 期

1059. 試論《金瓶梅詞話》後二十回

張家英，綏化師專學報，1991 年第 4 期

1060. 《金瓶梅》寫作空間環境再考

洪誠、董明，淮海論壇，1991 年第 4 期

1061. 剖析《金瓶梅》人物的力作——讀《金瓶梅人物譜》

廣田，瞭望，1991 年第 4 期

1062. 從小說《金瓶梅》到戲曲《李瓶兒》

王利器，團結報，1991 年 5 月 1 日

1063. 棗肉與橄欖——《金瓶梅》鑒賞心理探幽

李建中，名作欣賞，1991 年第 5 期

1064. 《金瓶梅詞話》留文索隱

王利器，社會科學輯刊，1991 年第 5 期

1065. 都知愛慕此生才——潘金蓮與王熙鳳形象之比較

馮子禮，淮海論壇，1991 年第 5 期

1066. 《金瓶梅方言俗語匯釋》序

王學奇，天津師大學報，1991 年第 6 期

1067. 《金瓶梅詞話》語詞校釋

隋文昭，天津師大學報，1991 年第 6 期

1068. 《金瓶梅》泛解

何滿子，文史哲，1991 年第 6 期

1069. 《金瓶梅》中法律制度叢談

胡世凱，吉林大學學報，1991 年第 6 期

1070. 《金瓶梅》作者屠隆考補證

魏子雲，吉林大學學報，1991 年第 6 期

1071. 論《續金瓶梅》的思想內容及其認識價值

孫言誠，吉林大學學報，1991 年第 6 期

1072. 中華全國第五次《金瓶梅》學術討論會紀要

滋陽，吉林大學學報，1991 年第 6 期

1073. 《金瓶梅》的二律背反及其藝術思維

陳東有，爭鳴，1991 年第 6 期

1074. 論《金瓶梅》奴婢形象的塑造

張蒗，齊魯學刊，1991 年第 6 期

1075. 論《金瓶梅》的白描藝術
蔡效全，齊魯學刊，1991 年第 6 期

1076. 論《金瓶梅》和文化傳統
陳遼，社會科學研究，1991 年第 6 期

1077. 《金瓶梅》——我國第一部擬話本長篇小說
周鈞韜，社會科學輯刊，1991 年第 6 期

1078. 潘金蓮——執著追求的女性
新紹彤，真善美，1991 年第 6 期

1079. 鮮明的時代烙印——略談西門慶之死
葉桂桐、宋培憲，文史知識，1991 年第 9 期

1080. 謝榛是《金瓶梅》作者嗎？
文匯報，1991 年 11 月 27 日

1081. 《金瓶梅》的佈局
張國風，文史知識，1991 年第 11 期

1082. 再論《金瓶梅》付刻問題
劉孔伏，西南民族學院學報，1991 年第 12 期

1083. 為《金瓶梅》作者屠隆畫句點
魏子雲，中國書目季刊，25 卷 3 期，1991 年 12 月，頁 33-47

1084. 不應該美化《金瓶梅》的性描寫
林同，明清小說研究，1991 年增刊

1085. 《金瓶梅》與四大奇書
吳康民，書卷多情，香港明窗出版社 1991 年

(十一)1992 年

1086. 兩副嘴臉，一副靈魂——論王六兒、韓道國
孔繁華，大慶師專學報，1992 年第 1 期

1087. 貌似神離胞兄弟，另起爐社創新業——《金瓶梅》《水滸傳》西門慶潘金蓮考校
周克良，大慶師專學報，1992 年第 1 期

1088. 一代淫棍的「賢內助」——論《金瓶梅》中的吳月娘
余岢，大慶師專學報，1992 年第 1 期

1089. 招搖撞騙的明王八——試析韓道國

李鳳儀，大慶師專學報，1992 年第 1 期

1090.對魏子雲《金瓶梅詞話注釋》的若干補訂

俞明芳，上海師範大學學報，1992 年第 1 期

1091.人性的解放與淪喪——論《金瓶梅》中的「金」「瓶」「梅」

朱繼琢，廣東民族學院學報，1992 年第 1 期

1092.古典悲劇概念的蛻變——《金瓶梅》悲劇意義散論

董芳，天津教育學院學報，1992 年第 1 期

1093.試論《金瓶梅》的「德」與「色」

李建中，中國文學研究，1992 年第 1 期

1094.《金瓶梅》全本早期收藏者「劉金吾」考

胡小偉，文學遺產，1992 年第 1 期

1095.《金瓶梅》打秋千詩與解學士

程有慶，文獻，1992 年第 1 期

1096.《金瓶梅》寫臨清緣由初探

魯歌，許昌師專學報，1992 年第 1 期

1097.讀《金瓶梅》與《紅樓夢》作者的審美思想

馬名革，江西社會科學，1992 年第 1 期

1098.貴族社會與市民社會芸芸眾生的絕妙的傳神寫照

馮子禮，紅樓，1992 年第 1 期

1099.孟玉樓的金簪揭謎

許志強，時代，1992 年第 1 期

1100.《金瓶梅》的語言多元系統及其形成的原因

孫維張，社會科學戰線，1992 年第 1 期

1101.欣欣子屠本畯考釋

鄭閏，社會科學戰線，1992 年第 1 期

1102.從《金瓶梅》看大運河文化的特色與局限

馬征，社會科學輯刊，1992 年第 1 期

1103.解讀與重構——讀王汝梅《金瓶梅探索》

楊春忠，社會科學輯刊，1992 年第 1 期

1104.《金瓶梅》研究的新開拓——評周中明著《金瓶梅藝術論》

周鈞韜，社科信息，1992 年第 1 期

1105.《金瓶梅》對人欲的張揚與反撥

李永昶、劉連庚，棗莊師專學報，1992 年第 1 期

1106.《金瓶梅詞典》釋義補正

李芳元，棗莊師專學報，1992 年第 1 期

1107.《金瓶梅》魯南方言俗語例釋

孫天勝，棗莊師專學報，1992 年第 1 期

1108.《金瓶梅》《紅樓夢》小說創作中的模糊手法

于承武，棗莊師專學報，1992 年第 1 期

1109.關於《金瓶梅》全書構成問題

薛洪，明清小說研究，1992 年第 1 期

1110.《金瓶梅》德文全譯本譯者介紹

張蕊青，明清小說研究，1992 年第 1 期

1111.丁耀亢與《續金瓶梅》

周鈞韜、于潤琦，明清小說研究，1992 年第 1 期

1112.浪蕩敗家、浪蕩興家——西門慶與賈璉形象之比較

吳維智，明清小說研究，1992 年第 1 期

1113.論《金瓶梅》中儒釋道的雙重效應

陳遼，明清小說研究，1992 年第 1 期

1114.謝肇淛評《金瓶梅》

劉紹智，固原師專學報，1992 年第 1 期

1115.官哥孝哥形象塑造中佛事情節的文化象徵

梁佛根，河池師專學報，1992 年第 1 期

1116.思辨考證　雙向匯毓——周鈞韜金學專著讀後

魯吟，學海 1992 年第 1 期

1117.《金瓶梅》的宗教意識與深層結構

魏崇新，徐州師範學院學報，1992 年第 1 期

1118.《金瓶梅》為什麼要寫林太太

閻增山，徐州師範學院學報，1992 年第 1 期

1119.傳統家庭倫理與《金瓶梅》的「家反宅亂」

趙興勤，徐州師範學院學報，1992 年第 1 期

1120.從《金瓶梅》對官僚制度的揭露看明朝的滅亡

周金降、朱玉英，徐州師範學院學報，1992 年第 1 期

1121.從《金瓶梅》中的妓女看明代社會對人性的摧殘

載湘、蘇石，徐州師範學院學報，1992 年第 1 期

1122. 讀《三續金瓶梅》
魯歌、馬征，徐州師範學院學報，1992 年第 1 期

1123. 關於《金瓶梅》德文全譯本——譯者祁拔兄弟及其它
李士勳，徐州師範學院學報，1992 年第 1 期

1124. 面對《金瓶梅》的文化思索——《金瓶梅與中國文化》序章
張之，徐州師範學院學報，1992 年第 1 期

1125. 談《金瓶梅》中的人名諧音與成書
孟昭連，徐州師範學院學報，1992 年第 1 期

1126. 一個概括晚明社會情態的特殊平凡人——《金瓶梅》之西門慶論
周克良，徐州師範學院學報，1992 年第 1 期

1127. 《張于湖傳》與《金瓶梅詞話》
傅承洲，徐州師範學院學報，1992 年第 1 期

1128. 《金瓶梅詞話》與作者蘭陵笑笑生的雙重諧隱——試用枚乘〈七發〉觀與雙關諧隱
證賈三近的猜想
譚彼岸，徐州教育學院學報，1992 年第 1 期

1129. 生辰八字與《金瓶梅》作者之謎
洪誠、董明，徐州教育學院學報，1992 年第 1 期

1130. 惡之花的馨香——《金瓶梅》與商妓文化
田秉鍔，徐州教育學院學報，1992 年第 1 期

1131. 《金瓶梅》性描寫的美學批判
劉中光，聊城師範學院學報，1992 年第 1 期

1132. 論《金瓶梅》獨特的藝術思維指向
陳東有，萍鄉教育學院學報，1992 年第 1 期

1133. 《金瓶梅》寫作年代的重要鑒證——兼與香港梅節先生商榷
洪誠、董明，淮海論壇，1992 年第 1 期

1134. 《金瓶梅》裏的鞋
子健，文匯讀書週報，1992 年 2 月 8 日

1135. 從《金瓶梅》看明季城鎮私園
孫小力，廣西師院學報，1992 年第 2 期

1136. 《金瓶梅》寫臨清緣由初探
魯歌，許昌師專學報，1992 年第 2 期

1137. 《金瓶梅》的題材、人物和結構

　　　蔣慶山、滕培莒，中南民族學院學報，1992 年第 2 期

1138. 從《金瓶梅》看明代佛教音樂

　　　田青，中國音樂學，1992 年第 2 期

1139. 金散、瓶碎、梅枯──《金瓶梅》三女主角異同

　　　种衍璋，內蒙古電大學刊，1992 年第 2 期

1140. 論《金瓶梅》悲劇的社會意義

　　　朱俊亭，文史哲，1992 年第 2 期

1141. 李瓶兒性格的轉變

　　　張國風，古典文學知識，1992 年第 2 期

1142. 屠隆與屠本畯──笑笑生與欣欣子

　　　呂珏，寧波師院學報，1992 年第 2 期

1143. 為《金瓶梅》作者畫句點

　　　魏子雲，寧波師院學報，1992 年第 2 期

1144. 試論《金瓶梅》對天命觀念的承襲

　　　王啟忠，齊魯學刊，1992 年第 2 期

1145. 《水滸全傳》《金瓶梅》《紅樓夢》中動詞重疊式的比較

　　　李思明，重慶師院學報，1992 年第 2 期

1146. 試論《金瓶梅》的「德」與「色」

　　　李建中，中國文學研究，1992 年第 2 期

1147. 金學之路──《我與金瓶梅》讀後感言

　　　吳野，社會科學研究，1992 年第 2 期

1148. 《金瓶梅》的價值所在──王啟忠新著《金瓶梅價值論》平議

　　　傅憎享，社會科學輯刊，1992 年第 2 期

1149. 《浮生六記》與《金瓶梅》

　　　張蕊青，明清小說研究，1992 年第 2 期

1150. 追魂攝魄探「奇書」──《金瓶梅的女性世界》讀劄

　　　古耜，明清小說研究，1992 年第 2 期

1151. 潘金蓮──長期男權主義糞土上的惡之花

　　　潘承玉，阜陽師範學院學報，1992 年第 2 期

1152. 《金瓶梅》中的市民意識和商業活動

　　　吳雙全，河北財經學院學報，1992 年第 2 期

1153. 小說觀念的巨大變革——論《金瓶梅》的貢獻
張進德，河南大學學報，1992 年第 2 期

1154. 情欲描寫移植錯位——《金瓶梅》非文士之作
傅憎享，學習與探索，1992 年第 2 期

1155. 深刻的歷史文化觀照——《金瓶梅新論》評介
叢坤，學習與探索，1992 年第 2 期

1156. 一個在追求和抗爭中的墮落者——潘金蓮形象分析
孫丕文，陝西工商學院學報，1992 年第 2 期

1157. 蘭陵笑笑生屠隆考論
鄭閏，復旦學報，1992 年第 2 期

1158. 再論笑笑生是屠隆
黃霖，復旦學報，1992 年第 2 期

1159. 屠本畯《觸政》跋的史實啟示
魏子雲，復旦學報，1992 年第 2 期

1160. 論《金瓶梅詞話》的助詞「著」與「來」
許仰民，信陽師範學院學報，1992 年第 2 期

1161. 金瓶碎屑
梁今知，徐州教育學院學報，1992 年第 2 期

1162. 「金學」研究走勢隨談
楊傳珍、姚天雪，文匯報，1992 年 6 月 3 日

1163. 施蟄存先生說《金瓶梅》
陳詔，文學報，1992 年 6 月 18 日

1164. 國際《金瓶梅》學術討論會召開，中外學者提出一些新見解
人民日報（海外版），1992 年 6 月 22 日

1165. 第二屆國際《金瓶梅》學術討論會在魯舉行
肖笙，中國文化報，1992 年 6 月 24 日

1166. 古典文學中唯一的自然主義力作——《金瓶梅詞話》的新評估（上）
戈壁，明道文藝，195 期，1992 年 6 月，頁 53-63

1167. 老舍與《金瓶梅》
沙北，新聞出版報，1992 年 7 月 4 日

1168. 「金學」研究的新視角——評《金瓶梅價值論》
海貝，文匯報，1992 年 7 月 22 日

1169. 超越無奈的畫夢——讀《吳以徐金瓶梅百圖》

    及巨濤，文匯報，1992 年 7 月 23 日

1170. 古典文學中唯一的自然主義力作——《金瓶梅詞話》的新評估（中）

    戈壁，明道文藝，196 期，1992 年 7 月，頁 38-48

1171. 古典文學中唯一的自然主義力作——《金瓶梅詞話》的新評估（下）

    戈壁，明道文藝，197 期，1992 年 8 月，頁 41-53

1172. 現存《金瓶梅詞話》的刻行年代

    魯歌，西安晚報，1992 年 9 月 7 日

1173. 也論吳月娘——兼說《金瓶梅》之佛教意識

    周克良，大慶師專學報，1992 年第 3 期

1174. 一部「金學」研究的力作——《金瓶梅注評》評介

    劉文，山東社會科學，1992 年第 3 期

1175. 《金瓶梅》方言與魯中土語

    魯沂，山東教育學院學報，1992 年第 3 期

1176. 《金瓶梅》研究的新水準與新成果——評李時人《金瓶梅新論》

    魏崇新，天津社會科學，1992 年第 3 期

1177. 《金瓶梅》呼喚對它審美

    甯宗一，天津社會科學，1992 年第 3 期

1178. 魯迅評《金瓶梅》

    劉紹智，寧夏教育學院·寧夏師專學報，1992 年第 3 期

1179. 《金瓶梅》詞語劄記——兼與《小說詞語匯釋》《金瓶梅詞典》訓釋商榷

    黃寶生，漢中師院學報，1992 年第 3 期

1180. 潘金蓮與酒

    黃敏文，吉林師範學院學報，1992 年第 3 期

1181. 論《金瓶梅》作者考證熱

    陳大康，華東師範大學學報，1992 年第 3 期

1182. 「大家風範」與「小家子氣」——《紅樓夢》與《金瓶梅》中兩種不同的主婦群的

    形象之比較

    馮子禮，紅樓夢學刊，1992 年第 3 期

1183. 《金瓶梅》人物語言散論

    蔡永良，吳中學刊，1992 年第 3 期

1184. 詞話本、崇禎本兩個版本兩種文化——《金瓶梅》詞語俗與文的異向分化

傅憎享，社會科學輯刊，1992 年第 3 期

1185. 《金瓶梅詞典》拾補小輯

鮑延毅，棗莊師專學報，1992 年第 3 期

1186. 《金瓶梅》作者是賈夢龍嗎？

魯歌、劉娜，棗莊師專學報，1992 年第 3 期

1187. 《金瓶梅》話本內證

傅憎享，棗莊師專學報，1992 年第 3 期

1188. 暴發戶的勝利與最終敗績——論西門慶形象的階級本質和社會意義

張業敏，學術論壇，1992 年第 3 期

1189. 論孟玉樓的婚姻與處世觀

申士堯，陝西教育學院學報，1992 年第 3 期

1190. 《金瓶梅》「諧隱」說不能成立——與美國譚彼岸商榷

孟憲章，徐州教育學院學報，1992 年第 3 期

1191. 《金瓶梅詞話》作者的文化心態

張家英，綏化師專學報，1992 年第 3 期

1192. 試論《金瓶梅》《紅樓夢》的美學分野

董芳，綏化師專學報，1992 年第 3 期

1193. 《金瓶梅》與晚明歷史走向

杜學平、楊傳珍，淮陰師專學報，1992 年第 3 期

1194. 遊移視角與固定視角——《水滸傳》與《金瓶梅》的視角差異

田秉鍔，淮陰師專學報，1992 年第 3 期

1195. 論《金瓶梅詞話》中詩的藝術效用

夏春豪，淮海論壇，1992 年第 3 期

1196. 一個幫嫖貼食的幫閒——應伯爵形象淺析

李鳳儀，蒲峪學刊，1992 年第 3 期

1197. 一個道德批判的早產兒

吳根友，新東方，1992 年第 3 期

1198. 《金瓶梅》方言新證

吳聿明，東南文化，1992 年第 3-4 期

1199. 在「歷史的十字路口」尋找精神家園——《金瓶梅》市井信仰民俗管窺

周紅，明清小說研究，1992 年第 3-4 期

1200. 讀《金》瑣記

陳鴻祥，明清小說研究，1992 年第 3-4 期

1201. 屠隆・劉金吾・金瓶梅

鄭閏，明清小說研究，1992 年第 3-4 期

1202. 深淺有別　雅俗異致——《金瓶梅》與《紅樓夢》中宗教描寫之比較

馮子禮，明清小說研究，1992 年第 3-4 期

1203. 笑笑生與儒道佛——《金瓶梅》創作的主體意識蠡測

閏桐、韶玉，廣西師範大學學報，1992 年第 4 期

1204. 借歷史的巨眼觀照小說——漫評王啟忠新著《金瓶梅價值論》

劉敬圻，北方論叢，1992 年第 4 期

1205. 欣欣子不是屠本畯，笑笑生不是屠隆、屠大年

魯歌，西北大學學報，1992 年第 4 期

1206. 袁氏（袁宏道、袁中道）兄弟與《金瓶梅》抄本新考

王輝斌，西南民族學院學報，1992 年第 4 期

1207.《紅樓夢》對《金瓶梅》的繼承與超越

郭興良，曲靖師專學報，1992 年第 4 期

1208. 論《金瓶梅》對明代社會失範的描寫

毛忠賢，江西大學學報，1992 年第 4 期

1209.《金瓶梅價值論》評介

關四平，求是學刊，1992 年第 4 期

1210.《金瓶梅》作者研究雜談

許志強，時代，1992 年第 4 期

1211.《金瓶梅詞話》語氣詞考察

潘攀，武漢教育學院學報，1992 年第 4 期

1212. 第二屆國際《金瓶梅》學術討論會綜述

辛文，徐州師範學院學報，1992 年第 4 期

1213.《金瓶梅》方言詞音義辨析

張遠芬，徐州教育學院學報，1992 年第 4 期

1214. 從《金瓶梅詞話》所與官場生活看其作者

張家英，綏化師專學報，1992 年第 4 期

1215. 淫婦李瓶兒的審美價值

余崑，聊城師範學院學報，1992 年第 4 期

1216.《金瓶梅》人物語言散論

　　俞正貽、蔡永良等，湖州師專學報，1992 年第 4 期

1217. 盧楠三考──兼駁盧楠創作或參與創作了《金瓶梅》諸說

　　李慶立，東嶽論叢，1992 年第 5 期

1218. 托筆於夢，實寫心聲──讀《金瓶梅》中的夢

　　鄭祥，北方論叢，1992 年第 5 期

1219. 「李漁評改《金瓶梅》」考辨──兼談崇禎本系統的某些版本特徵

　　王汝梅，吉林大學學報，1992 年第 5 期

1220. 突破與超越：《金瓶梅》研究的現實走向

　　王汝梅、春忠，吉林大學學報，1992 年第 5 期

1221. 《金瓶梅》考證要實事求是

　　徐朔方，吉林大學學報，1992 年第 5 期

1222. 突破與超越──《金瓶梅》研究的現實走向

　　春忠、滋陽，吉林大學學報，1992 年第 5 期

1223. 《金瓶梅》：一個特權商人的惡性膨脹史──與「新興商人悲劇」說商榷

　　高培華、楊清蓮，河南大學學報，1992 年第 5 期

1224. 人性之惡與生命之惡的寓言──《金瓶梅》性描寫新論

　　王彪，學術研究，1992 年第 5 期

1225. 人欲的正視和人生的困惑──《金瓶梅》的價值取向論析

　　宋克夫，湖北大學學報，1992 年第 5 期

1226. 評《金瓶梅三女性透視》

　　陳洪，天津社會科學，1992 年第 6 期

1227. 逐潮踏浪──《金瓶梅》女性論

　　紅蘆，中州學刊，1992 年第 6 期

1228. 《金瓶梅》人物塑造模糊美管窺

　　種揚，內蒙古電大學刊，1992 年第 6 期

1229. 《新刻繡像批評金瓶梅評語》試校（待續）

　　周生，甘肅社會科學，1992 年第 6 期

1230. 《金瓶梅》與近代漢字研究

　　張鴻魁，東嶽論叢，1992 年第 6 期

1231. 扁平・地渡・圓形──論《金瓶梅》人物性格塑造

　　厲平，遼寧師範大學學報，1992 年第 6 期

1232. 情感世界的「多餘人」──論《金瓶梅》中的吳月娘形象

蕭宿榮，爭鳴，1992 年第 6 期

1233. 論《金瓶梅詞話》的諧趣藝術

傅憎享，江海學刊，1992 年第 6 期

1234. 安娜、潘金蓮、鳳姐及其它「蕩婦」形象論析

徐其超，社會科學研究，1992 年第 6 期

1235. 攀附者的辛酸與悲哀──《金瓶梅》與《紅樓夢》中的兩個姥姥

馮子禮，紅樓，1992 年第 10 期

1236. 《金瓶梅》的古白話口語考

劉鏡芙，國語日報·書和人，1992 年 11 月 28 日

1237. 《金瓶梅》作者是誰？

魯歌，西安晚報，1992 年 12 月 21 日

1238. 《金瓶梅》的研究

彥火，《生命，不盡的長流》，香港天地圖書有限公司 1992 年

1239. 讀《金瓶梅詞話》劄記

陳輝揚，《夢影錄》卷三，香港三聯書店 1992 年

(十二)1993 年

1240. 重簾下的生靈──《金瓶梅三女性透視》讀後

吳楚，文藝報，1993 年 1 月 9 日

1241. 開啟《金瓶梅》語言關鍵的鑰匙──《金瓶梅方言俗語匯釋》評介

董紹克，新聞出版報，1993 年 1 月 20 日

1242. 《金瓶梅》中的賭

王年双，中央日報·長河，1993 年 1 月 26 日

1243. 漫話「笑笑生」

魯歌，西安晚報，1993 年 2 月 9 日

1244. 關於武大郎的傳說

張世斌，光明日報，1993 年 3 月 22 日

1245. 《金瓶梅》與山西及作者之謎

魯歌、馬征，山西大學學報，1993 年第 1 期

1246. 《金瓶梅》飲食趣談

李志剛，文藝百家，1993 年 1 月

1247. 《金瓶梅》人物談──南開大學中文系座談會紀要

　　雷勇，古典文學知識，1993 年第 1 期

1248. 《新刻繡像批評金瓶梅評語》試校（續）

　　周生，甘肅社會科學，1993 年第 1 期

1249. 屠本畯所記《金瓶梅》事辨析

　　劉孔伏、潘良熾，許昌師專學報，1993 年第 1 期

1250. 《金瓶梅》談巫

　　高潮，棗莊師專學報，1993 年第 1 期

1251. 新審美價值對舊審美理想的突破——論《金瓶梅》的美學意義

　　陳東有，棗莊師專學報，1993 年第 1 期

1252. 蘭不擋門，不鋤何害——《金瓶梅》性文化說

　　田秉鍔，棗莊師專學報，1993 年第 1 期

1253. 《金瓶梅》是「世代累積型」作品嗎？

　　孟昭連，明清小說研究，1993 年第 1 期

1254. 《金瓶梅》第一回衍變的思考

　　張虹，明清小說研究，1993 年第 1 期

1255. 女性的悲慘世界——再論《金瓶梅》人物性格系統

　　陳建生，明清小說研究，1993 年第 1 期

1256. 梅節重校本《金瓶梅詞話》出版

　　金迅，明清小說研究，1993 年第 1 期

1257. 《金瓶梅》主題論

　　王志武，唐都學刊，1993 年第 1 期

1258. 畸形文化下的人物悲劇——《金瓶梅人物悲劇論》評介

　　邱作霖，唐都學刊，1993 年第 1 期

1259. 一條尋找真本《金瓶梅》的線索——從新發現的《新氏宗譜》談起

　　劉宏，湖北教育學院學報，1993 年第 1 期

1260. 「李漁評改《金瓶梅》」考辯

　　王汝梅，吉林大學學報，1993 年第 1 期

1261. 略談《金瓶梅》法文全譯本

　　李治華，歐華學報，3 期，1993 年 5 月，頁 81-85

1262. 書評二則：1.《金瓶梅》法文全譯本　2.《煙壺》法譯本

　　迻紅，歐華學報，3 期，1993 年 5 月，頁 86-88

1263. 《金瓶梅》在德國

李士勳，歐華學報，3 期，1993 年 5 月，頁 74-80

1264. 《金瓶梅》詞語短劄

張喆生，中國語文，1993 年第 2 期

1265. 《金瓶梅》某些詞語釋義和字形問題

張鴻魁，中國語文，1993 年第 2 期

1266. 「劉金吾」的疑案

胡小偉，文學遺產，1993 年第 2 期

1267. 再談「劉金吾」與屠隆及馮夢龍——答胡小偉先生

黃霖，文學遺產，1993 年第 2 期

1268. 影印《張竹坡批評第一奇書金瓶梅》緣起

于天池，北京師範大學學報，1993 年第 2 期

1269. 《金瓶梅詞典》拾誤

侯蘭笙，西北師大學報，1993 年第 2 期

1270. 試論西門慶

李鳳儀，齊齊哈爾師範學院學報，1993 年第 2 期

1271. 從服飾看《金瓶梅》反映的時代背景

黃強，江蘇教育學院學報，1993 年第 2 期

1272. 扭曲的人生扭曲的性——從《金瓶梅》中的性描寫說起

陳東有，爭鳴，1993 年第 2 期

1273. 《金瓶梅》非王世貞所作新佐證

許志強，時代，1993 年第 2 期

1274. 調字曰兒

樂于時，社會科學輯刊，1993 年第 2 期

1275. 《金瓶梅》中的「V 與」式雙賓結構

何洪峰，武漢教育學院學報，1993 年第 2 期

1276. 《金瓶梅詞話注釋》質疑（續一）

姜志信，河北師院學報，1993 年第 2 期

1277. 論《金瓶梅詞話》的副詞「自」

許仰民，河北師院學報，1993 年第 2 期

1278. 「書帕」含義的演變與《金瓶梅詞話》的成書年代

李忠明，南京師大學報，1993 年第 2 期

1279. 關於《金瓶梅》作者的十種說法

魯歌，貴州師範大學學報，1993 年第 2 期

1280. 論《金瓶梅》塑造人物的藝術

鍾雲星，重慶社會科學，1993 年第 2 期

1281. 《金瓶梅》婚戀描寫的文化新質

張進德，信陽師範學院學報，1993 年第 2 期

1282. 謝肇淛和生平及其他

馮保善，徐州師範學院學報，1993 年第 2 期

1283. 論《金瓶梅》中的宗教文化

周金降，徐州師範學院學報，1993 年第 2 期

1284. 釋李瓶兒之「數」——《金瓶梅詞話》校訂劄記

梅節，徐州師範學院學報，1993 年第 2 期

1285. 心理·心態·心史——談《金瓶梅》的心理心態描寫及其意義

魏崇新，徐州師範學院學報，1993 年第 2 期

1286. 論西門慶的宗教心態

盛堅，徐州師範學院學報，1993 年第 2 期

1287. 《金瓶梅》方言詞語零劄

鮑延毅，徐州師範學院學報，1993 年第 2 期

1288. 李漁評點改定《金瓶梅》考

童天廬，浙江學刊，1993 年第 2 期

1289. 潘金蓮的人格心理防禦機制及其文化詮釋

譚邦和，通俗文學評論，1993 年第 2 期

1290. 《金瓶梅》中的古代體育活動

趙錫春，萍鄉高等專科學校學報，1993 年第 2 期

1291. 兩部殊途同歸的小說——《西遊記》《金瓶梅》主旨新探

朱邦國，淮陰教育學院學報，1993 年第 2 期

1292. 一部值得推薦的專書詞典——讀白維國《金瓶梅詞典》

劉鏡芙，辭書研究，1993 年第 2 期

1293. 《金瓶梅》瑣議之二——妻妾制度的罪惡

舒永衡，黔南民族師專學報，1993 年第 2 期

1294. 《金瓶梅》作者的撲朔迷離

陳詔，書城（創刊號），1993 年 7 月

1295. 蘭陵笑笑生·西門慶·《金瓶梅》

种衍璋，內蒙古電大學刊，1993 年第 3 期

1296. 談《金瓶梅》崇禎本

顧青，文獻，1993 年第 3 期

1297. 卦·相思卦·鞋崇拜──《金瓶梅》風俗漫談之一

劉桂秋，東南文化，1993 年第 3 期

1298. 《金瓶梅》與《紅樓夢》對讀二題

季學原，寧波學院學報，1993 年第 3 期

1299. 屠隆著作考述

袁慧，寧波師院學報，1993 年第 3 期

1300. 一朝才子傳屠隆

桂心儀，寧波師院學報，1993 年第 3 期

1301. 《金瓶梅詞話》的因果觀

徐季子，寧波師院學報，1993 年第 3 期

1302. 《金瓶梅》的悲劇性

王肇亨，寧波師院學報，1993 年第 3 期

1303. 《金瓶梅》與中國古代性文化

丁東，名作欣賞，1993 年第 3 期

1304. 潘金蓮的悲劇及其認識意義

金玉田，汕頭大學學報，1993 年第 3 期

1305. 歷史的選擇和選擇歷史──《金瓶梅》西門慶再論

周克良，牡丹江師範學院學報，1993 年第 3 期

1306. 論西門慶的文化特徵

齊欣榮，社會科學研究，1993 年第 3 期

1307. 十八兩稱

樂于時，社會科學輯刊，1993 年第 3 期

1308. 釋《金瓶梅》「山東賣棉花的客人」中的「山東」

張天堡，社會科學輯刊，1993 年第 3 期

1309. 《金瓶梅》方音特點續說

張鴻魁，青島師專學報，1993 年第 3 期

1310. 亡國之鑒──試論《金瓶梅》的思想及其插圖的藝術

裘沙，明清小說研究，1993 年第 3 期

1311. 西門慶東京慶壽誕的時代效應

南矩容，固原師專學報，1993 年第 3 期

1312. 簡論《金瓶梅》宗教描寫中的新形態

王啟忠，南京社會科學，1993 年第 3 期

1313. 胡編亂選即欺世，以假充真好盜名——新編《金瓶梅全傳》瑣評

王志堯，南都學壇，1993 年第 3 期

1314. 論《金瓶梅》塑造人物的藝術（下）

鍾雲星，重慶社會科學，1993 年第 3 期

1315. 論《金瓶梅》林太太形象

宋培憲，徐州教育學院學報，1993 年第 3 期

1316. 談《金瓶梅》的委婉藝術

孟憲章、杜元會，徐州教育學院學報，1993 年第 3 期

1317. 《金瓶梅》的作者不是「蘭陵笑笑生」

洪城等，淮海論壇，1993 年第 3 期

1318. 《金瓶梅》——明代後期的世情書

龐金殿，德州師專學報，1993 年第 3 期

1319. 再談如何評價潘金蓮這個文學形象——與許有倫先生「商榷」的商榷

孫丕文，陝西工商學院學報，1993 年第 3-4 期

1320. 略談《金瓶梅》中的職官名

黃立新，上海大學學報，1993 年第 4 期

1321. 「地位升降」聽角色變換——西門慶與儒林仕宦關係掃描

譚學亮，中國文學研究，1993 年第 4 期

1322. 無所指歸的文化悲涼——論《金瓶梅》的思想矛盾及主題的終極指向

王彪，文學遺產，1993 年第 4 期

1323. 關於《金瓶梅》幾個詞語的解釋

李申，文獻，1993 年第 4 期

1324. 洞微燭隱，後出轉精——《金瓶梅方言俗語匯釋》評介

伯辛，古漢語研究，1993 年第 4 期

1325. 關於《金瓶梅三女性透視》的思考——和青年朋友交談答問

羅德榮，古典文學知識，1993 年第 4 期

1326. 《金瓶梅》人物語言描寫的藝術特色

陳家生，寫作，1993 年第 4 期

1327. 奇書導讀，金學攬勝——《金瓶梅鑒賞辭典》及其它

鄧韶玉、王弘達，陰山學刊，1993 年第 4 期
1328. 《金瓶梅詞話》對理學和宗教的選擇
　　陳東有，爭鳴，1993 年第 4 期
1329. 《金瓶梅》大背景透視
　　許志強，時代，1993 年第 4 期
1330. 張竹坡評點《金瓶梅》的敘事理論
　　陶原珂，社會科學家，1993 年第 4 期
1331. 《金瓶梅》俗諺求因
　　傅憎享、楊愛群，社會科學輯刊，1993 年第 4 期
1332. 誰打羅，誰吃飯
　　樂于時，社會科學輯刊，1993 年第 4 期
1333. 《金瓶梅》詞語校釋
　　張湧泉，杭州師範學院學報，1993 年第 4 期
1334. 關雎之德《吳月娘》
　　張蕊青，明清小說研究，1993 年第 4 期
1335. 試析《金瓶梅詞話》的男權價值倚重
　　林樹明，貴州大學學報，1993 年第 4 期
1336. 論蘭陵笑笑生的婦女觀及其意義
　　閻來恩，濟寧師專學報，1993 年第 4 期
1337. 《金瓶梅》——批判現實主義的傑作
　　徐洪岐、湯國梁，濟寧師專學報，1993 年第 4 期
1338. 《金瓶梅》佛道意識初探
　　余岢，濟寧師專學報，1993 年第 4 期
1339. 求實求是，搞學術不搞騙術——第六屆全國《金瓶梅》學術討論會側記
　　辛文，徐州師範學院學報，1993 年第 4 期
1340. 《金瓶梅》刻畫潘金蓮人物技法小議
　　王美春，閱讀與寫作，1993 年第 4 期
1341. 《金瓶梅詞話》字音商榷一則
　　侯利民，中國語文，1993 年第 5 期
1342. 關於《金瓶梅》的漫談
　　吳組緗，文學遺產，1993 年第 5 期
1343. 明代文化背景下的《金瓶梅》創作及評論

鄭頌，社會科學戰線，1993 年第 5 期

1344. 看雀兒撞兒眼

樂于時，社會科學輯刊，1993 年第 5 期

1345. 《金瓶梅》方言俗語臆釋（上）

魏連科，河北學刊，1993 年第 5 期

1346. 《金瓶梅》詞語深層結構與文化內涵

傅憎享，學習與探索，1993 年第 5 期

1347. 一部最敏感的禁書——話說《金瓶梅》之一

陳東有，知識窗，1993 年第 5 期

1348. 吳月娘——悲莫大者

种衍璋，內蒙古電大學刊，1993 年第 6 期

1349. 試談《金瓶梅》的序、跋

李鳳儀，求是學刊，1993 年第 6 期

1350. 《金瓶梅》的改定者是誰？

王利器，社會科學戰線，1993 年第 6 期

1351. 談《金瓶梅詞話》版本

于鳳樹，圖書館學研究，1993 年第 6 期

1352. 幫閒蔑片論——從應伯爵到夏逢若

王基，河南師範大學學報，1993 年第 6 期

1353. 明朝社會的百科全書——話說《金瓶梅》之二

陳東有，知識窗，1993 年第 6 期

1354. 關於《金瓶梅》的幾種版本

魯歌、馬征，貴州文史叢刊，1993 年第 6 期

1355. 《金瓶梅》所展示的倫理世界

郭學信，貴州文史叢刊，1993 年第 6 期

1356. 讀《金瓶梅方言俗語匯釋》劄記

蔣宗福，西南師範大學學報，1993 年第 7 期

1357. 《金瓶梅》中的體育活動

盛志霞，文史知識，1993 年第 8 期

1358. 應伯爵和他的混飯術

徐景洲，文史知識，1993 年第 8 期

1359. 是男人，誰能敵其「俏」？

張士魁，中國服飾文化，1993 年第 9-10 期

1360. 《金瓶梅》從書到螢幕的飛躍——由李翰祥欲六拍《金瓶梅》而想到的

黃家章，博覽群書，1993 年第 11 期

1361. 《金瓶梅詞話》的第一個英文全譯本

徐朔方，文匯報，1993 年 12 月 18 日

1362. 談《金瓶梅》中的女子形體描寫

陳遼，中國書目季刊，27 卷 3 期，1993 年 12 月，頁 34-38

1363. 《金瓶梅》的影子——談《金瓶梅》與《紅樓夢》的關聯性

劉炳彪，中縣文藝，7 期，1993 年 12 月，頁 37-40

1364. 讀《譯注評析金瓶梅詩選》

王毅，湘潭師範學院學報，1993 年增刊

(十三)1994 年

1365. 《紅樓夢》與《金瓶梅》及唐詩漢賦

肖甫春，大慶高等專科學校學報，1994 年第 1 期

1366. 《金瓶梅》名帖考

潘建國，上海師範大學學報，1994 年第 1 期

1367. 明代《金瓶梅》批評論

齊魯青，內蒙古大學學報，1994 年第 1 期

1368. 對《金瓶梅詞典》一些注釋的質疑

張簡，內蒙古電大學刊，1994 年第 1 期

1369. 洩憤，從詩文到小說——兼談張竹坡的小說創作動力論

徐一周，玉林師專學報，1994 年第 1 期

1370. 潘金蓮與包法利夫人

劉紹智，西北第二民族學院學報，1994 年第 1 期

1371. 美醜映照，情欲交融——試談潘金蓮與恰特萊夫人形象的美學意義

劉須明，外國文學研究，1994 年第 1 期

1372. 《金瓶梅》方言土語探謎

許志強，時代，1994 年第 1 期

1373. 關於「來是是非人，去是是非者」的解釋

邵特昂，紅樓夢學刊，1994 年第 1 期

1374. 小說人名比較小議

傅憎享，紅樓夢學刊，1994 年第 1 期

1375. 潘金蓮與宋惠蓮

劉紹智，固原師專學報，1994 年第 1 期

1376. 《金瓶梅》「反切」語趣

傅憎享，棗莊師專學報，1994 年第 1 期

1377. 簡說《金瓶梅》的幾種版本

魯歌，棗莊師專學報，1994 年第 1 期

1378. 西門慶的錢、權、欲——話說《金瓶梅》之三

陳東有，知識窗，1994 年第 1 期

1379. 張竹坡論《金瓶梅》的藝術結構特色

周書文，洛陽師專學報，1994 年第 1 期

1380. 《金瓶梅》人名小識

林清峰，閱讀與寫作，1994 年第 1 期

1381. 論《金瓶梅》的道德倫理

辛文，徐州師範學院學報，1994 年第 1 期

1382. 陳經濟人物形象淺析

劉文學、趙冰端，聊城師範學院學報，1994 年第 1 期

1383. 毛澤東論《紅樓夢》及其與《金瓶梅》關係

鄭松生，福州師專學報，1994 年第 1 期

1384. 評《廢都》的藝術模仿

潘承玉，北京社會科學，1994 年第 1 期

1385. 舞臺——《金瓶梅》新劇闖禁區

亞洲週刊，8 卷 12 期，1994 年 3 月 27 日，頁 55

1386. 開掘豐富多彩的人物性格世界——評孔繁華《金瓶梅的女性世界》

魏崇新，上海師範大學學報，1994 年第 2 期

1387. 論《金瓶梅》的原型意象

吳盛枝，廣西民族學院學報，1994 年第 2 期

1388. 封建婚姻制度的犧牲品——論潘金蓮的「淫」

毛榮發，廣西師院學報，1994 年第 2 期

1389. 退回過去與走向未來——《金瓶梅》與《十日談》性道德觀念之比較

沈湛華，內蒙古電大學刊，1994 年第 2 期

1390. 毛澤東論《金瓶梅》及對其研究的意義

蔡瓊，毛澤東思想論壇，1994 年 2 期

1391. 《金瓶梅》詞語補釋

陳霞村，文獻，1994 年第 2 期

1392. 美醜善惡多面的《金瓶梅》人物

張立德，寧夏大學學報，1994 年第 2 期

1393. 關於《金瓶梅詞話詞語剳記》的剳記

劉運興，吉首大學學報，1994 年第 2 期

1394. 《金瓶梅》創作主旨探

周永祥，齊魯學刊，1994 年第 2 期

1395. 人性覺醒與墮落的典型——論《金瓶梅》之潘金蓮

賈鵬，許昌師專學報，1994 年第 2 期

1396. 《金瓶梅》方言土語探謎續篇

許志強，時代，1994 年第 2 期

1397. 作為敘述視角與敘述動力的性描寫——《金瓶梅》性描寫的敘事功能及審美評價

王彪，社會科學戰線，1994 年第 2 期

1398. 金瓶方言瑣屑

梁今知，青海師範大學學報，1994 年第 2 期

1399. 《金瓶梅》作者在北京考

丁朗，明清小說研究，1994 年第 2 期

1400. 一條突不破的人生閉合之路——西門府中妻妾之間悲劇衝突淺說

南矩容，固原師專學報，1994 年第 2 期

1401. 《金瓶梅》的多元世界

張立德，固原師專學報，1994 年第 2 期

1402. 從《金瓶梅》夢境的情調看作者的創作意緒

楊敏，阜陽師範學院學報，1994 年第 2 期

1403. 潘金蓮的「淫」與「妒」——話說《金瓶梅》之四

陳東有，知識窗，1994 年第 2 期

1404. 《金瓶梅》中的亮色

甘建民，鐵道師院學報，1994 年第 2 期

1405. 金聖歎與張竹坡：中國古代小說美學之日月合璧——兼與葉朗、杜貴晨、馬成生先生商榷

陳金泉，學術交流，1994 年第 2 期

1406. 「船多不礙路」——談孟玉樓的人生哲學及其形象
　　　孫丕文，陝西工商學院學報，1994 年第 2 期

1407. 讀《金瓶梅詞典》劄記
　　　邵則遂，語言研究，1994 年第 2 期

1408. 《金瓶梅詞話》中所見蘭州方言詞語
　　　王森，語言研究，1994 年第 2 期

1409. 李瓶兒的性格及其成因
　　　毛榮發，桂林教育學院學報，1994 年第 2 期

1410. 《金瓶梅》佛道人性論
　　　田秉鍔，徐州師範學院學報，1994 年第 2 期

1411. 西門慶經商之性持及作用
　　　楊樂堂，徐州師範學院學報，1994 年第 2 期

1412. 社會、歷史與人生的大悲劇——《金瓶梅》主題思想新論
　　　王彪，徐州師範學院學報，1994 年第 2 期

1413. 論《金瓶梅》中的倫理道德（續）
　　　辛文，徐州師範學院學報，1994 年第 2 期

1414. 《金瓶梅》所見晚明市鎮音樂活動
　　　梁今知，徐州師範學院學報，1994 年第 2 期

1415. 《金瓶梅》性描寫的歷史意義
　　　侯寶源，聊城師範學院學報，1994 年第 2 期

1416. 從入聲看「蘭陵笑笑生」的籍貫
　　　程泱，淮陰師專學報，1994 年第 2 期

1417. 世情小說的佳構——《金瓶梅》
　　　張強，淮陰教育學院學報，1994 年第 2 期

1418. 李瓶兒屬羊的傳說
　　　吳裕成，羊城晚報，1994 年 5 月 4 日

1419. 金瓶梅宴
　　　張士魁，揚子晚報，1994 年 8 月 3 日

1420. 《金瓶梅》作者賈三近
　　　馮傳海，羊城晚報，1994 年 8 月 17 日

1421. 《金瓶梅》裏的飲食男女
　　　翁雲霞，吃在中國，54 期，1994 年 8 月，頁 26-27

1422. 由《金瓶梅》的「鬥草」習俗談其源流──《金瓶梅風俗漫談》之三

　　　劉桂秋，無錫教育學院學報，1994 年第 3 期

1423. 論武大郎

　　　聶紺弩，書摘，1994 年第 3 期

1424. 晴空一鶴排雲上，便引詩情到碧霄──《譯注評析金瓶梅詩選》給人的啟示

　　　何睫，中國文學研究，1994 年第 3 期

1425. 《金瓶梅》「扛」字音義及字形訛變──近代漢語詞語訓釋方法探討

　　　張鴻魁，中國語文，1994 年第 3 期

1426. 從叛逆到皈依──談李瓶兒

　　　孫丕文，呂梁學刊，1994 年第 3 期

1427. 《金瓶梅》與明代喇嘛教

　　　王堯，傳統文化與現代化，1994 年第 3 期

1428. 《金瓶梅》山東及淄川·魯南方言考

　　　許志強，時代，1994 年第 3 期

1429. 《金瓶梅》與《紅樓夢》人物比較

　　　柳田，紅樓夢學刊，1994 年第 3 期

1430. 運河經濟文化的產物──《金瓶梅》

　　　陳東有，江西方志，1994 年第 3 期

1431. 短了罵署，成不的《金瓶梅》──「罵大會」瑣議

　　　鮑延毅，棗莊師專學報，1994 年第 3 期

1432. 從《金瓶梅》「借用」中的新發現──論其作者及成書方式

　　　邵炌，明清小說研究，1994 年第 3 期

1433. 張竹坡論《金瓶梅》的人物系統刻畫

　　　周書文，固原師專學報，1994 年第 3 期

1434. 中國古代小說的美學風貌──談《金瓶梅》的藝術創造

　　　李時人，河北師範大學學報，1994 年第 3 期

1435. 李瓶兒的四次婚姻──話說《金瓶梅》之五

　　　陳東有，知識窗，1994 年第 3 期

1436. 從西門慶看明代後期商業資本的發展及特徵

　　　賀葵，貴州社會科學，1994 年第 3 期

1437. 再釋《金瓶梅》中的魯南方言俗語

　　　孫天勝，徐州教育學院學報，1994 年第 3 期

1438. 論《金瓶梅》的性描寫

　　徐朔方，浙江學刊，1994 年第 3 期

1439.《金瓶梅》作者新考

　　彭見明，湖南師範大學學報，1994 年第 3 期

1440. 潘金蓮語言的交際特徵和個性特徵

　　曹煒、蔡永良，鎮江師專學報，1994 年第 3 期

1441.《金瓶梅》與《聊齋》

　　王同書，蒲松齡研究，1994 年第 3 期

1442. 傑出的巨著，歷代的禁書

　　沈治鈞，中國文化研究，1994 年秋之卷

1443. 論《金瓶梅》的諷刺藝術

　　鍾雲星，中國文化研究，1994 年秋之卷

1444. 我看李瓶兒

　　傅瑤，中國文化研究，1994 年秋之卷

1445.《金瓶梅》性學史料初探——兼談著名漢學家高羅佩先生的一個考證失誤

　　徐飛，大自然探索，1994 年第 4 期

1446.《金瓶梅詞話》方言新證

　　馬永勝、姚力芸，山西大學學報，1994 年第 4 期

1447.《金瓶梅》三女性文化透視

　　張綽，廣東社會科學，1994 年第 4 期

1448. 西門慶——中國封建經濟和早期商品經濟雜交而生的畸形兒

　　孫遜，文學遺產，1994 年第 4 期

1449. 蕩婦春梅的發跡與忠義效應的失落

　　南矩容，東方論壇，1994 年第 4 期

1450. 關於《金瓶梅》考證問題的通訊

　　魏子雲，北方論叢，1994 年第 4 期

1451. 多倫多大學東亞圖書館藏《金瓶梅》版本考

　　王汝梅，吉林大學學報，1994 年第 4 期

1452.《金瓶梅》·《荀子》·《荒涼山莊》——《金瓶梅詞話》英譯本「緒論」述評

　　徐朔方，吉林大學學報，1994 年第 4 期

1453. 從「金瓶梅現象」到「賈寶玉情結」——中國古代性意識之美學嬗變

　　李建中，華中師範大學學報，1994 年第 4 期

1454. 對人類悲劇的思索與揭示——《金瓶梅》人際關係概論
　　田秉鍔，名作欣賞，1994 年第 4 期

1455. 《金瓶梅》辭書四種失誤評述
　　劉瑞明，武漢教育學院學報，1994 年第 4 期

1456. 《金瓶梅》人欲描寫新論——兼與張兵先生商榷
　　張進德，明清小說研究，1994 年第 4 期

1457. 書市偶見
　　莊禕哲，明清小說研究，1994 年第 4 期

1458. 有錢能使權推磨——話說《金瓶梅》之六
　　陳東有，知識窗，1994 年第 4 期

1459. 論《金瓶梅》的諷刺藝術
　　李金善，河北大學學報，1994 年第 4 期

1460. 《金瓶梅》創作主旨新探
　　張進德，河南大學學報，1994 年第 4 期

1461. 《金瓶梅詞話》中的「是的」
　　曹廣順，語文研究，1994 年第 4 期

1462. 人的發現與文的創新——論《金瓶梅》對《水滸傳》的借取與超越
　　胡應俊，高師函授學刊，1994 年第 4 期

1463. 《金瓶梅》瑣議
　　舒永衡，黔南民族師專學報，1994 年第 4 期

1464. 《金瓶梅》與徽州
　　潘志義，徽州社會科學，1994 年第 4 期

1465. 《金瓶梅》——世情書與怪才奇書的雙重品格
　　楊義，文學評論，1994 年第 5 期

1466. 論張竹坡評點《金瓶梅》的道德理性思維方式
　　蔡一鵬，文學遺產，1994 年第 5 期

1467. 壓鎮·同心結·魘勝——《金瓶梅》風俗漫談之二
　　劉桂秋，東南文化，1994 年第 5 期

1468. 追求、幻滅、抗爭——宋惠蓮形象分析
　　馬樹國、程愛紅，名作欣賞，1994 年第 5 期

1469. 占卜、算命、相面的妙用——話說《金瓶梅》之七
　　陳東有，知識窗，1994 年第 5 期

1470. 令人會心一笑的「笑」——讀《金瓶梅》修辭藝術一得
　　　胡佑章，修辭學習，1994 年第 5 期

1471. 權錢交換的深刻寫照——談《金瓶梅》中的官僚腐敗心態
　　　盛堅、辛文，淮海文匯，1994 年第 5 期

1472. 中醫文化視野中的《紅樓夢》與《金瓶梅》
　　　劉曉林，衡陽師專學報，1994 年第 5 期

1473. 《金瓶梅》與中國古代性觀念
　　　王志武，華夏文化，1994 年第 5-6 期

1474. 標新立異的《金瓶梅》語言解讀——評《金瓶梅隱語揭秘》
　　　楊宇，中國圖書評論，1994 年第 6 期

1475. 《金瓶梅詞話》中的選擇問句
　　　劉鏡芙，中國語文，1994 年第 6 期

1476. 精細和儉省的統一——《金瓶梅》敘事藝術片言
　　　邱勝威，寫作，1994 年第 6 期

1477. 《金瓶梅》與齊魯文化
　　　欒昌大，齊魯學刊，1994 年第 6 期

1478. 說得天花亂墜——《金瓶梅》話本內證（續）
　　　傅憎享，社會科學輯刊，1994 年第 6 期

1479. 《金瓶梅》方言俗語臆釋（下）
　　　魏連科，河北學刊，1994 年第 6 期

1480. 論《金瓶梅》的妒態與心態描寫——兼談潘金蓮性格的心理依據
　　　里正，學習與探索，1994 年第 6 期

1481. 《金瓶梅》與《紅樓夢》的「金玉良緣」——話說《金瓶梅》之八
　　　陳東有，知識窗，1994 年第 6 期

1482. 繼承與探索的可貴足跡——評論文集《金瓶梅與漂亮朋友及其他》
　　　戴白夜，博覽群書，1994 年第 6 期

1483. 圓社・圓情・蹴球——《金瓶梅》中的足球術語
　　　劉秉果，文史知識，1994 年第 7 期

1484. 讀「金」小劄
　　　宏圖，讀書，1994 年第 7、10、12 期

1485. 〈《金瓶梅》作者賈三近〉質疑
　　　寧源書，羊城晚報，1994 年 11 月 26 日

(十四)1995 年

1486. 女生自我的失落與蛻變——簡析《金瓶梅》《紅樓夢》婦女觀
    董芳，大慶高等專科學校學報，1995 年第 1 期
1487. 《金瓶梅》的語言——關於其中的分佈
    （日）地藏堂貞二撰、董紹克等譯，中國人民警官大學學報，1995 年 1 期
1488. 論張竹坡的《金瓶梅》批評
    齊魯青，內蒙古電大學刊，1995 年第 1 期
1489. 《金瓶梅》與《廢都》對讀
    种衍璋，內蒙古電大學刊，1995 年第 1 期
1490. 《金瓶梅詞話》難解詞語試釋二例
    張在明，玉溪師專學報，1995 年第 1 期
1491. 從作者的介入看潘金蓮
    劉紹智，寧夏社會科學，1995 年第 1 期
1492. 《金瓶梅詞話》語詞雜釋
    侯蘭笙，西北師大學報，1995 年第 1 期
1493. 《金瓶梅》逆序詞與中古辭彙變遷
    鮑延毅，西南師範大學學報，1995 年第 1 期
1494. 王世貞撰寫世情小說和明刊《金瓶梅詞話》的差別
    葉玉華，華東師範大學學報，1995 年第 1 期
1495. 張竹坡的《金瓶梅》批評觀
    賀松青，陰山學刊，1995 年第 1 期
1496. 從《金瓶梅》辭彙特點看文化因素的影響——「辭彙研究和文化」系列之一
    張鴻魁、王大新，求是學刊，1995 年第 1 期
1497. 黃四「下海」為何失敗——《金瓶梅》思想價值探微
    許志強，時代，1995 年第 1 期
1498. 《金瓶梅》現象
    馮子禮，明清小說研究，1995 年第 1 期
1499. 「借友馬價銀」小考——《金瓶梅》背景年代三考
    黃吉昌、鄧天玲，昭通師專學報，1995 年第 1 期
1500. 殉道與背忤的撞擊——試論吳月娘形象的悲劇性
    孫丕文，濟寧師專學報，1995 年第 1 期

1501. 《金瓶梅》人稱代詞的特點

張惠英，語言研究，1995 年第 1 期

1502. 西門慶複雜性格的生理、心理分析

甘建民，鐵道師院學報，1995 年第 1 期

1503. 讀《金瓶梅詞典》續記

邵則遂，湖北教育學院學報，1995 年第 1 期

1504. 潘金蓮是壞人嗎？兼談藝術審美的道德評價問題

吳文利，湖南群眾文化，1995 年第 1 期

1505. 張竹坡美學思想散論

蔡一鵬，漳州師院學報，1995 年第 1 期

1506. 《金瓶梅方言俗語匯釋》補

李申，鎮江師專學報，1995 年第 1 期

1507. 《金瓶梅》研究論著索引（五）

徐全太，天中學刊，1995 年第 1 期

1508. 張竹坡與《金瓶梅》評點考論

王汝梅，吉林大學學報，1995 年第 1 期

1509. 《續金瓶梅》──丁耀亢閱讀《金瓶梅》

胡曉真，中外文學，23 卷 10 期總號 274，1995 年 3 月，頁 84-101

1510. 讀《金瓶梅詞話》校注本

馮其庸，文藝報，1995 年 3 月 25 日

1511. 《金瓶梅》研究論著索引（六）

徐全太，天中學刊，1995 年第 2 期

1512. 官媒‧私媒‧牽頭‧牙婆──《金瓶梅》風俗漫談之四

劉桂秋，無錫教育學院學報，1995 年第 2 期

1513. 淪陷的憂思──從話劇《情人》說到豫劇《金瓶梅》

吳戈，雲南藝術探索，1995 年第 2 期

1514. 釋「陳橋鞋兒」

潘榮生，中國語文，1995 年第 2 期

1515. 釋「別變」

侯蘭笙，中國語文，1995 年第 2 期

1516. 《金瓶梅》裏的四「泉」

陳建生，文史知識，1995 年第 2 期

1517. 論《金瓶梅》人物形象體系及其意義
    黃偉，長沙水電師院學報，1995 年第 2 期

1518. 美國「金學家」與南京夫子廟
    馮羽，書與人，1995 年第 2 期

1519. 由《金瓶梅》引起的斷想
    喧齋，出版研究，1995 年第 2 期

1520. 李瓶兒的真情及其泯滅——《金瓶梅》的藝術價值探微
    許志強，時代，1995 年第 2 期

1521. 關於《金瓶梅》作者問題的再思考
    姬乃軍，延安大學學報，1995 年第 2 期

1522. 男權主義土壤上萌生的「惡之花」——論明清小說中的「惡婦形象」
    紀德君，青海師範大學學報，1995 年第 2 期

1523. 從水產品看《金瓶梅》的生活場景
    高梁，明清小說研究，1995 年第 2 期

1524. 《金瓶梅》清河方言詮釋質疑——與魏子雲、王利器、黃霖諸先生商榷
    許超，河北師院學報，1995 年第 2 期

1525. 《金瓶梅詞話》切口語的構成
    白維國，語言研究，1995 年第 2 期

1526. 《金瓶梅》中的酒文化
    吳曉明，徐州師範學院學報，1995 年第 2 期

1527. 朝代興亡的鏡鑒——談朱元璋的吏治與《金瓶梅》中的腐敗
    于素捷、蘇石，徐州師範學院學報，1995 年第 2 期

1528. 打個瞌睡，都做主人夢
    田秉鍔，徐州師範學院學報，1995 年第 2 期

1529. 談胡適對《金瓶梅》的認識
    張遠芬，徐州師範學院學報，1995 年第 2 期

1530. 蕭瑟凄涼，幽冷寂寥——從《金瓶梅》的自然景物描寫看作者的審美情趣
    楊繁，徐州師範學院學報，1995 年第 2 期

1531. 張評本《金瓶梅》成書年代辯說
    王輝斌，徐州師範學院學報，1995 年第 2 期

1532. 明末清初世情小說婦女形象的演化——從《金瓶梅》到《紅樓夢》
    雷勇，海南大學學報，1995 年第 2 期

1533. 中國古代小說史上的連體兒——淺談《金瓶梅續書三種》的成因及其它

　　　劉淦，聊城師範學院學報，1995 年第 2 期

1534. 全憑人才補天工——清繪本《金瓶梅》圖冊鑒賞與研究引言

　　　王樹村，裝飾，1995 年第 2 期

1535. 生動的歷史生活畫卷——清繪本《金瓶梅》圖冊的研究價值

　　　孫建君，裝飾，1995 年第 2 期

1536.「人間腹笥多藏草，隔代安知悔立言」——丁野鶴與《續金瓶梅》

　　　王汎森，中國文化，1995 年第 2 期

1537. 讀「金」小劄

　　　宏圖，讀書，1995 年第 2-3 期

1538.《金瓶梅》傢俱描寫賞析

　　　張士魁，傢俱與生活，1995 年第 2-6 期

1539. 相面與中國古代小說藝術的審美關係——從《金瓶梅詞話》相面情節說起

　　　陳東有，中國典籍與文化，1995 年第 3 期

1540.《金瓶梅》中的內蒙古西部語言、方言及習俗

　　　張簡，內蒙古電大學刊，1995 年第 3 期

1541.《金瓶梅詞話》校補

　　　蔣宗福，文獻，1995 年第 3 期

1542. 論《金瓶梅》對明武宗的影射

　　　黃強，江蘇教育學院學報，1995 年第 3 期

1543.《金瓶梅》與蘭陵菊花酒

　　　許志強，時代，1995 年第 3 期

1544. 時代的錯位，荒謬的誤讀——「武松愛上潘金蓮」說質疑

　　　劉書成，社科縱橫，1995 年第 3 期

1545. 紗帽戴上頭，人格早已落地

　　　田秉鍔，棗莊師專學報，1995 年第 3 期

1546. 王八源流小考——《金瓶梅》難語「望江南、巴山虎兒、汗東山、斜紋布」新解

　　　傅憎享，棗莊師專學報，1995 年第 3 期

1547.《金瓶梅》「二」字的形音義——紀念吳曉鈴先生

　　　張鴻魁，棗莊師專學報，1995 年第 3 期

1548. 論《金瓶梅》雜記

　　　劉心武，明清小說研究，1995 年第 3 期

1549. 關於《金瓶梅》

蕭相愷，明清小說研究，1995 年第 3 期

1550. 從《金瓶梅詞話》的一種動賓結構式看北方話人稱代詞賓語語序的發展

劉繼超，陝西師大學報，1995 年第 3 期

1551. 《金瓶梅》諧音技巧析

蔣同林，修辭學習，1995 年第 3 期

1552. 從李瓶兒之死看《金瓶梅》的悲劇意識

楊敏，淮北煤師院學報，1995 年第 3 期

1553. 《金瓶梅詞話》中的「藏詞」

鮑延毅，湖南教育學院學報，1995 年第 3 期

1554. 《金瓶梅》論源

陳伯衡，中國文化大學中文學報，3 期，1995 年 7 月，頁 207-234

1555. 令人驚奇的《金瓶梅》文本

劉心武，書與人，1995 年 7 月 19 日

1556. 《金瓶梅》瑣說

史至深，社會科學報，1995 年 8 月 10 日

1557. 傳世之《金瓶梅》非原作

魏子雲，古典文學，13 期，1995 年 9 月，頁 239-258

1558. 吳敢著《張竹坡與金瓶梅》評介

樸炫玡，中華學苑，46 期，1995 年 10 月，頁 173-190

1559. 《金瓶梅》中的茶文化

張菊生，新疆軍墾報，1995 年 10 月 29 日

1560. 倒踏門‧割衫襟‧望門寡──《金瓶梅》風俗漫談之五

劉桂秋，無錫教育學院學報，1995 年第 4 期

1561. 《金瓶梅》「累積型集體創作說」質疑

劉振農，中國人民警官大學學報，1995 年第 4 期

1562. 論潘金蓮悲劇

周先慎，中國文化研究，1995 年第 4 期

1563. 《金瓶梅詞話》源流考

蕭泰芳，文獻，1995 年第 4 期

1564. 從《金瓶梅》看明季對儒學的繼承和撞擊

王勝運，東方文化，1995 年第 4 期

1565.《金瓶梅》中的動詞重疊及相關句式考察

　　張鴻魁，東嶽論叢，1995 年第 4 期

1566. 西門慶形象再認識

　　王金壽，西北院大學院，1995 年第 4 期

1567. 論西門慶

　　王前良，求索，1995 年第 4 期

1568. 讀《金瓶梅》碎語

　　張玉玲，邵陽師專學報，1995 年第 4 期

1569.《金瓶梅》歇後語漫談

　　許志強，時代，1995 年第 4 期

1570. 論中西方小說心理描寫之差異——兼談《金瓶梅》心態描寫

　　里正，社會科學輯刊，1995 年第 4 期

1571. 李開先和《金瓶梅》

　　孟凡模，青年思想家，1995 年 4 期

1572. 李漁評點《新刻繡像批評金瓶梅》考

　　沈新林，明清小說研究，1995 年第 4 期

1573. 對西門慶形象悲劇意蘊的深層透視

　　霍現俊，河北師院學報，1995 年第 4 期

1574.《金瓶梅》之背景及其作者考辨

　　陳鴻祥，學術論叢，1995 年第 4 期

1575. 馮夢龍非《金瓶梅》作者辯說

　　王輝斌，荊門大學學報，1995 年第 4 期

1576.《金瓶梅》裏的飲茶風俗

　　陳詔，茶報，1995 年第 4 期

1577. 也談《金瓶梅》的方言

　　毛德彪，臨沂師專學報，1995 年第 4 期

1578.《金瓶梅詞話》的判斷

　　許仰民、韓信，信陽師範學院學報，1995 年第 4 期

1579.《紅樓夢》與《金瓶梅》中妾的不同地位及原因初探

　　侯寶源，聊城師範學院學報，1995 年第 4 期

1580.《金瓶梅》中的體育詞語

　　劉秉果，徐州師範學院學報，1995 年第 4 期

1581. 對《金瓶梅詞話》幾個校改的意見
　　　章一鳴，湖州師專學報，1995 年第 4 期

1582. 《金瓶梅》中的蒙語辭彙和喇嘛教的法事活動
　　　張簡，內蒙古電大學刊，1995 年第 5 期

1583. 污穢西門府，純潔《金瓶梅》——斥淫描寫辨正
　　　潘承玉，東嶽論叢，1995 年第 5 期

1584. 《金瓶梅》中的數 A 數 B 四字結構
　　　何洪峰、程明安，江漢大學學報，1995 年第 5 期

1585. 關於《金瓶梅》的斷想
　　　鍾禮平，浙江學刊，1995 年第 5 期

1586. 《金瓶梅詞話》中異彩紛呈的「死亡」用語
　　　鮑延毅，衡陽師專學報，1995 年第 5 期

1587. 張竹坡寫實理論的美學貢獻
　　　羅德榮，天津社會科學，1995 年第 6 期

1588. 論性描寫及其對性文化的超越與認同——《金瓶梅》與《查泰萊夫人的情人》比較
　　　研究系列論文之一
　　　徐錫安，西北師大學報，1995 年第 6 期

1589. 平中見奇罵亦精——談《金瓶梅》「還鞋」一節的對話藝術
　　　徐景洲，名作欣賞，1995 年第 6 期

1590. 論孟玉樓
　　　周生，甘肅社會科學，1995 年第 6 期

1591. 《金瓶梅》美語審美
　　　傅憎享，社會科學輯刊，1995 年第 6 期

1592. 《金瓶梅》——由神到人的回歸
　　　楊愛群，社會科學輯刊，1995 年第 6 期

1593. 浮世的炎涼風光
　　　康正果，讀書，1995 年第 11 期

1594. 製作《金瓶梅》動畫片
　　　施祖賢，《香港，美麗的香港》（香港文叢施祖賢卷），香港西太平洋圖書影音出
　　　版公司 1995 年

(十五)1996 年

1595.《新刻繡像批評金瓶梅》評點研究

葉雅玲，嶺東學報，7 期，1996 年 2 月，頁 201-221

1596.「金學」研究切莫媚俗

雍啟昌，文匯報，1996 年 3 月 31 日

1597.《金瓶梅東北方言 100 例》指誤

李雪，大慶高等專科學校學報，1996 年第 1 期

1598.《金瓶梅》──文化裂變孕育的畸形兒

王平，山東大學學報，1996 年第 1 期

1599.《金瓶梅》難解歇後語匡釋

魯沂，山東教育學院學報，1996 年第 1 期

1600.《金瓶梅》詩詞漫評

方綱，內蒙古民族師院學報，1996 年第 1 期

1601.「勉鈴」新考

潘建國，文獻，1996 年第 1 期

1602.撥開迷霧，重新認識《金瓶梅》

韓希明、周少伯，牡丹江師範學院學報，1996 年第 1 期

1603.從《金瓶梅》例說小說的史地問題

魏子雲，明清小說研究，1996 年第 1 期

1604.讀馮子禮《金瓶梅與紅樓夢人物比較》

李靈年，明清小說研究，1996 年第 1 期

1605.談笑笑生對人欲的二重心態及其因果觀

南矩容，固原師專學報，1996 年第 1 期

1606.反常態而露新意──論《金瓶梅詞話》的人的主體意識觀念

金善、潤忠，河北師範大學學報，1996 年第 1 期

1607.《金瓶梅詞話注釋》質疑（續二）

姜志信，河北師院學報，1996 年第 1 期

1608.文學與酒文化──《金瓶梅》《紅樓夢》《儒林外史》飲酒藝術表現及文化哲學含
蘊之比較

李裴，貴州社會科學，1996 年第 1 期

1609.從時代背景談《金瓶梅》作者的創作心態

周永祥，濟寧師專學報，1996 年第 1 期

1610. 《金瓶梅》詞語訓釋和俗字辨識

張鴻魁，濟寧師專學報，1996 年第 1 期

1611. 《金瓶梅詞話》訂誤

盧甲文，語文研究，1996 年第 1 期

1612. 從《金瓶梅》看倫理道德觀念在晚明的裂變

黃幼珍，職大學刊，1996 年第 1 期

1613. 應當怎樣認識潘金蓮——向劉孝嚴先生請教

李鳳儀，大慶高等專科學校學報，1996 年第 2 期

1614. 隔海說「瓶」——魏注《金瓶梅詞話注釋》試補

悠悠，上海師範大學學報，1996 年第 2 期

1615. 西門慶——明代官商的典型

陳詔，上海師範大學學報，1996 年第 2 期

1616. 《金瓶梅詞典》詞釋小議

种衍璋，文獻，1996 年第 2 期

1617. 《金瓶梅》傳入朝鮮時間考

陳大康、漆瑷，延邊大學學報，1996 年第 2 期

1618. 「金學」研究的新貢獻——評陳昌恆《馮夢龍·金瓶梅·張竹坡》

陳東有，華中師範大學學報，1996 年第 2 期

1619. 張竹坡小說美學思想之我見

陳金泉，江西社會科學，1996 年第 2 期

1620. 《紅樓夢》《金瓶梅》色空觀念之比較

王平，紅樓夢學刊，1996 年第 2 期

1621. 《金瓶梅》——半部中國古代婦女苦難史

余岢，棗莊師專學報，1996 年第 2 期

1622. 新時期《金瓶梅》研究述評（上）

許建平，河北師院學報，1996 年第 2 期

1623. 惠蓮悲劇成因試析——兼論《金瓶梅》中惠蓮悲劇的社會文化意義

唐小華，深圳大學學報，1996 年第 2 期

1624. 酒色禍患——《金瓶梅》中官哥之死因探微

劉曉林，衡陽師專學報，1996 年第 2 期

1625. 關於《金瓶梅》裏笑話的性質及作用

王年双，國立彰化師範大學國文系集刊，1 期，1996 年 6 月，頁 55-77

1626. 從《金瓶梅》例說小說的史地問題

魏子雲，中國書目季刊，30 卷 1 期，1996 年 6 月，頁 17-30

1627. 《金瓶梅》的藝術風貌——由〈七發〉論及其諷喻意義與美學特色

郭玉雯，國立臺灣大學文史哲學報，44 期，1996 年 6 月，1＋3-40

1628. 《金瓶梅詞話》中的東北方言詞語

聶志平，大慶高等專科學校學報，1996 年第 3 期

1629. 煉字鑄詞，寫人狀物——《金瓶梅》創造性詞語探析

种衍璋，內蒙古電大學刊，1996 年第 3 期

1630. 《金瓶梅詞話》的回首與回末——詞話定式言語研究之一

章一鳴，電大教學，1996 年第 3 期

1631. 《金瓶梅》中的內蒙古西部方言

劉成蔭，陰山學刊，1996 年第 3 期

1632. 西門慶與「神文化」

馮子禮，作品與爭鳴，1996 年第 3 期

1633. 語音史研究的新境界——張鴻魁《金瓶梅語言研究》序

李行傑，青島大學師範學院學報，1996 年第 3 期

1634. 試論《金瓶梅詞話》引用成分

陳浮，佳木斯師專學報，1996 年第 3 期

1635. 新時期《金瓶梅》研究述評（下）

許建平，河北師院學報，1996 年第 3 期

1636. 人性悖論——《金瓶梅》創作意向探

肖揚碚，河池師專學報，1996 年第 3 期

1637. 佞幸幫閒的絕妙畫像——論《金瓶梅》中的應伯爵

邊家珍，河南大學學報，1996 年第 3 期

1638. 《金瓶梅》與東京開封——《金瓶梅》社會價值初探

王基，河南師範大學學報，1996 年第 3 期

1639. 《金瓶梅》中江淮次方言臆劄

宋德慈、王毅，徐州師範學院學報，1996 年第 3 期

1640. 陳獨秀與《金瓶梅》

鍾揚，徐州師範學院學報，1996 年第 3 期

1641. 梅香縷縷出金瓶——《金瓶梅》審醜審美特色管窺

潘承玉，徐州師範學院學報，1996 年第 3 期

1642.西門慶消費心態管窺

李明，徐州師範學院學報，1996 年第 3 期

1643.人稱代詞的「錯位」用法——《金瓶梅》易代辭格說略

鮑延毅，徐州師範學院學報，1996 年第 3 期

1644.「魯酒」「山東」詞義考辨

高念卿，徐州教育學院學報，1996 年第 3 期

1645.《金瓶梅詞話》難讀歇後語例釋

譚秀東，徐州教育學院學報，1996 年第 3 期

1646.張竹坡在《金瓶梅》評點中的「情理」範疇及其在小說批評史上的地位

崔曉西，浙江師大學報，1996 年第 3 期

1647.中西性文學兩個敘事模式的典範——《金瓶梅》與《查泰萊夫人的情人》比較

徐有寶，通俗文學評論，1996 年第 3 期

1648.《廢都》與《金瓶梅》比較論

陳留生，通俗文學評論，1996 年第 3 期

1649.鬼魅升官圖——兼談《金瓶梅》的藝術功力

周廉明，黃海學壇，1996 年第 3 期

1650.畸形的反叛，大膽的否定——也說《金瓶梅》

吳幗屏，中國文學研究，1996 年第 4 期

1651.《金瓶梅詞話》難解詞語釋義校補拾遺

趙景波，丹東師專學報，1996 年第 4 期

1652.《金瓶梅》中 S-1 與 S-2 沒有施受關係的動詞句

何洪峰，古漢語研究，1996 年第 4 期

1653.《金瓶梅》文本與接受分析

劉勇強，北京大學學報，1996 年第 4 期

1654.《金瓶梅詞話》中的同素反序詞

潘攀，江漢大學學報，1996 年第 4 期

1655.《金瓶梅》的構思——《金瓶梅》與《封神演義》《三國志演義》的關係

（日）大冢秀高撰、胡德友譯，明清小說研究，1996 年第 4 期

1656.《金瓶梅》研究的深化與拓展——《金瓶梅研究》1-4 輯綜評

馮保善，明清小說研究，1996 年第 4 期

1657.蘭陵笑笑生解

張炳森，河北師範大學學報，1996 年第 4 期

1658. 《金瓶梅》價值新論

姚莽，學術交流，1996 年第 4 期

1659. 試解金瓶梅諸謎

盛鴻郎，紹興文理學院學報，1996 年第 4 期

1660. 略論《金瓶梅》中的商官一體化現象

牛貴琥，晉陽學刊，1996 年第 4 期

1661. 把《金瓶梅》作者還給蒼山蘭陵（上）

王汝濤，臨沂師專學院，1996 年第 4 期

1662. 李瓶兒性格新論

羅憲敏，零陵師專學報，1996 年第 4 期

1663. 《續金瓶梅》成書年代考

孫玉明，社會科學輯刊，1996 年第 5 期

1664. 一幕奴隸之間自殺自滅的悲劇——論潘金蓮、李瓶兒的悲劇衝突

南矩容，固原師專學報，1996 年第 5 期

1665. 把《金瓶梅》作者還給蒼山蘭陵（中）

王汝濤，臨沂師專學報，1996 年第 5 期

1666. 世態人情的巨幅畫卷——談《金瓶梅》的世情描寫

黃謨軍，贛南師範學院學報，1996 年第 5 期

1667. 女人·性愛·道德——試析莎樂美、潘金蓮形象的文化意蘊

張帆，社會科學研究，1996 年第 6 期

1668. 對男權中心的文化批判——略論《金瓶梅》《肉蒲團》性描寫的象徵意義

謝真元，社會科學研究，1996 年第 6 期

1669. 《金瓶梅》的市井語言特色

姜麗珍，浙江師大學報，1996 年第 6 期

1670. 《金瓶梅》如何「借樹開花」

劉心武，博覽群書，1996 年第 6 期

1671. 我自做我之金瓶梅——張竹坡「金瓶梅評點」的審美觀照

杜鵬程，江漢論壇，1996 年第 9 期

1672. 「一待時之杏」——孟玉樓新論

孟進厚，華中師範大學學報，1996 年專輯

1673. 陶慕寧著《金瓶梅中的青樓與妓女》

衣若蘭，新史學，7 卷 4 期，1996 年 12 月，頁 233-239

1674. 《金瓶梅》的人物

羅隼，羅隼選集，香港天地圖書有限公司 1996 年

1675. 舞出《金瓶梅》

楊芳菲，午夜芳菲，香港文學社 1996 年

(十六)1997 年

1676. 潘金蓮與王熙鳳

趙國棟，開封教育學院學報，1997 年第 1 期

1677. 「第一奇書」序者考

种衍璋，內蒙古電大學刊，1997 年第 1 期

1678. 從接受美學看《金瓶梅》的解讀

韓玲，內蒙古社會科學，1997 年第 1 期

1679. 蘭陵笑笑生的時間觀──漫談《金瓶梅》的敘事時間

李延賀，遼寧大學學報，1997 年第 1 期

1680. 析李瓶兒之悲

梁延器、梁化日，延安教育學院學報，1997 年第 1 期

1681. 休道歡娛處，流光逐晚霞──論封建浪子的典型陳經濟

南矩容，固原師專學報，1997 年第 1 期

1682. 《金瓶梅》各類性變態的形成以及封建禮教的文化罪責

梁佛根，河池師專學報，1997 年第 1 期

1683. 把《金瓶梅》作者還給蒼山蘭陵（下）

王汝濤，臨沂師專學報，1997 年第 1 期

1684. 一字之奇，千古矚目──《金瓶梅》中「臉打綠了」的「綠」

鮑延毅，臨沂師專學報，1997 年第 1 期

1685. 孔慧娘‧潘金蓮‧玉堂春──透視中國古典小說女性形象的一個角度

趙冬梅，哈爾濱師專學報，1997 年第 1 期

1686. 《金瓶梅》中犯筆的運用

苗寶明，學術交流，1997 年第 1 期

1687. 世紀末的困惑──論《金瓶梅》與晚明文人的價值失落

馬理，重慶師院學報，1997 年第 1 期

1688. 論《金瓶梅詞話》的疑問句及疑問詞

許仰民，信陽師範學院學報，1997 年第 1 期

1689. 《金瓶梅》作者新說述略

張玉萍，洛陽師範專科學校學報，1997 年第 1 期

1690. 我讀《金瓶梅》

甯宗一，津圖學刊，1997 年第 1 期

1691. 《金瓶梅》書話

魯聲，高教自學考試，1997 年第 1 期

1692. 潘金蓮形象的歷史演變

魏崇新，徐州師範大學學報，1997 年第 1 期

1693. 《金瓶梅》詞語校釋

劉瑞明，徐州師範大學學報，1997 年第 1 期

1694. 關於《金瓶梅》執筆時代的推定

（日）荒木猛撰，劉靜譯，徐州師範大學學報，1997 年第 1 期

1695. 《金瓶梅》歇後語正名

傅憎享，徐州教育學院學報，1997 年第 1 期

1696. 《金瓶梅》性惡論的標本（上）

余岢，徐州教育學院學報，1997 年第 1 期

1697. 論西門慶角色與《金瓶梅》結構及古小說循環模式之關係

宋培憲，聊城師範學院學報，1997 年第 1 期

1698. 《金瓶梅》對「一夫多妻制」弊端的詮釋

莊文福，華岡研究學報，2 期，1997 年 3 月，頁(9)1-(9)12

1699. 多倫多訪「金」散記

王汝梅，光明日報，1997 年 4 月 5 日

1700. 關於「么」和「們」的讀音

張鴻魁，東嶽論叢，1997 年第 2 期

1701. 試論《續金瓶梅》的哲學機鋒

邵來文，中國文學研究，1997 年第 2 期

1702. 《金瓶梅詞話》語詞劄記

蔣宗福，文獻，1997 年第 2 期

1703. 《金瓶梅》人物瑣議

劉心武，書屋，1997 年第 2 期

1704. 《金瓶梅》中直寫政治的第四十八回

陳遼，古典文學知識，1997 年第 2 期

1705.《金瓶梅詞話》細節描寫中的程式化語言——詞話定式言語研究之二

章一鳴，電大教學，1997 年第 2 期

1706. 兩個在夢中跋涉的不幸女人——淺論愛瑪和潘金蓮形象

李君，遼寧大學學報，1997 年第 2 期

1707. 絕妙的諷刺——《金瓶梅》中西門慶祭文欣賞

苗寶明，名作欣賞，1997 年第 2 期

1708. 西門慶——資本主義萌芽時期的新興商人

王文彬，延安大學學報，1997 年第 2 期

1709.《金瓶梅》求助鬼神觀芻議

朱越利，江西社會科學，1997 年第 2 期

1710.《金瓶梅》與懷慶府方言俗語

高培華、楊清蓮，尋根，1997 年第 2 期

1711.《金瓶梅》罵語的藝術功能

潘攀，武漢教育學院學報，1997 年第 2 期

1712. 交叉視野中的《金瓶梅》——與夏志清《金瓶梅新論》對話

高小康，明清小說研究，1997 年 2 期

1713.《金瓶梅》對「子弟書」的影響

伊永，明清小說研究，1997 年第 2 期

1714.《金瓶梅》五十三至五十七回真偽論考（上）

潘承玉，紹興文理學院學報，1997 年第 2 期；中外文學，1998 年第 9 期

1715. 從逼上梁山看《金瓶梅》——試論《金瓶梅》與《水滸傳》的主題關聯

毛德彪，臨沂師專學報，1997 年第 2 期

1716.《金瓶梅》審醜談

羅家坤，信陽師範學院學報，1997 年第 2 期

1717.《金瓶梅》詞語拾詁

楊琳，煙臺大學學報，1997 年第 2 期

1718. 略論《金瓶梅》的借樹開花手法

周廉明，黃海學壇，1997 年第 2 期

1719.《金瓶梅》人物語言中的稱謂語

曹煒，鎮江師專學報，1997 年第 2 期

1720.《金瓶梅》五十三至五十七回真偽論考（下）

潘承玉，紹興文理學院學報，1997 年第 3 期；中外文學，1998 年第 9 期

1721. 略論館藏足本《續金瓶梅》
   王運堂、王慧，山東圖書館季刊，1997 年第 3 期

1722. 《金瓶梅》和《查泰萊夫人的情人》的性與文化的抉擇和再生主題
   梁佛根，廣西教育學院學報，1997 年第 3 期

1723. 《金瓶梅》中「得」字句（述補結構）分析
   夏齊富，古漢語研究，1997 年第 3 期

1724. 《金瓶梅》中的單動雙賓結構
   何洪峰，古漢語研究，1997 年第 3 期

1725. 地平線下的風景——《金瓶梅》女性弱者形象淺論
   潘承玉，東嶽論叢，1997 年第 3 期

1726. 關於《金瓶梅》張評本的新發現
   王汝梅，吉林大學學報，1997 年第 3 期

1727. 潘金蓮與查泰萊夫人形象的比較
   王兆陽，西北大學學報，1997 年第 3 期

1728. 試析《金瓶梅》中的世界圖景
   高小康，江海學刊，1997 年第 3 期

1729. 試論《金瓶梅》人物語言的總體特色
   曹煒，蘇州大學學報，1997 年第 3 期

1730. 《金瓶梅》，一部沒有寫完的書
   薛洪，社會科學戰線，1997 年第 3 期

1731. 一個具有雙重性格的人——宋惠蓮形象小論
   吳學霆，明清小說研究，1997 年第 3 期

1732. 《續金瓶梅》主旨索解
   羅德榮，明清小說研究，1997 年第 3 期

1733. 《金瓶梅》五十三至五十七回真偽論考（下）
   潘承玉，紹興文理學院學報，1997 年第 3 期

1734. 再評《金瓶梅》的思想藝術價值——《金瓶梅》的敘事技巧
   孟進厚，咸寧師專學報，1997 年第 3 期

1735. 潘金蓮淺論
   萬剛，南昌職業技術師範學院學報，1997 年第 3 期

1736. 讀書偶記

馬泰來，讀書，1997 年第 3 期

1737. 《金瓶梅》性惡論的標本（下）

余岢，徐州教育學院學報，1997 年第 3 期

1738. 試析《金瓶梅》情節中的偶然因素

吳道毅，通俗文學評論，1997 年第 3 期

1739. 李瓶兒形象辨析

周永祥，聊城師範學院學報，1997 年第 3 期

1740. 《金瓶梅》的敘事時間

萬春，陝西師範大學學報，1997 年第 3 期

1741. 歷史化閱讀與諷刺化閱讀——評《金瓶梅與北京》的新看法

洪濤，讀書人，1997 年 7 月，頁 53-57

1742. 非常貼近淫婦及惡女——如何閱讀《金瓶梅》（1695）和《惡女書》（1995）

丁乃非，中外文學，26 卷 3 期總號 303，1997 年 8 月，頁 48-67

1743. 追根溯源求真知——淺談鮑延毅著《金瓶梅詞語溯源》

許志強，聯合日報，1997 年 9 月 15 日

1744. 《金瓶梅》《紅樓夢》《儒林外史》諧音寓意比較

王紹良，上饒師專學報，1997 年第 4 期

1745. 試論《金瓶梅》的商業史料價值

米萬鎖，山西財經學院學報，1997 年第 4 期

1746. 《金瓶梅》與折疊扇

白維國，中國文化研究，1997 年 4 期冬之卷

1747. 趣談《金瓶梅》與《紅樓夢》的語詞繼承及其他

張文澍，中國古籍與文化，1997 年第 4 期

1748. 張竹坡及其《金瓶梅》評點

吳敢，百科知識，1997 年第 4 期

1749. 《金瓶梅》作者的主體意識——萬惡「錢」為首

种衍璋，內蒙古電大學刊，1997 年第 4 期

1750. 《金瓶梅詞話》ABB、AABB 構詞格

潘攀，華中師範大學學報，1997 年第 4 期

1751. 從《金瓶梅詞話》的零碎語料看作品之影射背景與作者之邊塞閱歷

潘承玉，華僑大學學報，1997 年第 4 期

1752. 試論《金瓶梅》對舊敘事模式的突破

吳矛，江漢大學學報，1997 年第 4 期

1753.《金瓶梅》中說夢幻——《金瓶梅》與信仰習俗

王祥林，抱犢，1997 年第 4 期

1754.《金瓶梅詞話》校注本前言

甯宗一，佳木斯師專學報，1997 年第 4 期

1755.《金瓶梅詞話注釋》質疑（續四）

姜志信，河北師範大學學報，1997 年第 4 期

1756.《金瓶梅詞話校注》失誤舉隅

江流，河北科技圖苑，1997 年第 4 期

1757.《金瓶梅》作者應是胡忠

毛德彪，臨沂師專學報，1997 年第 4 期

1758.「不會說會」的應伯爵——《金瓶梅》人物新論

徐景洲，語文函授，1997 年第 4 期

1759.從古鎮蘭陵文化多元化看《金瓶梅》作者的籍貫

趙炯，泰安師專學報，1997 年第 4 期

1760.《金瓶梅》與王穉登

魯歌，徐州教育學院學報，1997 年第 4 期

1761.《金瓶梅》的作者是王穉登質疑——與魯歌先生商榷

潘慎、趙木蘭，徐州教育學院學報，1997 年第 4 期

1762.一夫多妻制的惡果——談《金瓶梅》第七十五回

孟進厚，高等函授學報，1997 年第 4 期

1763.《金瓶梅詞話》和《寶劍記》語言風格的差異——兼論詞話寫定者不是李開先

章一鳴，中國語文，1997 年第 5 期

1764.玉樓三嫁與蘭陵笑笑生的經濟學問

种衍璋，內蒙古電大學刊，1997 年第 5 期

1765.明代文化背景下的《金瓶梅》創作及評論

鄭頌，社會科學戰線，1997 年第 5 期

1766.論王六兒與「遲發展效應」

南矩容，固原師專學報，1997 年第 5 期

1767.論毛澤東對《金瓶梅詞話》的評價

孟進厚、陳昌恆，華中師範大學學報，1997 年第 6 期

1768.《金瓶梅》敘述語言的構成和特色

曹煒，齊齊哈爾師範學院學報，1997 年第 6 期

1769. 《金瓶梅語詞溯源》閑評

傅憎享，社會科學輯刊，1997 年第 6 期

1770. 理性的皈依與感性的超越——論《金瓶梅》的二元文化指向

張進德，河南大學學報，1997 年第 6 期

1771. 另一種審美意趣的追求——《續金瓶梅》審美價值探究

羅德榮，南開學報，1997 年第 6 期

1772. 走三橋·走百病·走月亮

劉桂秋，文史知識，1997 年第 11 期

1773. 佳作共欣賞，沿波以討源——《金瓶梅語詞溯源》漫評

傅憎享，淮海文化，1997 年第 11 期

1774. 近代漢語專書研究的新收穫——評潘攀先生的新著《金瓶梅語言研究》

何洪峰，社會科學動態，1997 年第 12 期

1775. 我說《金瓶梅》的歷史——給所有研究《金瓶梅》的朋友們

魏子雲，育達學報，11 期，1997 年 12 月，頁 1-3

1776. 蚜蟲與《金瓶梅》

李悅，井中天地，香港開益出版社 1997 年

(十七)1998 年

1777. 再談《金瓶梅》的作者問題

潘慎、崔小春，太原師專學報，1998 年第 1 期

1778. 《金瓶梅》抄本考源

潘承玉，中國文學研究，1998 年第 1 期

1779. 西門慶是「新興商人階級」的典型嗎？

鍾揚，文藝理論與批評，1998 年第 1 期

1780. 《金瓶梅詞話》第十回——讀《笑笑生話金瓶市井風月》

魏子雲，書目季刊，1998 年第 1 期

1781. 《金瓶梅詞話》難解詞語匯釋

盧甲文，平原大學學報，1998 年第 1 期

1782. 大間架處讀《金瓶》——評《金瓶梅人物世界探論》

鍾明奇，蘇州大學學報，1998 年第 1 期

1783. 《新刻繡像批評金瓶梅》會校本前言

王汝梅，棗莊師專學報，1998 年第 1 期

1784. 《張竹坡批評第一奇書金瓶梅》校點本前言
王汝梅，棗莊師專學報，1998 年第 1 期

1785. 晚明社會性崇拜與性偶像西門慶
吳存存，明清小說研究，1998 年第 1 期

1786. 西門慶形象新探
霍現俊，明清小說研究，1998 年第 1 期

1787. 《金瓶梅》方言俗語臆釋
王毅，明清小說研究，1998 年第 1 期

1788. 回歸文本——21 世紀《金瓶梅》研究走勢臆測
甯宗一，佳木斯大學學報，1998 年第 1 期

1789. 試論《金瓶梅》中的宦官
劉靜，陝西師範大學學報，1998 年第 1 期

1790. 《金瓶梅方言俗語匯釋》辨正
楊萍、曲文軍，臨沂師專學報，1998 年第 1 期

1791. 《金瓶梅》與古代婦女命運的觀照
孔繁華，徐州師範大學學報，1998 年第 1 期

1792. 《金瓶梅》主旨探微
趙明奇，徐州師範大學學報，1998 年第 1 期

1793. 《金瓶梅》語言諷刺效果與諧趣特色
周建民，徐州師範大學學報，1998 年第 1 期

1794. 賈三近是《金瓶梅》的作者
高念卿，徐州師範大學學報，1998 年第 1 期

1795. 《金瓶梅》宗教文字再思辨
張士魁，徐州教育學院學報，1998 年第 1 期

1796. 服飾與《金瓶梅》的時代背景
黃強，徐州教育學院學報，1998 年第 1 期

1797. 談《水滸》與《金瓶梅》作者和北京的關係
江彤，徐州教育學院學報，1998 年第 1 期

1798. 淺析《金瓶梅》的人物情節安排——兼與《水滸傳》比較
楊一吾，渤海學刊，1998 年第 1 期

1799. 也談《金瓶梅詞話》的作者問題

程極平，徽州師專學報，1998 年第 1 期

1800. 世紀末的困惑──論《金瓶梅》與晚明文人的價值失落

馬理，重慶師院學報，1998 年第 1 期

1801. 佛、道教描寫與《金瓶梅》的成書時代新探

潘承玉，中外文學，26 卷 10 期總號 310，1998 年 3 月，頁 81-95

1802. 胡永凱畫《金瓶梅百圖》

江迅，亞洲週刊，12 卷 16 期，1998 年 4 月 20 日，頁 58-59

1803. 飛蛾投火的盲目與清醒──比較閱讀《金瓶梅》與《第一爐香》

高全之，當代，10 期總號 128，1998 年 4 月，頁 134-143

1804. 《金瓶梅》與《紅樓夢》

郭玉雯，臺大中文學報，10 期，1998 年 5 月，頁 135-179

1805. 《金瓶梅詞話》第十回──讀《笑笑生話金瓶市井風月》

魏子雲，書目季刊，32 卷 1 期，1998 年 6 月，頁 63-65

1806. 《金瓶梅》與《錢本草》──談蘭陵笑笑生的創作文體意識

種揚，廣播電視大學學報，1998 年第 2 期

1807. 《金瓶梅》是正定方言──兼談其方言研究

吳英才，雲南師範大學學報，1998 年第 2 期

1808. 《金瓶梅》與紹興

潘承玉，文史知識，1998 年第 2 期

1809. 縱談《金瓶梅》承襲、借用宋人話本小說〈張主管志誠脫奇禍〉

蘇興著、蘇鐵戈整理，東北師大學報，1998 年第 2 期

1810. 構建愛的精神家園──《金瓶梅》女性精神追求淺論

王衛麗，呂梁學刊，1998 年第 2 期

1811. 自我的追求與毀滅──論潘金蓮與王熙鳳

劉志君，紅樓夢學刊，1998 年第 2 期

1812. 《金瓶梅》與《紅樓夢》比較研究述評

梅新林、葛永海，紅樓夢學刊，1998 年第 2 期

1813. 《金瓶梅》地理環境「淮上」考

李錦山，棗莊師專學報，1998 年第 2 期

1814. 《金瓶梅》履痕尋蹤

李忠昌、傅憎享，棗莊師專學報，1998 年第 2 期

1815. 談《金瓶梅》的敘事技巧

孟進厚，棗莊師專學報，1998 年第 2 期

1816. 關於西門慶的性格和心態

朱守金、馮憲之，明清小說研究，1998 年第 2 期

1817.《金瓶梅詞話注釋》質疑（續三）

姜志信，河北師範大學學報，1998 年第 2 期

1818.《金瓶梅》研究中亂點鴛鴦譜糾正

宋謀瑒，陝西師範大學學報，1998 年第 2 期

1819.《金瓶梅》地理原型探考

潘承玉，紹興文理學院學報，1998 年第 2 期

1820. 把近代語音史研究引向深入——讀《金瓶梅語音研究》

羅福滕，語文研究，1998 年第 2 期

1821. 也談李瓶兒「因孽而死」

楊連民，晉東南師專學報，1998 年第 2 期

1822. 論《金瓶梅詞話》對皇帝統治的暴露

孟進厚，高等函授學報，1998 年第 2 期

1823. 再論毛澤東對《金瓶梅》的評價——關於《金瓶梅詞話》對皇帝統治的暴露

孟進厚，浙江師範大學學報，1998 年第 2 期

1824.《金瓶梅》研究中幾個問題的思考

許建平、曾慶雨，雲南社會科學，1998 年第 2 期

1825.「草蛇灰線」「伏脈千里」——試論張竹坡長篇小說藝術結構理論

孫時彬，繼續教育研究，1998 年第 2 期

1826. 悲劇人格的極化——論潘金蓮

侯世廣，呂梁學刊，1998 年第 3 期

1827. 現實的解構與審視——讀《金瓶梅》的寫實意義

劉富強，呂梁學刊，1998 年第 3 期

1828.《金瓶梅》的世俗品格——兼論《金瓶梅》的地位

張進德，明清小說研究，1998 年第 3 期

1829. 談《金瓶梅》中的媒婆形象

吳秀華，明清小說研究，1998 年第 3 期

1830. 揭開中國性文化的神秘面紗

易中天、劉達臨、艾之玉、江曉原、楊昌年、柯基生，歷史月刊，128 期，1998
年 9 月，頁 27-74

1831. 古典豔情小說巔峰巨作——《金瓶梅詞話》評析

　　　楊昌年，歷史月刊，128 期，1998 年 9 月，頁 61-68

1832. 《金瓶梅》的喜劇人物原型

　　　傅正明，中國研究，34 期，1998 年 9 月，頁 84-92

1833. 《金瓶梅》飲食描寫的時代特徵

　　　王平，《金瓶梅酒食文化研究》1 輯，山東文化音像出版社 1998 年 9 月

1834. 《金瓶梅》與明朝名酒

　　　王賽時，《金瓶梅酒食文化研究》1 輯，山東文化音像出版社 1998 年 9 月

1835. 從《金瓶梅》看明中晚期的「商賈宴飲的療養功能」

　　　李志剛，《金瓶梅酒食文化研究》1 輯，山東文化音像出版社 1998 年 9 月

1836. 張秋鎮‧景陽崗‧透瓶香

　　　李志剛，《金瓶梅酒食文化研究》1 輯，山東文化音像出版社 1998 年 9 月

1837. 《金瓶梅》與中國傳統節日飲食文化

　　　張廷興，《金瓶梅酒食文化研究》1 輯，山東文化音像出版社 1998 年 9 月

1838. 《金瓶梅》菜點烹飪之特色

　　　李曉東、趙建民，《金瓶梅酒食文化研究》1 輯，山東文化音像出版社 1998 年 9 月

1839. 《金瓶梅》中的飲食史料

　　　黃強，《金瓶梅酒食文化研究》1 輯，山東文化音像出版社 1998 年 9 月

1840. 《金瓶梅》飲食辭彙考略

　　　張廷興，《金瓶梅酒食文化研究》1 輯，山東文化音像出版社 1998 年 9 月

1841. 《金瓶梅》與飲食習俗

　　　王祥林，《金瓶梅酒食文化研究》1 輯，山東文化音像出版社 1998 年 9 月

1842. 《水滸傳》《金瓶梅》與景陽崗酒文化

　　　張學鋒，《金瓶梅酒食文化研究》1 輯，山東文化音像出版社 1998 年 9 月

1843. 《金瓶梅》與臨清飲食

　　　杜明德，《金瓶梅酒食文化研究》1 輯，山東文化音像出版社 1998 年 9 月

1844. 「明金宴」研究與實踐

　　　李志剛，《金瓶梅酒食文化研究》1 輯，山東文化音像出版社 1998 年 9 月

1845. 《金瓶梅》飲食趣談

　　　李志剛，《金瓶梅酒食文化研究》1 輯，山東文化音像出版社 1998 年 9 月

1846. 《金瓶梅》與飲食養生

　　　黃強，《金瓶梅酒食文化研究》1 輯，山東文化音像出版社 1998 年 9 月

1847. 略論「金瓶梅筵席」的美學特色

張士閃，《金瓶梅酒食文化研究》1 輯，山東文化音像出版社 1998 年 9 月

1848. 從《金瓶梅》看人的性食相助

賈秀春、王宏澤，《金瓶梅酒食文化研究》1 輯，山東文化音像出版社 1998 年 9 月

1849.《金瓶梅》與明代飲食三則

張廉明，《金瓶梅酒食文化研究》1 輯，山東文化音像出版社 1998 年 9 月

1850.《金瓶梅詞話》酒品資料彙編

李萬鵬，《金瓶梅酒食文化研究》1 輯，山東文化音像出版社 1998 年 9 月

1851.《金瓶梅》菜點研究

李志剛，《金瓶梅酒食文化研究》1 輯，山東文化音像出版社 1998 年 9 月

1852.《金瓶梅》抄本考源——《金瓶梅》作者「徐渭說」新證之一

潘承玉，中國文學研究，1998 年第 4 期

1853.「氣」的失衡及其重構的悲劇——潘金蓮、李瓶兒形象解讀

姚秋霞，漢中師範學院學報，1998 年第 4 期

1854.《金瓶梅語詞溯源》評論小輯

韓學君、陳蒲清等，棗莊師專學報，1998 年第 4 期

1855. 轉型期的文化衝突——略論《金瓶梅》的歷史文化意蘊

汪從飛，河北學刊，1998 年第 4 期

1856.《金瓶梅》性描寫平議

滕先森，泰安師專學報，1998 年第 4 期

1857. 關於《金瓶梅》作者問題——兼答潘慎、趙木蘭先生

魯歌，徐州教育學院學報，1998 年第 4 期

1858. 潘金蓮個性特徵漫談

楊修建，徐州教育學院學報，1998 年第 4 期

1859. 多棱鏡下的潘金蓮與潘金蓮形象的再思考——兼及古典名著改編的有關問題

宋培憲，聊城師範學院學報，1998 年第 4 期

1860.《金瓶梅》續書三種比較談

侯寶源，聊城師範學院學報，1998 年第 4 期

1861.《金瓶梅》中的湖州

李廣德，湖州師專學報，1998 年第 4 期

1862. 疾病生死說瓶兒

劉曉林，衡陽師專學報，1998 年第 4 期

1863. 20 世紀《金瓶梅》作者研究概述（上）

　　史鐵良，株洲師範高等專科學校學報，1998 年第 4 期

1864. 20 世紀《金瓶梅》作者研究概述（下）

　　史鐵良，株洲師範高等專科學校學報，1998 年第 4 期

1865. 選擇回歸文本的策略？——二十一世紀《金瓶梅》研究走勢臆測

　　甯宗一，明清小說研究，1998 年第 4 期

1866. 從《金瓶梅》的敘事時間看作者的生命意識

　　萬春、楊敏，人文雜誌，1998 年第 5 期

1867. 評《金瓶梅》「崇尚現世享樂」說

　　周中明，安徽大學學報，1998 年第 5 期；又《金瓶梅研究》第六輯，北京：知識
　　出版社 1999 年 6 月

1868. 究竟是人間喜劇，還是時代悲劇——《紅樓夢》與《金瓶梅》審美觀念的比較研究

　　張錦池，求是學刊，1998 年第 5 期

1869. 小說家之外——《金瓶梅》作者的三重特殊角色

　　潘承玉，東嶽論叢，1998 年第 6 期

1870. 《金瓶梅》作者丁惟寧考

　　張清吉，東嶽論叢，1998 年第 6 期

1871. 《金瓶梅》——中國小說史上的里程碑

　　黃謨軍，贛南師範學院學報，1998 年增刊

1872. 《金瓶梅》贊——「道破黃河水逆流」

　　高旅，高旅雜文，香港新華彩印出版社 1998 年

1873. 西門慶送禮

　　高旅，高旅雜文，香港新華彩印出版社 1998 年

1874. 潘金蓮與曹操

　　高旅，高旅雜文，香港新華彩印出版社 1998 年

(十八)1999 年

1875. 《金瓶梅詞話》中的方言俗語與伍家溝民間土語比較研究（之一）

　　李征康、王子陽，十堰職業技術學院學報，1999 年第 1 期

1876. 略談《金瓶梅》的創作主旨

　　趙鳴曉，大慶高等專科學校學報，1999 年第 1 期

1877. 民間藝人的鬼斧神工之作——《金瓶梅詞話》

王炎、沈懷靈，雲南教育學院學報，1999 年第 1 期

1878. 《金瓶梅》歇後語七則解詁

隋文昭，中國語文，1999 年第 1 期

1879. 「搞」字的造字者及其他——讀《金瓶梅語詞溯源》

孟昭連，中國語文，1999 年第 1 期

1880. 《金瓶梅詞話》詞語探源

蔣宗福，文獻，1999 年第 1 期

1881. 《金瓶梅》作者新考

彭見明，書屋，1999 年第 1 期

1882. 論《金瓶梅》中西門慶形象的商人特徵

劉孝嚴，東北師大學報，1999 年第 1 期

1883. 民族主義——《金瓶梅》作者的隱微情懷

潘承玉，延邊大學學報，1999 年第 1 期

1884. 簡評《金瓶梅》

龔維英，合肥教院學報，1999 年第 1 期

1885. 《金瓶梅》和《紅樓夢》之間的三段「鏈環」

沈治鈞，紅樓夢學刊，1999 年第 1 期

1886. 解語與讀書——《金瓶梅妙語解說》書後

傅憎享，社會科學輯刊，1999 年第 1 期

1887. 西門慶為什麼沒做地主——《金瓶梅》中的社會經濟問題

陳東有，棗莊師專學報，1999 年第 1 期

1888. 《金瓶梅》成書上限新證

許志強，棗莊師專學報，1999 年第 1 期

1889. 潘金蓮真的罪不可恕嗎？

何慕蘭，明清小說研究，1999 年第 1 期

1890. 超越與尷尬——《金瓶梅》《水滸傳》之比較

朱蔚榮，明清小說研究，1999 年第 1 期

1891. 《金瓶梅》與《水滸傳》「同出一源」駁議

宣嘯東，明清小說研究，1999 年第 1 期

1892. 奇書·奇名——《金瓶梅》研究二題

董文成，呼蘭師專學報，1999 年第 1 期

1893. 十六世紀一個新型流氓的喜劇——論西門慶

鐘揚，濟寧師專學報，1999 年第 1 期

1894. 《金瓶梅》與宗教

孔繁華，徐州師範大學學報，1999 年第 1 期

1895. 《金瓶梅》是萬曆中期作品

洪誠、董明，徐州師範大學學報，1999 年第 1 期

1896. 《金瓶梅》作者的家鄉酒

潘承玉，徐州師範大學學報，1999 年第 1 期

1897. 「賈三近說」新證——兼評《金瓶梅》作者研究

高念卿，徐州師範大學學報，1999 年第 1 期

1898. 淺談《金瓶梅》中的暗示性描寫

楊連民，聊城師範學院學報，1999 年第 1 期

1899. 感性與理性的衝突——《金瓶梅》「風情故事」的內在矛盾

丁夏，清華大學學報，1999 年第 1 期

1900. 《金瓶梅》——醫人形象說諷刺

劉曉林，衡陽師專學報，1999 年第 1 期

1901. 《金瓶梅》婦女形象的社會倫理內涵

鄧民興，昆明大學學報，1999 年第 1 期

1902. 淫母血崩——《金瓶梅》的欲望閱讀

丁乃非，聯合文學，15 卷 4 期總號 172，1999 年 2 月，頁 50-51

1903. 從《金瓶梅》看明代奴婢

陳偉明，歷史月刊，135 期，1999 年 4 月，頁 128-132

1904. 《金瓶梅》的這五回

魏子雲，中外文學，27 卷 11 期總號 323，1999 年 4 月，頁 138-143

1905. 《金瓶梅》張評本——新的發現，新的探索

王汝梅，《金瓶梅文化研究》2 輯，中國文聯出版社 1999 年 4 月

1906. 《金瓶梅》為「家庭小說」淺議

杜貴晨，《金瓶梅文化研究》2 輯，中國文聯出版社 1999 年 4 月

1907. 歷史的反思

張麗雲，《金瓶梅文化研究》2 輯，中國文聯出版社 1999 年 4 月

1908. 論《金瓶梅》的現實主義

學峰、學信，《金瓶梅文化研究》2 輯，中國文聯出版社 1999 年 4 月

1909. 文人小說的文化反叛

余自信、王庭藝，《金瓶梅文化研究》2 輯，中國文聯出版社 1999 年 4 月

1910. 從絕望到反抗

常金蓮，《金瓶梅文化研究》2 輯，中國文聯出版社 1999 年 4 月

1911. 文心似海

薛士國，《金瓶梅文化研究》2 輯，中國文聯出版社 1999 年 4 月

1912. 《金瓶梅》——明代社會經濟生活的形象寫照

趙彤彤、程冠軍，《金瓶梅文化研究》2 輯，中國文聯出版社 1999 年 4 月

1913. 《金瓶梅》對性的表現及其目的簡析

孔慶水，《金瓶梅文化研究》2 輯，中國文聯出版社 1999 年 4 月

1914. 《金瓶梅》作者的反科舉意識及其它

李鏖，《金瓶梅文化研究》2 輯，中國文聯出版社 1999 年 4 月

1915. 論《金瓶梅》敘事的「時間倒錯」及其意義

王平，《金瓶梅文化研究》2 輯，中國文聯出版社 1999 年 4 月

1916. 《金瓶化》的文化構型

李秀金，《金瓶梅文化研究》2 輯，中國文聯出版社 1999 年 4 月

1917. 論林太太

宋培憲，《金瓶梅文化研究》2 輯，中國文聯出版社 1999 年 4 月

1918. 身卑・心貪・手辣

王祥林，《金瓶梅文化研究》2 輯，中國文聯出版社 1999 年 4 月

1919. 西門慶的升官夢

李獻芳，《金瓶梅文化研究》2 輯，中國文聯出版社 1999 年 4 月

1920. 扭曲的人格

郭芳，《金瓶梅文化研究》2 輯，中國文聯出版社 1999 年 4 月

1921. 武大郎形象的文化意義

范正聲，《金瓶梅文化研究》2 輯，中國文聯出版社 1999 年 4 月

1922. 《金瓶梅》與市井飲食文化

李志剛，《金瓶梅文化研究》2 輯，中國文聯出版社 1999 年 4 月

1923. 《金瓶梅》與明人飲食

邵萬寬，《金瓶梅文化研究》2 輯，中國文聯出版社 1999 年 4 月

1924. 《金瓶梅》與臨清溫面

杜明德，《金瓶梅文化研究》2 輯，中國文聯出版社 1999 年 4 月

1925. 《金瓶梅》飲食文化淺說

唐紹海，《金瓶梅文化研究》2輯，中國文聯出版社 1999 年 4 月

1926.《金瓶梅》酒令種種

　　顏廷亮，《金瓶梅文化研究》2輯，中國文聯出版社 1999 年 4 月

1927. 論《金瓶梅》中的數術文化描寫

　　鞏聿信，《金瓶梅文化研究》2輯，中國文聯出版社 1999 年 4 月

1928. 西門慶生辰八字辯謬

　　李衝鋒，《金瓶梅文化研究》2輯，中國文聯出版社 1999 年 4 月

1929. 從《金瓶梅》看明代曲辭清唱興盛的原因

　　苗菁，《金瓶梅文化研究》2輯，中國文聯出版社 1999 年 4 月

1930.《金瓶梅》風俗描寫小議

　　周遠斌，《金瓶梅文化研究》2輯，中國文聯出版社 1999 年 4 月

1931.《金瓶梅》與碧霞元君的民間信仰

　　任明華，《金瓶梅文化研究》2輯，中國文聯出版社 1999 年 4 月

1932. 從《金瓶梅詞話》「VOV」結構看方言特徵對版本鑒別的作用

　　羅福騰，《金瓶梅文化研究》2輯，中國文聯出版社 1999 年 4 月

1933.《金瓶梅》值得注意的語言現象

　　張廷興，《金瓶梅文化研究》2輯，中國文聯出版社 1999 年 4 月

1934.《金瓶梅》民俗語言小考三則

　　文慶珍，《金瓶梅文化研究》2輯，中國文聯出版社 1999 年 4 月

1935.《金瓶梅》是山東臨清一帶的方言

　　殷黎明，《金瓶梅文化研究》2輯，中國文聯出版社 1999 年 4 月

1936.《金瓶梅》中酒、食、宴的啟發

　　段衛、王永春，《金瓶梅文化研究》2輯，中國文聯出版社 1999 年 4 月

1937.《金瓶梅》與山東運河地域背景

　　王賽時，《金瓶梅文化研究》2輯，中國文聯出版社 1999 年 4 月

1938. 運河文化與《金瓶梅》

　　杜明德、張殿增，《金瓶梅文化研究》2輯，中國文聯出版社 1999 年 4 月

1939.《金瓶梅》宗教活動的歷史文化內蘊

　　范嘉晨，《金瓶梅文化研究》2輯，中國文聯出版社 1999 年 4 月

1940.《金瓶梅》關於送禮行賄的描寫考

　　楊雅芝，《金瓶梅文化研究》2輯，中國文聯出版社 1999 年 4 月

1941. 從名物考證談《金瓶梅》故事背景是臨清

王連洲，《金瓶梅文化研究》2 輯，中國文聯出版社 1999 年 4 月

1942. 明代臨清皇莊與《金瓶梅》

殷黎明，《金瓶梅文化研究》2 輯，中國文聯出版社 1999 年 4 月

1943. 《金瓶梅》作者丁惟寧考（續）

張清吉，《金瓶梅文化研究》2 輯，中國文聯出版社 1999 年 4 月

1944. 蘭陵笑笑生與《金瓶梅》作者

馬道遠，《金瓶梅文化研究》2 輯，中國文聯出版社 1999 年 4 月

1945. 聽戲聽「音」──從《金瓶梅》中的戲曲、散曲演出資料看《金瓶梅》創作的時間
及其作者的籍貫

徐文君，《金瓶梅文化研究》2 輯，中國文聯出版社 1999 年 4 月

1946. 《金瓶梅》對蒲松齡創作的影響

盛偉，《金瓶梅文化研究》2 輯，中國文聯出版社 1999 年 4 月

1947. 《金瓶梅》服飾名目索引

杜斌，《金瓶梅文化研究》2 輯，中國文聯出版社 1999 年 4 月

1948. 情欲變色──試論丁耀亢《續金瓶梅》的德色問題

高桂惠，中國古典文學研究，1 期，1999 年 6 月，頁 163-184

1949. 《紅樓夢》與《金瓶梅》的藝術筆法

郭玉雯，國立臺灣大學文史哲學報，50 期，1999 年 6 月，頁 1-3＋5-38

1950. 被畸形社會所扭曲的人性──《金瓶梅》宋惠蓮、龐春梅性格探源

李燦朝，雲夢學刊，1999 年第 2 期

1951. 女性自我意識的張揚與異化

王雯，石油大學學報，1999 年第 2 期

1952. 我與《金瓶梅》研究

甯宗一，陰山學刊，1999 年第 2 期

1953. 《金瓶梅》的這五回──潘作〈《金瓶梅》五十三回至五十七回真偽考〉讀後

魏子雲，明清小說研究，1999 年第 2 期

1954. 為潘金蓮辯說

于淑華，昭烏達蒙師專學報，1999 年第 2 期

1955. 《金瓶梅》中的 AABB 式詞──兼談 AABB 式詞的發展變化

王明華，浙江大學學報，1999 年第 2 期

1956. 《紅樓夢》：從深得到超越《金瓶》壺奧

石鐘揚，紅樓夢學刊，1999 年第 2 期

1957. 《金瓶梅》作者的家鄉酒

　　　潘承玉，徐州師範大學學報，1999 年第 2 期

1958. 《金瓶梅詞話》中的方言俗語與伍家溝民間土語比較研究（之二）

　　　李征康、王子陽，十堰職業技術學院學報，1999 年第 3 期

1959. 《金瓶梅》：一部准文人小說

　　　霍現俊，天津外國語學院學報，1999 年第 3 期

1960. 兩部《金瓶梅詞典》的比較

　　　徐時儀，書品，1999 年第 3 期

1961. 《金瓶梅》中一個多面體的文學形象——潘金蓮悲劇命運成因探析

　　　張晨輝，北京科技大學學報，1999 年第 3 期

1962. 《金瓶梅》人物名的文化蘊涵

　　　沈曉靜，學海，1999 年第 3 期

1963. 試論《金瓶梅》與《紅樓夢》對民間詞語的運用

　　　梅桐生，貴州師範大學學報，1999 年第 3 期

1964. 一個具有重要意義的突破——談王三巧形象的文學價值

　　　李雙華，常熟高專學報，1993 年第 3 期

1965. 「移花接木」的文學手法是否可贊——兼談《金瓶梅》小說的現實主義問題

　　　夏祖恩，福建師大福清分校學報，1999 年第 3 期

1966. 《金瓶梅》文學估值與明清世情小說之流變

　　　王增斌，山西教育學院學報，1999 年第 3 期

1967. 《金瓶梅》研究三議

　　　許建平，棗莊師專學報，1999 年第 3 期

1968. 流氓的寓言：論西門慶（上）

　　　石鐘揚，大陸雜誌，1999 年第 3 期

1969. 《金瓶梅》與飲食養生

　　　黃強，國文天地，15 卷 2 期總號 170，1999 年 7 月，頁 30-34

1970. 從繼承到創新——潘金蓮與王熙鳳的比較

　　　陳美玲，中國文化月刊，233 期，1999 年 8 月，頁 81-111

1971. 活色生香《金瓶梅》

　　　翁雲霞，美食天下，93 期，1999 年 8 月，頁 18

1972. 《金瓶梅》人物粉墨登場

　　　美食天下，93 期，1999 年 8 月，頁 18-19

1973. 從《金瓶梅》中發現精彩飲食生活
美食天下，93 期，1999 年 8 月，頁 20-21

1974. 複製多彩豐富的金瓶梅宴
美食天下，93 期，1999 年 8 月，頁 22-26

1975.《金瓶梅》閒話──西門慶這個人物
魏子雲，國文天地，15 卷 3 期總號 171，1999 年 8 月，頁 71-74

1976. 金瓶梅宴與《金瓶梅》宴飲風貌
李志剛，中國飲食文化基金會會訊，5 卷 3 期，1999 年 8 月，頁 14-18

1977.《金瓶梅》與明代飲食文化
陳偉明，中國飲食文化基金會會訊，5 卷 3 期，1999 年 8 月，頁 4-13

1978.《金瓶梅》飲食烹飪之美學風格
趙建民，中國飲食文化基金會會訊，5 卷 3 期，1999 年 8 月，頁 19-22

1979. 濃粥與雞尖湯──《金瓶梅》中的吃喝
魏子雲，國文天地，15 卷 4 期總號 172，1999 年 9 月，頁 109-112

1980. 重現往日風華──記中華美食展中的「金瓶梅宴」
陳佩筠，國文天地，15 卷 4 期總號 172，1999 年 9 月，頁 106-108

1981. 西門慶營造花園──大觀園的先驅
（日）清水茂，嶺南學報，1 期，1999 年 10 月，頁 629-632

1982. 流氓的寓言：論西門慶（下）
石鐘揚，大陸雜誌，1999 年第 4 期

1983.《金瓶梅》文獻學百年巡視
梅新林、葛永海，文獻，1999 年第 4 期

1984. 論《金瓶梅詞話》的「瑕疵」
王廣新，西安教育學院學報，1999 年第 4 期

1985. 臨川方言與《金瓶梅》部分詞語對應拾零
徐新華，撫州師專學報，1999 年第 4 期

1986.《金瓶梅詞話》與《紅樓夢》的選擇問句與反復問句
周建民，武漢教育學院學報，1999 年第 4 期

1987.《金瓶梅》──銅臭浸薰下的市儈世界
宋培憲，明清小說研究，1999 年第 4 期

1988. 同為風塵女，美醜迥相異──談《金瓶梅》與「三言」中的妓女形象
袁紅麗，明清小說研究，1999 年第 4 期

1989. 《金瓶梅》多元主題芻議
 白靈階，河東學刊，1999 年第 4 期

1990. 論《金瓶梅》「廿公跋」的作者當為魯重民或其友人
 葉桂桐，煙臺師範學院學報，1999 年第 4 期

1991. 《新刻繡像批評金瓶梅》考論
 王輝斌，新疆師範大學學報，1999 年第 4 期

1992. 《金瓶梅》小說的文學思想初探
 夏祖恩，福建師範大學福清分校學報，1999 年第 4 期

1993. 《金瓶梅》複音形容詞結構特徵初探
 程娟，中國語文，1999 年第 5 期

1994. 從《金瓶梅詞話》的命名說開去——《金瓶梅》主體結構和主題思想論綱
 張錦池，北方論叢，1999 年第 5 期

1995. 《金瓶梅》V1＋N＋N1 式述賓結構鉤沉
 鍾如雄，西南民族學院學報，1999 年第 5 期

1996. 《金瓶梅》與歷史演義、英雄傳奇類小說之比較——論《金瓶梅》的藝術突破
 江健，江蘇社會科學，1999 年 5 期

1997. 《金瓶梅》與《紅樓夢》比較
 黃謨軍，贛南師範學院學報，1999 年第 5 期

1998. 《金瓶梅詞話》中的飲食風俗
 白維國，文史知識，1999 年第 6 期

1999. 李瓶兒追尋自我滿足的前後矛盾
 何慕蘭，文史知識，1999 年第 6 期

2000. 從張竹坡評點《金瓶梅》看讀者的主體作用
 吳波，蘇州科技學院學報，1999 年第 6 期

2001. 山西介休發現《金瓶梅詞話》在中外文化史上的影響
 牛崇輝，學術論叢，1999 年第 6 期

2002. 《金瓶梅》的開頭藝術
 汪芳啟，寫作，1999 年第 9 期

2003. 《金瓶梅》之劫
 陶傑，香港這杯雞尾酒，皇冠出版社香港有限公司 1999 年

2004. 內容豐富，解析透徹——評介《金瓶梅詩詞解析》
 甄豔慈，花情詩意，香港獲益出版事業有限公司 1999 年

2005.助你讀透《金瓶梅》的工具書——《金瓶梅人物大全》評介

　　甄豔慈，花情詩意，香港獲益出版事業有限公司 1999 年

(十九)2000 年

2006.例證《金瓶梅》寫官員對史實的「我化」

　　蒲向明，瀋陽師範學院學報，2000 年第 1 期

2007.《金瓶梅》苗青命案兩回是補改之作

　　薛洪勣，社會科學戰線，2000 年第 1 期

2008.20 世紀《金瓶梅》研究的回顧與思考（上）

　　吳敢，棗莊師專學報，2000 年第 1 期

2009.《新刻金瓶梅詞話》是初刻抑或三刻

　　許建平，棗莊師專學報，2000 年第 1 期

2010.《金瓶梅》是不是淫書

　　樂于時，保定師專學報，2000 年第 1 期

2011.論西門慶與賈寶玉情欲世界的內在聯繫和分野

　　聶付生，保定師專學報，2000 年第 1 期

2012.《金瓶梅》與小說

　　傅憎享，保定師專學報，2000 年第 1 期

2013.《金瓶梅》滿文本譯者是誰

　　傅憎享，保定師專學報，2000 年第 1 期

2014.明清小說人物群像的塑造方法——以《金瓶梅》《儒林外史》《紅樓夢》為例

　　黃秋琴，廣西右江民族師專學報，2000 年第 1 期

2015.《金瓶梅》作者考

　　王汝濤、劉家驥，《春秋》，2000 年第 1 期

2016.金瓶風月話——試論《金瓶梅》的社會內涵、人物形象及藝術特色

　　孔繼英，北京宣武紅旗業餘大孝學報，2000 年第 1 期

2017.由《金瓶梅詞話》中的一段笑樂院本所引起的思考

　　周亮，信陽師範學院學報，2000 年第 1 期

2018.《金瓶梅》《紅樓夢》不同生命感的解讀

　　周遠斌，濟寧師專學報，2000 年第 1 期

2019.《金瓶梅》書中有作者署名

　　李洪政，徐州師範大學學報，2000 年第 1 期

2020.《金瓶梅》詞語補釋

　　　吳慶峰，徐州師範大學學報，2000 年第 1 期

2021.《金瓶梅詞話》劄記

　　　梅節，徐州教育學院學報，2000 年第 1 期

2022. 關於《金瓶梅詞話》的卷帙

　　　魏子雲，徐州教育學院學報，2000 年第 1 期

2023. 潘金蓮形象再認識

　　　彭效田，徐州教育學院學報，2000 年第 1 期

2024. 論吳月娘

　　　肖露，湖北師範學院學報，2000 年第 1 期

2025.《金瓶梅》中的「豈有此理」和「多」

　　　喬秋穎，湛江師範學院學報，2000 年第 1 期

2026. 張竹坡對典型理論的貢獻

　　　陳果安，南華大學學報，2000 年第 1 期

2027.《金瓶梅詞話》出版軼聞

　　　黃伊，光明日報，2000 年 2 月 24 日

2028. 也談《金瓶梅》的性描寫──與魯歌、馬征兩先生商榷

　　　韋妙才，廣西教育學院學報，2000 年 2 期

2029. 服飾描寫在《金瓶梅》中的作用

　　　施曄，上海師範大學學報，2000 年第 2 期

2030. 社會劇變期的畸形兒──西門慶新評

　　　方明光，上海交通大學學報，2000 年第 2 期

2031. 王穉登作《金瓶梅》說獻疑

　　　王汝濤，山東科技大學學報，2000 年第 2 期

2032.《金瓶梅》女性意識文化折光

　　　羅德榮、胡如光，天津社會科學，2000 年第 2 期

2033. 從《水滸傳》《金瓶梅》《紅樓夢》看中國封建社會市場經濟的消長

　　　時晴，無錫教育學院學報，2000 年第 2 期

2034.「東方醜學」──張竹坡審醜理論初探

　　　陳果安，中國文學研究，2000 年第 2 期

2035. 論秋菊在《金瓶梅》中的作用

　　　李九華，寧夏大學學報，2000 年第 2 期

2036. 論玉面狐狸孟玉樓的形象

　　王廣新，西安教育學院學報，2000 年第 2 期

2037. 營構生命之幻──《紅樓夢》與《金瓶梅》夢幻描寫之比較

　　葛永海，紅樓夢學刊，2000 年第 2 期

2038. 《金瓶梅》作者與河東有緣

　　高坤讓，運城高等專科學校學報，2000 年第 2 期

2039. 《金瓶梅》（詞話）的小說體式

　　魏子雲，明清小說研究，2000 年第 2 期

2040. 論《金瓶梅》勸誡的三種方式

　　楊緒容，明清小說研究，2000 年第 2 期

2041. 《金瓶梅》的欲中之情

　　梁歸智，明清小說研究，2000 年第 2 期

2042. 文壇模擬風氣與《金瓶梅》撰寫方法考察

　　許建平，河北師範大學學報，2000 年第 2 期

2043. 別具深意的痛史《金瓶梅》

　　史成明，鹽城師範學院學報，2000 年第 2 期

2044. 《金瓶梅》飲食習俗管窺

　　葉濤，煙臺師範學院學報，2000 年第 2 期

2045. 論《金瓶梅》與《紅樓夢》的「一線兩描寫」

　　雷會生，鞍山師範學院學報，2000 年第 2 期

2046. 順康年間《續金瓶梅》作者丁耀亢受審案

　　安雙成，歷史檔案，2000 年第 2 期

2047. 《金瓶梅》作者考

　　王汝濤、劉家驥，春秋，2000 年第 2 期

2048. 屠隆與兩起懸案

　　陳大康，文匯讀書週報，2000 年 5 月 20 日

2049. 數字網絡結構：《金瓶梅》最大的謎底

　　霍現俊，河北工人報，2000 年 5 月 30 日

2050. 《金瓶梅》中的官與商

　　駱玉明，文匯讀書週報，2000 年 6 月 3 日

2051. 毛澤東論說《金瓶梅》

　　何香久，機關建設報，2000 年 6 月 14 日

2052. 《金瓶梅》作者研究新說四種檢討

潘承玉，古今論衡，4 期，2000 年 6 月，頁 45-57

2053. 《金瓶梅》（二）

陳平原，中國圖書商報，2000 年 7 月 11 日

2054. 「丁惟寧說」的幾個例證

丁其偉、丁鵬，《金瓶梅文化研究》3 輯，華藝出版社 2000 年 9 月

2055. 也談《金瓶梅》的作者（上）

王汝濤、劉家驥，《金瓶梅文化研究》3 輯，華藝出版社 2000 年 9 月

2056. 《金瓶梅》的版本與作者新論

葉桂桐，《金瓶梅文化研究》3 輯，華藝出版社 2000 年 9 月

2057. 《金瓶梅》成書年代考

黃強，《金瓶梅文化研究》3 輯，華藝出版社 2000 年 9 月

2058. 走出人生困境的不同選擇

蔚然，《金瓶梅文化研究》3 輯，華藝出版社，2000 年 9 月

2059. 金錢魔力與金錢批判

宋培憲，《金瓶梅文化研究》3 輯，華藝出版社 2000 年 9 月

2060. 商品經濟的囈語

李秀金，《金瓶梅文化研究》3 輯，華藝出版社 2000 年 9 月

2061. 從《金瓶梅》看國民性弱點

蘭翠，《金瓶梅文化研究》3 輯，華藝出版社 2000 年 9 月

2062. 《金瓶梅》三寫「布袋和尚」之謎

王連洲，《金瓶梅文化研究》3 輯，華藝出版社 2000 年 9 月

2063. 西門慶補說

盛志梅，《金瓶梅文化研究》3 輯，華藝出版社 2000 年 9 月

2064. 西門慶有多少錢

許志強，《金瓶梅文化研究》3 輯，華藝出版社 2000 年 9 月

2065. 淺議李瓶兒性格成因

王憲昭，《金瓶梅文化研究》3 輯，華藝出版社 2000 年 9 月

2066. 孫雪娥簡論

任明華、趙坤，《金瓶梅文化研究》3 輯，華藝出版社 2000 年 9 月

2067. 自卑與超越

常金蓮，《金瓶梅文化研究》3 輯，華藝出版社 2000 年 9 月

2068. 李瓶兒的追求與毀滅

　　鞏聿信，《金瓶梅文化研究》3 輯，華藝出版社 2000 年 9 月

2069. 《金瓶梅》裏的幫閒人物

　　李鑒，《金瓶梅文化研究》3 輯，華藝出版社 2000 年 9 月

2070. 評張竹坡的敘事理論

　　王平，《金瓶梅文化研究》3 輯，華藝出版社 2000 年 9 月

2071. 「玫瑰夢」與「惡之花」

　　余自信，《金瓶梅文化研究》3 輯，華藝出版社 2000 年 9 月

2072. 談《金瓶梅》詞話本、說散本的入話

　　周遠斌，《金瓶梅文化研究》3 輯，華藝出版社 2000 年 9 月

2073. 角色的改造與觀念的轉變

　　趙宗來，《金瓶梅文化研究》3 輯，華藝出版社 2000 年 9 月

2074. 武大郎形象的小說結構意義

　　范正聲，《金瓶梅文化研究》3 輯，華藝出版社 2000 年 9 月

2075. 論《金瓶梅》的審美價值

　　鍾國本，《金瓶梅文化研究》3 輯，華藝出版社 2000 年 9 月

2076. 《金瓶梅》探源補佚

　　楊連民，《金瓶梅文化研究》3 輯，華藝出版社 2000 年 9 月

2077. 冷熱為線說炎涼

　　李軍宏，《金瓶梅文化研究》3 輯，華藝出版社 2000 年 9 月

2078. 從方言背景看《金瓶梅》的作者

　　馬靜，《金瓶梅文化研究》3 輯，華藝出版社 2000 年 9 月

2079. 《金瓶梅》俗字訛字例釋

　　張鴻魁，《金瓶梅文化研究》3 輯，華藝出版社 2000 年 9 月

2080. 《金瓶梅》性愛語彙的文化解析

　　張廷興，《金瓶梅文化研究》3 輯，華藝出版社 2000 年 9 月

2081. 方言民俗拾趣（一）

　　文慶珍，《金瓶梅文化研究》3 輯，華藝出版社 2000 年 9 月

2082. 近二十年《金瓶梅》語言研究的新進展

　　張宇平，《金瓶梅文化研究》3 輯，華藝出版社 2000 年 9 月

2083. 李志剛著《金瓶梅飲食考》序言

　　王汝梅，《金瓶梅文化研究》3 輯，華藝出版社 2000 年 9 月

2084. 《金瓶梅》中的明朝社會

　　杜明德，《金瓶梅文化研究》3 輯，華藝出版社 2000 年 9 月

2085. 一場尷尬的進香還願

　　袁愛國，《金瓶梅文化研究》3 輯，華藝出版社 2000 年 9 月

2086. 《金瓶梅》產生的區域社會文化背景

　　殷黎明，《金瓶梅文化研究》3 輯，華藝出版社 2000 年 9 月

2087. 從西門慶形象的塑造看明代重商觀念的形成

　　苗菁，《金瓶梅文化研究》3 輯，華藝出版社 2000 年 9 月

2088. 《金瓶梅》商業文化探微

　　范嘉晨，《金瓶梅文化研究》3 輯，華藝出版社 2000 年 9 月

2089. 《金瓶梅》與明代遊戲

　　王賽時，《金瓶梅文化研究》3 輯，華藝出版社 2000 年 9 月

2090. 從《金瓶梅》看明代交通習俗

　　王祥林，《金瓶梅文化研究》3 輯，華藝出版社 2000 年 9 月

2091. 幫閒——商業化時代的特殊群體

　　張敦福，《金瓶梅文化研究》3 輯，華藝出版社 2000 年 9 月

2092. 三言兩語間　人生命運見

　　李衝鋒，《金瓶梅文化研究》3 輯，華藝出版社 2000 年 9 月

2093. 《金瓶梅》面點文化的社會層面賞析

　　趙建民，《金瓶梅文化研究》3 輯，華藝出版社 2000 年 9 月

2094. 月娘進香與泰山齋飯

　　李克水，《金瓶梅文化研究》3 輯，華藝出版社 2000 年 9 月

2095. 《金瓶梅》與《紅樓夢》飲食之比較

　　李志剛，《金瓶梅文化研究》3 輯，華藝出版社 2000 年 9 月

2096. 金瓶養瘦梅　華宴餉貴賓

　　張濤，《金瓶梅文化研究》3 輯，華藝出版社 2000 年 9 月

2097. 如何看《金瓶梅》這一處改動

　　顏廷亮，《金瓶梅文化研究》3 輯，華藝出版社 2000 年 9 月

2098. 《新刻金瓶梅詞話》新手抄本及插圖選

　　馬俊志、金增友，《金瓶梅文化研究》3 輯，華藝出版社 2000 年 9 月

2099. 《金瓶梅》的多重義蘊

　　范天成，人文雜誌，2000 年第 3 期

2100. 醜中現美，性中顯人——《金瓶梅》第 27、29 回談

　　　种衍璋，南京廣播電視大學學報，2000 年第 3 期

2101. 《金瓶梅》中詈語的文化蘊含與明代市民文化

　　　劉文婷，寧夏大學學報，2000 年第 3 期

2102. 《金瓶梅》中婦女形象初探

　　　楊一吾，滄州師範專科學校學報，2000 年第 3 期

2103. 從《金瓶梅》看明代商人的政治人格

　　　郭芳、楊德華，青島大學師範學院學報，2000 年第 3 期

2104. 《金瓶梅》敘事時序中「舛誤」干支揭秘——《金瓶梅》創作年代新考之一

　　　楊國玉，河北建築科技學院學報，2000 年第 3 期

2105. 文化的衰亡和再生的深沉探索——《金瓶梅》和《查泰萊夫人的情人》試比較

　　　梁福根，河池師範高等專科學校學報，2000 年第 3 期

2106. 評《金瓶梅》中的應伯爵

　　　徐景洲，徐州教育學院學報，2000 年第 3 期

2107. 由反叛走向超越——《金瓶梅》《十日談》主題對讀

　　　李倩，淮陰師範學院學報，2000 年第 3 期

2108. 試論西門慶和賈寶玉情欲世界的內在聯繫和分野

　　　聶付生，黑龍江社會科學，2000 年第 3 期

2109. 論《金瓶梅》中的倫理世界

　　　李承宗，湖南大學學報，2000 年第 3 期

2110. 多姿多彩的鞋飾——《金瓶梅》鞋飾初探之一

　　　風華，中外鞋業，2000 年第 7 期

2111. 鞋飾與塑造人物形象——《金瓶梅》鞋飾初探之二

　　　風華，中外鞋業，2000 年第 8 期

2112. 金貴的歷史資料——《金瓶梅》鞋飾初探之三

　　　風華，中外鞋業，2000 年第 9 期

2113. 試論《金瓶梅》中官哥兒的藝術作用

　　　史禮心，信陽師範學院學報，2000 年第 3 期

2114. 論《金瓶梅詞話》中的介詞

　　　許仰民，中州大學學報，2000 年第 3 期

2115. 從《金瓶梅》看明代的酒文化

　　　陳偉明，農業考古，2000 年第 3 期

2116.《一捧雪》·《金瓶梅》·麻城

　　劉宏，湖北檔案，2000 年第 9 期

2117.《金瓶梅》作者考

　　王汝濤、劉家驥，春秋，2000 年第 3 期

2118.《金瓶梅》作者考

　　王汝濤、劉家驥，《春秋》，2000 年第 4 期

2119. 沒時運的人兒——漫地裏栽桑：關於《金瓶梅》一句歇後語的解讀

　　張志，成都教育學院學報，2000 年第 4 期

2120. 第四屆國際《金瓶梅》學術討論會綜述

　　趙天為，徐州教育學院學報，2000 年第 4 期

2121.《金瓶梅》的獨特視角與哲理意蘊

　　范天成，西安電子科技大學學報，2000 年第 4 期

2122.《金瓶梅》作者新議

　　趙國棟，開封教育學院學報，2000 年第 4 期

2123.《金瓶梅》與明代社會的金錢觀念

　　王猛，中國礦業大學學報，2000 年第 4 期

2124. 兼具考據與思辨之長——評《金瓶梅妙語》

　　李文山，中國圖書評論，2000 年第 4 期

2125. 一朵被折損的花兒的凋謝——論宋惠蓮之死

　　丁暢松，吉首大學學報，2000 年第 4 期

2126.《紅樓夢》與《金瓶梅》細節刻畫比較點滴

　　楊巨中、王小俠，西北大學學報，2000 年第 4 期

2127.《金瓶梅》《笑笑錄》之異同

　　傅憎享、孫煒，社會科學輯刊，2000 年第 4 期

2128.《金瓶梅詞話》與淮上（上）

　　張本忠，棗莊師專學報，2000 年第 4 期

2129. 文人小說的文化反叛——《金瓶梅》文化現象管窺

　　余自信，棗莊師專學報，2000 年第 4 期

2130. 論西門慶

　　張開東、李政，棗莊師專學報，2000 年第 4 期

2131. 明清人解讀《金瓶梅》

　　張進德，明清小說研究，2000 年第 4 期

2132. 對西門慶家族模式的文化審視
　　　霍現俊，河北師範大學學報，2000 年第 4 期
2133. 《金瓶梅》人物命詞索隱——《金瓶梅》創作年代新考之二
　　　楊國玉，河北建築科技學院學報，2000 年第 4 期
2134. 論《金瓶梅詞話》的服飾文化
　　　孔繁華，徐州師範大學學報，2000 年第 4 期
2135. 《金瓶梅詞話》的人物描寫與敘事藝術
　　　魏崇新，徐州師範大學學報，2000 年第 4 期
2136. 道是無情還有情——試論西門慶這一反面人物形象的複雜性
　　　肖蘭英，聊城師範學院學報，2000 年第 4 期
2137. 鞭打中的性施虐與性施虐心態——兼談西門慶的鞭戀性喚起意識
　　　陳家禎，船山學刊，2000 年第 4 期
2138. 《金瓶梅詞話》的單音節動詞重疊
　　　于江，上海大學學報，2000 年第 5 期
2139. 近年《金瓶梅》作者研究新說四種檢討
　　　潘承玉，北京師範大學學報，2000 年第 5 期；古今論衡，2000 年第 4 輯
2140. 西施和潘金蓮情欲撕裂的同一命運——兼論男權的操縱模式及動作機制
　　　孫旭，松遼學刊，2000 年第 5 期
2141. 新時期《金瓶梅》研究概述
　　　吳敢，文教資料，2000 年第 5 期
2142. 中國《金瓶梅》學會簡介
　　　孔凡濤，文教資料，2000 年第 5 期
2143. 新時期《金瓶梅》研究專著書目
　　　趙天為，文教資料，2000 年第 5 期
2144. 1979-1989 年《金瓶梅》研究論文索引
　　　馬衍，文教資料，2000 年第 5 期
2145. 《金瓶梅》中宋惠蓮形象透視
　　　王振彥，南都學壇，2000 年第 5 期
2146. 一字寓褒貶——也談《金瓶梅》的取名藝術
　　　楊連民，聊城師範學院學報，2000 年第 5 期
2147. 古典美學的拓展與突破——《金瓶梅》美學風貌論要
　　　王坤，學術研究，2000 年第 5 期

2148. 二十世紀《金瓶梅》研究的回顧——「中國古代小說研究史」之三

　　　李時人，零陵師範高等專科學校學報，2000 年第 4 期

2149. 《金瓶梅》的版本與藝術創新

　　　王啟忠，文明嚮導，2000 年第 6 期

2150. 《金瓶梅》天命鬼魂、輪回報應觀念與儒佛道思想

　　　劉孝嚴，東北師大學報，2000 年第 6 期

2151. 《金瓶梅詞話》中字序對換的雙音詞

　　　王森、王毅，蘭州大學學報，2000 年第 6 期

2152. 新論陳經濟——《金瓶梅》研究之一

　　　梁麗嵐，遼寧大學學報，2000 年第 6 期

2153. 20 世紀《金瓶梅》研究的回顧與思考（中）

　　　吳敢，棗莊師專學報，2000 年第 6 期

2154. 《金瓶梅詞話》與淮上的風土人情

　　　張本忠，棗莊師專學報，2000 年第 6 期

2155. 毛澤東兩次指示出版《金瓶梅》

　　　曉蘇，語文教學與研究，2000 年第 11 期

2156. 《金瓶梅》與魯西飲食文化

　　　李志剛，中國飲食文化基金會會訊，6 卷 4 期，2000 年 11 月，頁 32-34

2157. 從《金瓶梅》看明代士商關係的變化

　　　施曄，上海師範大學學報，2000 年第 12 期

2158. 悖論與反諷——論《金瓶梅》的諷刺手法與非主觀性特質

　　　段法雷，南京社會科學，2000 年第 12 期

2159. 在《水滸傳》與《金瓶梅》之間

　　　陳益源，方法論與中國小說研究，香港大學亞洲研究中心 2000 年

2160. 題《金瓶梅》

　　　高旅，高旅詩詞，香港新華彩印出版社 2000 年

二、2001-2013 年《金瓶梅》研究論文索引

(一)2001 年

2161. 第四屆國際《金瓶梅》學術討論會

張金蘭，國文天地，16 卷 8 期總號 188，2001 年 1 月，頁 110

2162. 《金瓶梅》（詞話）的語言——抽樣指出三幾字

魏子雲，國文天地，16 卷 10 期總號 190，2001 年 3 月，頁 79-82

2163. 淺談蘭陵笑笑生的創作主體意識

种衍璋，湖北廣播電視大學學報，2001 年第 1 期

2164. 《金瓶梅》版本拾遺

吳敢，東南大學學報，2001 年第 1 期

2165. 20 世紀《金瓶梅》研究的回顧與思考（下）

吳敢，棗莊師專學報，2001 年第 1 期

2166. 《金瓶梅詞話》與淮上方言

張本忠，棗莊師專學報，2001 年第 1 期

2167. 「反認他鄉是故鄉」——論《金瓶梅》所描寫的生活場景

許振東，廊坊師範學院學報，2001 年第 1 期

2168. 《金瓶梅》文本結構探微

楊國玉，保定師專學報，2001 年第 1 期

2169. 花燈與《金瓶梅》

黃強，保定師專學報，2001 年第 1 期

2170. 《金瓶梅》作者丁惟寧說的又一例證

丁其偉、丁鵬，保定師專學報，2001 年第 1 期

2171. 淺析《金瓶梅》的超越特徵——《水滸傳》和《金瓶梅》的有關比較

楊曉，福州師專學報，2001 年第 1 期

2172. 一評允為萬世功——張竹坡評點《金瓶梅》的貢獻

張登勤，廣播電視大學學報，2001 年第 1 期

2173. 張竹坡批評《金瓶梅》二題

石麟，湖北師範學院學報，2001 年第 1 期

2174. 《金瓶梅》研究的新起點——「弄珠客思白」致丁惟寧書剳辯證

楊國玉，河北建築科技學院學報，2001 年第 1 期

2175. 《金瓶梅》作者考證的重要線索與途徑——二十年來《金瓶梅》作者考證之檢討

葉桂桐，聊城師範學院學報，2001 年第 1 期

2176. 論潘金蓮之一：潘金蓮與西門慶

葉桂桐，保定學院學報，2001 年第 1 期

2177. 「市場人」為欲念異化說——兼論《金瓶梅》中西門慶形象的轉型特質

蒲向明，西北成人教育學報，2001 年第 1 期

2178. 從《金瓶梅詞話》看明人服飾風貌

施曄，南通紡織職業技術學院學報，2001 年第 1 期

2179. 從《金瓶梅》看補語演變的向心趨勢

吳建偉，山東師大學報，2001 年第 1 期

2180. 第四屆國際《金瓶梅》學術討論會召開

金藏，文學遺產，2001 年第 1 期

2181. 論《金瓶梅》的結構方式與思想層面

張錦池，求是學刊，2001 年第 1 期

2182. 《金瓶梅》方言俗語摭評

王毅，明清小說研究，2001 年第 1 期

2183. 為《金瓶梅》雪冤

程鵬，名作欣賞，2001 年第 1 期

2184. 20 世紀《金瓶梅》研究的回顧與思考

吳敢，徐州師範大學學報，2001 年第 2 期；《金瓶梅文化研究》第四輯，中國戲
劇出版社 2003 年 7 月

2185. 《金瓶梅》——封建末世的寫實長卷

羅德榮，鹽城師範學院學報，2001 年第 2 期

2186. 《金瓶梅詞話》專用動量詞研究

李愛民，山東教育學院學報，2001 年第 2 期

2187. 《金瓶梅》中的茶文化

桂遇秋，農業考古，2001 年第 2 期

2188. 試論「妓女題材」在《金瓶梅》中的轉變

金曉霞，甘肅教育學院學報，2001 年第增 2 期

2189. 拉拉的《金瓶梅》

李應該，劇本，2001 年第 2 期

2190. 話說《金瓶梅》

顧關元，人民日報海外版，2001 年 4 月 26 日

2191. 三七與《金瓶梅》

周俊，科學時報，2001 年 6 月 1 日

2192. 《金瓶梅》研究與學風及其他

黃霖，文匯讀書週報，2001 年 6 月 23 日

2193. 論《新刻繡像批評金瓶梅》的女性人物批評

李梁淑，中國文學研究，15 期，2001 年 6 月，頁 179-207

2194.「誰把纖纖月，掩在湘裙褶」──試析《金瓶梅》中的三寸金蓮

張金蘭，中國古典文學研究，5 期，2001 年 6 月，頁 133-145

2195.「存天理、滅人欲」的反叛者與衛道士──談蘭陵笑笑生的創作主體意識

种衍璋，南京廣播電視大學學報，2001 年第 3 期

2196.《金瓶梅詞話》道德說教中的哲學命題

陳東有，南昌大學學報，2001 年第 3 期

2197.《金瓶梅》與「海鹽腔」（二）

鄧小秋，戲曲藝術，2001 年第 3 期

2198.《金瓶梅詞話》「四季詞」的解釋與金學中的重大問題

洪濤，保定師專學報，2001 年第 3 期

2199. 過度補償心理造成的人性畸變──兼談《金瓶梅》中的太監性虐現象

陳家楨，船山學刊，2001 年第 3 期

2200.《金瓶梅》成書新證

許建平，河北師範大學學報，2001 年第 3 期

2201. 從「四貪詞」與正文的矛盾看《金瓶梅》中的時代意識

黃毅，河北師範大學學報，2001 年第 3 期

2202. 也談《金瓶梅》中的句末「著」

龔常木，九江師專學報，2001 年第 3 期

2203.《金瓶梅》：「理」和「欲」的對峙與兩難

葛永海，臨沂師範學院學報，2001 年第 3 期

2204.《金瓶梅詞話》中的結構助詞和語氣助詞

曹煒，蘇州大學學報，2001 年第 3 期

2205.〈《金瓶梅》地理環境淮上考〉補證

李錦山，棗莊師專學報，2001 年第 3 期

2206. 試論《金瓶梅》中幾類女性的服飾

張金蘭，棗莊師專學報，2001 年第 3 期

2207.《金瓶梅詞話》中的授予動詞「給」

傅惠鈞，中國語文，2001 年第 3 期

2208. 西門慶原型明武宗考

霍現俊，河北師範大學學報，2001 年第 3 期

2209. 「性」與「醜」：閱讀行為與《金瓶梅》的意義
　　　甯宗一，湖北大學學報，2001 年第 4 期

2210. 從傳奇到寫實——《金瓶梅》小說觀念的歷史性突破
　　　羅德榮，湖北大學學報，2001 年第 4 期

2211. 《檮杌閑評》：從《金瓶梅》到《官場現形記》之間的過渡
　　　戴承元，安康師專學報，2001 年第 4 期

2212. 《金瓶梅》中世俗女性的時代特徵
　　　劉孝嚴，長春師範學院學報，2001 年第 4 期

2213. 從丁耀亢到丁惟寧——評《金瓶梅奧秘探索》
　　　張弦生，東嶽論叢，2001 第 4 期

2214. 《金瓶梅》為「家庭小說」簡論——一個關於明清小說分類的個案分析
　　　杜貴晨，河北大學學報，2001 年第 4 期

2215. 《金瓶梅詞話》中的「起來」句
　　　吳錫根，杭州師範學院學報，2001 第 4 期

2216. 新論潘金蓮——《金瓶梅》研究之二
　　　梁麗嵐，遼寧大學學報，2001 年第 4 期

2217. 《金瓶梅》中的茶文化（續）
　　　桂遇秋，農業考古，2001 年第 4 期

2218. 《金瓶梅詞話》中的歇後語
　　　吳錫根，紹興文理學院學報，2001 年第 4 期

2219. 《金瓶梅》俗語二三條試解
　　　周生，廣西師範學院學報，2001 年第 4 期

2220. 封建時代商海中的「弄潮兒」——談《金瓶梅》中西門慶的經商之道
　　　朱全福，蘇州鐵道師範學院學報，2001 年第 4 期

2221. 試析《金瓶梅》中女性形象的塑造
　　　王引萍，西北第二民族學院學報，2001 年第 4 期

2222. 《九雲夢》與《金瓶梅》之審美比較
　　　趙連元，學習與探索，2001 年第 5 期

2223. 欲海迷失的批判——《金瓶梅》的審美選擇與文化反思
　　　李漢舉，東嶽論叢，2001 第 5 期

2224. 王世貞作《金瓶梅》新證
　　　霍現俊，商丘師範學院學報，2001 年第 5 期

2225. 《金瓶梅》與《水滸傳》：文字的比勘
　　　劉世德，上海師範大學學報，2001 年第 5 期

2226. 再論《金瓶梅》崇禎本系統各本之間的關係
　　　黃霖，上海師範大學學報，2001 年第 5 期

2227. 《金瓶梅》「V（不）得」句式淺探
　　　王毅，阜陽師範學院學報，2001 年第 5 期

2228. 《金瓶梅》男女之欲描寫的文化內涵
　　　劉孝嚴，吉林大學學報，2001 年第 6 期

2229. 《金瓶梅》版本關係新論
　　　張傑，人文雜誌，2001 年第 6 期

2230. 「理」對「情」的窒息與扼殺——兼談《金瓶梅》中的貞節現象
　　　陳家楨，學術交流，2001 年第 6 期

2231. 《金瓶梅詞話》中的被字句
　　　王明華，杭州師範學院學報，2001 年第 6 期

2232. 淺談《金瓶梅》女性人物描寫
　　　劉孝嚴，東北師大學報，2001 年第 6 期

2233. 《金瓶梅》的意象特色
　　　常金蓮，名作欣賞，2001 年第 6 期

2234. 彭城張氏族譜與《金瓶梅》評點者張竹坡
　　　趙傑，檔案與建設，2001 年第 8 期

2235. 世情、人情、情理——談張竹坡《金瓶梅》的世情小說觀
　　　金宰民，山西高等學校社會科學學報，2001 年第 10 期

2236. 《金瓶梅》風味魚肴
　　　張世鎔，烹調知識，2001 年第 11 期

2237. 閱讀與批評——文龍評《金瓶梅》
　　　陳翠英，臺大中文學報，15 期，2001 年 12 月，頁 283-285＋287-320

2238. 閱讀世情——崇禎本《金瓶梅》評點
　　　楊玉成，國文學志，5 期，2001 年 12 月，頁 115-157

2239. 《金瓶梅》飲食習俗管窺
　　　葉濤，中國飲食文化基金會會訊，7 卷 4 期，2001 年 12 月，頁 4-7

(二)2002 年

2240. 20 世紀以詞話本為中心的《金瓶梅》研究綜述
　　苗懷明，中華文化論壇，2002 年第 1 期

2241. 怎樣把握西門慶其人的社會階級本質——讀《金瓶梅》劄記二則
　　董文成，保定師範專科學校學報，2002 年第 1 期

2242. 從《水滸傳》到《金瓶梅》——試論西門慶形象的衍變
　　王立新，重慶師院學報，2002 年第 1 期

2243. 張竹坡批評《金瓶梅》寫作技巧探勝
　　石麟，湖北師範學院學報，2002 年第 1 期

2244. 《金瓶梅俚俗難詞解》拾零
　　許進，濟寧師範專科學校學報，2002 年第 1 期

2245. 《20 世紀金瓶梅研究史稿》序
　　徐朔方，徐州教育學院學報，2002 年第 1 期

2246. 《20 世紀金瓶梅研究史稿》後記
　　吳敢，徐州教育學院學報，2002 年第 1 期

2247. 讀《金瓶梅解隱》一書
　　魏子雲，徐州教育學院學報，2002 年第 1 期

2248. 20 世紀《金瓶梅》研究專著目錄
　　趙天為，徐州教育學院學報，2002 年第 1 期

2249. 無恥卑鄙的應伯爵——《金瓶梅》人物形象研究之三
　　范正生，泰安教育學院學報《岱宗學刊》，2002 年第 1 期

2250. 文本讀解：《金瓶梅》研究的當代選擇
　　范正生，泰安師專學報，2002 年第 1 期

2251. 《金瓶梅》的詩詞創作和它的作者
　　潘慎，太原大學學報，2002 年第 1 期

2252. 兩副臭皮囊　一副醜嘴臉——《續金瓶梅》與《金瓶梅》中應伯爵形象談
　　賈雪萍、孔繁華，徐州師範大學學報，2002 年第 1 期

2253. 《金瓶梅》作者新論——兼與張遠芬、許志強二先生商榷
　　張永剛，徐州師範大學學報，2002 年第 1 期

2254. 中國文學史上的大騙局、大鬧劇、大悲劇——《金瓶梅》版本作者研究質疑
　　葉桂桐，煙臺師範學院學報，2002 年第 1 期

2255. 從《金瓶梅》干支推論其成書年代

李錦山、馮傳海，棗莊師範專科學校學報，2002 年第 1 期

2256.《金瓶梅》中的民間宗教行為

顏清洋，明史研究專刊，13 期，2002 年 3 月，頁 225-255

2257. 從丁耀亢到丁惟寧——評張清吉先生的《金瓶梅奧秘探索》

張弦生，山東文學，2002 年增第 1 期

2258.《金瓶梅》作者應是王世貞

李保雄，徐州教育學院學報，2002 年第 2 期

2259. 對《金瓶梅》版本的鑒定

李雪菲（魯歌），徐州教育學院學報，2002 年第 2 期

2260.《金瓶梅》與明代的飲茶風尚

郭孟良，明清小說研究，2002 年第 2 期

2261. 飲食場面描寫在《金瓶梅》中的作用

章國超，明清小說研究，2002 年第 2 期

2262. 殘忍意識對生命的漠視——兼談《金瓶梅》中的「死」

陳家楨，學術交流，2002 年第 2 期

2263.《金瓶梅》女性形象刻畫藝術芻議

陳家楨，淮北煤師院學報，2002 年第 2 期

2264.《金瓶梅詞話》「這五回」情節與作者探原

許建平，河北師範大學學報，2002 年第 2 期

2265.《金瓶梅》三女性形象新論

陳家楨，黑河學刊，2002 年第 2 期

2266.《金瓶梅》故事編年厘正

楊國玉，河北建築科技學院學報，2002 年第 2 期

2267. 將善本書送入普通讀者手中——簡論梅節重校本《金瓶梅詞話》

王曉紅，臨沂師範學院學報，2002 年第 2 期

2268. 靈魂的復蘇與放逐——《金瓶梅》女性形象論

肖揚碚，柳州師專學報，2002 年第 2 期

2269. 孟玉樓形象的塑造及意義

孫秋克，昆明師範高等專科學校學報，2002 年第 2 期

2270. 論《金瓶梅》的情色書寫及其文化意味——以潘金蓮的情欲表現為論述中心

李志宏，臺北師院語文集刊，7 期，2002 年 6 月，頁 1-54

2271. 皖版新書一碩果

　　李言敏，安徽日報，2002 年 7 月 5 日

2272. 因果報應造成的神秘恐懼——兼談李瓶兒後期的性格異化

　　陳家楨，新亞論叢，4 期，2002 年 8 月，頁 225-228

2273. 運河菜金瓶梅菜精選

　　李志剛，中國食品，2002 年第 14 期

2274. 《金瓶梅》語詞選釋

　　李愛民，古漢語研究，2002 年第 3 期

2275. 《金瓶梅詞話》中的動態助詞

　　曹煒，古漢語研究，2002 年第 3 期

2276. 再論《金瓶梅》

　　徐朔方，明清小說研究，2002 年第 3 期、第 4 期

2277. 由色生情　自色悟空——《金瓶梅》書名試釋

　　馮文樓，明清小說研究 2002 年第 3 期

2278. 論《金瓶梅詞話》女性人稱代詞

　　黃森學，明清小說研究，2002 年第 3 期

2279. 《金瓶梅》中述補帶賓句式考察

　　宋慧曼、張和友，四川大學學報，2002 年第 3 期

2280. 談《續金瓶梅》作者丁耀亢

　　趙華錫，濱州師專學報，2002 第 3 期

2281. 《金瓶梅》與《紅樓夢》時空敘事藝術比較

　　張軍、沈怡，重慶大學學報，2002 第 3 期

2282. 論《金瓶梅》中的兩性關係

　　邱紹雄，船山學刊，2002 第 3 期

2283. 論《金瓶梅》中的夫妻關係

　　邱紹雄，湖南社會科學，2002 年第 3 期

2284. 《金瓶梅》中女性形象的矛盾性表達探窺

　　曾錦標、劉小英，華南理工大學學報，2002 年第 3 期

2285. 商業社會啟示錄——《金瓶梅》其他市民形象合論

　　肖揚碚，柳州師專學報，2002 年第 3 期

2286. 《金瓶梅》的傳統與反傳統

　　朱麗，四川商業高等專科學校學報，2002 年第 3 期

2287.《金瓶梅》中三個被毀滅女性的愛恨情仇
    陳家楨，湘潭師範學院學報，2002 年第 3 期

2288.《紅樓夢》與《金瓶梅》不同的「情」「淫」觀
    伏滌修，鹽城師範學院學報，2002 年第 3 期

2289.因果宿命的解讀——《金瓶梅》探幽
    王大龍，武漢冶金管理幹部學院學報，2002 年第 3 期

2290.《金瓶梅》與運河文化
    李芳元，棗莊師範專科學校學報，2002 年第 3 期

2291.試論《紅樓夢》與《金瓶梅》的關係
    杜衛東，棗莊師範專科學校學報，2002 年第 3 期

2292.論《金瓶梅》中西門家族的社交圈及其敘事張力
    王建科，明清小說研究，2002 年第 4 期

2293.《金瓶梅》在韓國的流播、研究及影響
    金宰民，明清小說研究，2002 年第 4 期

2294.《金瓶梅》歷史人物本事考論
    馬征，社會科學研究，2002 年第 4 期

2295.山西方言所見《金瓶梅》詞語選釋
    沈慧雲，語文研究，2002 年第 4 期

2296.世情與狐鬼——從《金瓶梅》到《聊齋志異》
    常金蓮，蒲松齡研究，2002 年第 4 期

2297.《金瓶梅》敘事的「時間倒錯」及其意義
    王平，北方論叢，2002 第 4 期

2298.《金瓶梅》對小說敘事模式的創新
    閻秀萍、許建平，河北學刊，2002 年第 4 期

2299.縱欲與死亡——《金瓶梅》情節梳理的生命啟示
    耿春紅，衡水師專學報，2002 年第 4 期

2300.《金瓶梅》中的「大官（兒）」
    羅潤鋒，紹興文理學院學報，2002 年第 4 期

2301.論《金瓶梅》中的商人與官吏關係
    邱紹雄，雲夢學刊，2002 年第 4 期

2302.《金瓶梅》中的戲劇生活
    胡春霞，浙江工商職業技術學院學報，2002 年第 4 期

2303.《金瓶梅詞話》的婉曲表達及其成因
　　　吳錫根，修辭學習，2002 年第 4 期

2304.評張竹坡的敘事理論
　　　王平，社會科學輯刊，2002 年第 4 期

2305.《金瓶梅》敘事範式
　　　許建平，河北學刊，2002 年第 4 期

2306.明清時期的《金瓶梅》研究與批評
　　　劉輝，古典文學知識，2002 年第 5 期

2307.20 世紀《金瓶梅》研究史略
　　　吳敢，古典文學知識，2002 年第 5 期

2308.換個視角去觀照《金瓶梅》
　　　甯宗一，古典文學知識，2002 年第 5 期

2309.「賈三近說」概述
　　　張遠芬，古典文學知識，2002 年第 5 期

2310.關於黃霖的「屠隆說」
　　　楊緒容，古典文學知識，2002 年第 5 期

2311.《金瓶梅》三種版本系統
　　　王汝梅，古典文學知識，2002 年第 5 期

2312.《金瓶梅》在國外
　　　王麗娜，古典文學知識，2002 年第 5 期

2313.《金瓶梅全圖》的文化和藝術價值
　　　楊揚，古典文學知識，2002 年第 5 期

2314.《金瓶梅詞話》中的反問副詞
　　　葉建軍，安慶師範學院學報，2002 年第 5 期

2315.狂士、蕩子、俗夫三結合的明末文人的悖逆心態與《金瓶梅》
　　　李小蘭，語文學刊，2002 年第 5 期

2316.試論張竹坡的「洩憤」小說批評觀
　　　林剛，樂山師範學院學報，2002 年第 5 期

2317.《金瓶梅》的文化解讀
　　　石昌渝，中華讀書報，2002 年 10 月 23 日

2318.漫卷紅羅——寫在《秋水堂論金瓶梅》之後
　　　田曉菲，中華讀書報，2002 年 10 月 23 日

2319. 美醜盡在情與欲之間——《金瓶梅》的文學地位和美學價值
　　　謝剛，學術論壇，2002 年第 6 期
2320. 白綾衫照月光殊——由《金瓶梅》及相關史料看明代元宵節婦女服飾民俗
　　　刁統菊，棗莊師範專科學校學報，2002 年第 6 期
2321. 論《金瓶梅》與中國茶文化
　　　劉學忠，阜陽師範學院學報，2002 年第 6 期
2322. 《金瓶梅》中的近代文化意蘊
　　　許建平，文史知識，2002 年第 7 期
2323. 秋水堂主與金瓶梅——讀《秋水堂論金瓶梅》
　　　徐迅雷，中國保險報，2002 年 12 月 20 日；中華工商時報，2002 年 12 月 20 日
2324. 世間兩部《金瓶梅》
　　　田曉菲，讀書，2002 年第 12 期
2325. 王世貞與《金瓶梅》的著作權
　　　許建平，古典文學知識，2002 年第 12 期；河北師範大學學報，2003 年第 4 期
2326. 明代文人對《金瓶梅》的評價簡析
　　　王承丹，水滸爭鳴（第七輯）——2002 中國水滸學會聯會暨全國明清小說研討會
　　　論文集
2327. 略論《金瓶梅》對戲曲的援用及其價值
　　　張進德，水滸爭鳴（第七輯）——2002 中國水滸學會聯會暨全國明清小說研討會
　　　論文集
2328. 〈《金瓶梅》方言與伍家溝民間土語之比較〉一文的研究方法指瑕
　　　程明安，水滸爭鳴（第七輯）——2002 中國水滸學會聯會暨全國明清小說研討會
　　　論文集
2329. 《金瓶梅》辭書釋義補正
　　　鮑延毅，語海新探（第五輯）——信息網絡時代中日韓語文現代化國際學術研討會
　　　論文集，2002 年

(三)2003 年

2330. 身體的敞開與性別的改造——《金瓶梅》身體敘事的釋讀
　　　馮文樓，陝西師範大學學報，2003 年第 1 期
2331. 《金瓶梅》研究百年回顧
　　　梅新林、葛永海，文學評論，2003 年第 1 期

2332. 論《金瓶梅》藝術世界

   宋培憲、楊春忠，保定師範專科學校學報，2003 年第 1 期

2333. 《金瓶梅詞話》中「立東宮」時代探考

   霍現俊，河南教育學院學報，2003 年第 1 期

2334. 《金瓶梅詞話》注釋、校勘拾誤

   徐復嶺，濟寧師範專科學校學報，2003 年第 1 期

2335. 人類自我反觀的一面鏡子──《金瓶梅》文學主題的開拓性價值

   肖揚碚，柳州師專學報，2003 年第 1 期

2336. 藏家精品──《金瓶梅全圖》

   張奇明，美術之友，2003 年第 1 期

2337. 古為今用　洋為中用──《金瓶梅全圖》連環畫出版

   朱水蓉，美術之友，2003 年第 1 期

2338. 幻相與反諷──《金瓶梅》人物觀與人生觀

   馬玨珅，南京師範大學文學院學報，2003 年第 1 期

2339. 論《金瓶梅詞話》中的「陳四箴」時代

   霍現俊，商丘師範學院學報，2003 年第 1 期

2340. 上海圖書館藏崇禎本《金瓶梅》觀後瑣記

   梅節，上海師範大學學報，2003 年第 1 期

2341. 人性的浮出──《金瓶梅》之西門慶新論

   張殿方，石油大學學報，2003 年第 1 期

2342. 《金瓶梅》：社會轉型期的人性考問

   王齊洲，天津社會科學，2003 年第 1 期

2343. 豬毛繩子──《金瓶梅》與民間用品習俗

   王祥林，文史雜誌，2003 年第 1 期

2344. 試析《金瓶梅》的「好生」

   鄭劍平，西昌師範高等專科學校學報，2003 年第 1 期

2345. 論《金瓶梅詞話》的代詞

   許仰民、許東曉，信陽師範學院學報，2003 年第 1 期

2346. 社會、家庭和人生的全景觀照──也談《金瓶梅》的思想意義

   劉孝嚴，明清小說研究，2003 年第 1 期

2347. 試論《金瓶梅詞話》的創作緣起

   霍現俊，明清小說研究，2003 年第 1 期

2348. 《金瓶梅》飲食文化兩大特徵
趙建民，東方食療與保健，2003 年第 1 期

2349. 《金瓶梅》文化研究
陳東有，古典文學知識，2003 年第 1 期

2350. 關於《金瓶梅》作者的「李開先說」
卜鍵，古典文學知識，2003 年第 1 期

2351. 《金瓶梅》毒書說、誣陷仇人與佛經故事
王立，徐州教育學院學報，2003 年第 1 期

2352. 《金瓶梅》張揚色情的傾向及其主要成因
曹萌，徐州教育學院學報，2003 年第 1 期

2353. 論宋惠蓮之死
孫秋克，昆明師範高等專科學校學報，2003 年第 1 期

2354. 我與《金瓶梅》
甯宗一，人民政協報，2003 年 4 月 1 日

2355. 西門慶原型明武宗新考
霍現俊，唐山師範學院學報，2003 年第 1 期

2356. 「金學」研究史上的一部力作
林喦，文藝報，2003 年 4 月 26 日

2357. 試論王六兒的妓性心態
周淑芳，新亞論叢，5 期，2003 年 5 月，頁 189-192

2358. 從《金瓶梅》命名看龐春梅──由百回敘事探討之
梁欣芸，興大中文研究生論文集，8 期，2003 年 5 月，頁 67-79

2359. 「世情小說」大不同──論《續金瓶梅》對原書的悖離
胡衍南，淡江人文社會學刊，15 期，2003 年 6 月，頁 1-26

2360. 中國金瓶梅學會等被取消
徐文，中國文化報，2003 年 6 月 11 日

2361. 《金瓶梅》人物研究綜述
孔繁華，徐州教育學院學報，2003 年第 2 期

2362. 《金瓶梅》的語言特色
張鴻魁，徐州教育學院學報，2003 年第 2 期

2363. 凝重的沉思　終極的關懷──《金瓶梅》憂患意識的內涵解讀
楊敏，玉林師範學院學報，2003 年第 2 期

2364. 《金瓶梅詞話》的主旨及其表達的特殊方式
　　　霍現俊，文藝研究，2003 年第 2 期

2365. 張竹坡《金瓶梅》批評的心理解析
　　　鍾錫南，中國文學研究，2003 年第 2 期

2366. 論《金瓶梅》中的商業老闆與夥計關係
　　　邱紹雄，長沙電力學院學報，2003 年第 2 期

2367. 巧合情節的敘事功能——《金瓶梅》敘事藝術初探
　　　范正聲，東嶽論叢，2003 年第 2 期

2368. 論《金瓶梅詞話》的趨向動詞
　　　許仰民，河南教育學院學報，2003 年第 2 期

2369. 論《金瓶梅詞話》「盛筵散盡」的悲劇內涵
　　　孫鍵、孫開東，青島大學師範學院學報，2003 年第 2 期

2370. 《金瓶梅詞話》與敘事文學的人物類型化傳統
　　　趙建坤，韶關學院學報，2003 年第 2 期

2371. 障蔽的破除與身位的開顯——《金瓶梅》宗教倫理話語的剖示與辨析
　　　馮文樓，陝西師範大學繼續教育學報，2003 年第 2 期

2372. 商人文化與《金瓶梅》
　　　王偉，泰山學院學報，2003 年第 2 期

2373. 識別和鑒定《金瓶梅》作者的可靠依據
　　　李洪政，徐州師範大學學報，2003 年第 2 期

2374. 關於《金瓶梅》人物研究的回顧——暨對「淫婦」惡諡正名的新思考
　　　胡芳、辛文，徐州師範大學學報，2003 年第 2 期

2375. 文本間的諷刺摹擬——《金瓶梅》與《水滸傳》《西廂記》對話的修辭藝術管窺
　　　馬理，浙江學刊，2003 年第 2 期

2376. 主觀表現與客觀模仿——《查特萊夫人的情人》與《金瓶梅》比較研究之二
　　　肖麗君、胡和平，中州大學學報，2003 年第 2 期

2377. 《金瓶梅》的兩種成書過程
　　　杜維沫，古典文學知識，2003 年第 2 期

2378. 從張竹坡批評看吳月娘形象的「多色調」
　　　勾俊濤，南都學壇，2003 年第 2 期

2379. 《金瓶梅》與《紅樓夢》
　　　洪宇，紅樓夢學刊，2003 年第 3 期

2380. 《金瓶梅》的「被」字句考察

　　鄭劍平，西南民族大學學報，2003 年第 3 期

2381. 《金瓶梅詞話》中有關《西廂記》雜劇資料析論

　　徐大軍，中國典籍與文化，2003 年第 3 期

2382. 哀而不悲《金瓶梅》

　　朱燕，華北電力大學學報，2003 年第 3 期

2383. 「深得金瓶壼奧」——《紅樓夢》借鑒《金瓶梅》舉隅

　　唐援朝，河西學院學報，2003 年第 3 期

2384. 切莫混淆了情與淫的界限——對《金瓶梅》研究進一言

　　鐘揚，焦作大學學報，2003 年第 3 期

2385. 《金瓶梅詞話》的詞曲及其藝術價值

　　毛小曼，徐州教育學院學報，2003 年第 3 期

2386. 美的缺失　醜的出場——對《金瓶梅》的美學審視

　　杜立敏，伊犁師範學院學報，2003 年第 3 期

2387. 從唐傳奇到《金瓶梅》——以理欲交變為考察線索

　　付岩志，中國海洋大學學報，2003 年第 3 期

2388. 《金瓶梅詞話》中可以破解出來的明代歷史人物

　　霍現俊，錦州師範學院學報，2003 年第 3 期

2389. 複雜與特殊「把」字句語義結構及語用功能——《金瓶梅》《紅樓夢》《兒女英雄
傳》「把」字句例析

　　徐陽春，紹興文理學院學報，2003 年第 3 期

2390. 淺談《金瓶梅》的作者與方言

　　張慶梅，連雲港職業技術學院學報，2003 年第 3 期

2391. 《金瓶梅詞話》罵語詈詞裸露人欲的藝術價值

　　黃森學，黃石教育學院學報，2003 年第 3 期

2392. 藝術創新，成就卓著——談《金瓶梅》的藝術特色與藝術成就

　　周中明，古典文學知識，2003 年第 3 期

2393. 《金瓶梅》小考舉例

　　陳詔，古典文學知識，2003 年第 3 期

2394. 謝肇淛評《金瓶梅》等四大奇書

　　王汝梅，《金瓶梅文化研究》第四輯，中國戲劇出版社 2003 年 7 月

2395. 關於《金瓶梅》張評本的新發現

王汝梅，《金瓶梅文化研究》第四輯，中國戲劇出版社 2003 年 7 月

2396.《金瓶梅》研究綜述

杜明德，《金瓶梅文化研究》第四輯，中國戲劇出版社 2003 年 7 月

2397.明代文人對《金瓶梅》的評價簡析

徐文蕾，《金瓶梅文化研究》第四輯，中國戲劇出版社 2003 年 7 月

2398.論《金瓶梅》審美文化

劉長安，《金瓶梅文化研究》第四輯，中國戲劇出版社 2003 年 7 月

2399.浮出歷史的地表

殷晏梅，《金瓶梅文化研究》第四輯，中國戲劇出版社 2003 年 7 月

2400.生命價值的肯定與生命悲劇的感悟

孫開東，《金瓶梅文化研究》第四輯，中國戲劇出版社 2003 年 7 月

2401.論《金瓶梅》創作特色

王憲昭，《金瓶梅文化研究》第四輯，中國戲劇出版社 2003 年 7 月

2402.《金瓶梅》是一部怎樣的書？

張銀堂，《金瓶梅文化研究》第四輯，中國戲劇出版社 2003 年 7 月

2403.《金瓶梅》漫議

寧福泰，《金瓶梅文化研究》第四輯，中國戲劇出版社 2003 年 7 月

2404.《金瓶梅》書名解

黃強，《金瓶梅文化研究》第四輯，中國戲劇出版社 2003 年 7 月

2405.《金瓶梅》書話

劉生章，《金瓶梅文化研究》第四輯，中國戲劇出版社 2003 年 7 月

2406.現代視野中的跨文化解讀：《金瓶梅》之於 D. H. Lawrence

吳學麗，《金瓶梅文化研究》第四輯，中國戲劇出版社 2003 年 7 月

2407.《金瓶梅》的網路傳播

黨月異，《金瓶梅文化研究》第四輯，中國戲劇出版社 2003 年 7 月

2408.《金瓶梅》《醒世姻緣傳》《兒女英雄傳》敘事結構之比較

王平，《金瓶梅文化研究》第四輯，中國戲劇出版社 2003 年 7 月

2409.略論張竹坡對《金瓶梅》的結構形態的解讀

王慶華、任明華，《金瓶梅文化研究》第四輯，中國戲劇出版社 2003 年 7 月

2410.論官哥在《金瓶梅》中的藝術作用

閻增山，《金瓶梅文化研究》第四輯，中國戲劇出版社 2003 年 7 月

2411.《金瓶梅》的意象特色

常金蓮，《金瓶梅文化研究》第四輯，中國戲劇出版社 2003 年 7 月

2412. 化腐朽為神奇

李曉燕，《金瓶梅文化研究》第四輯，中國戲劇出版社 2003 年 7 月

2413. 談《金瓶梅》小說文本中的說唱藝術成分

周遠斌，《金瓶梅文化研究》第四輯，中國戲劇出版社 2003 年 7 月

2414. 三降塵世之謎

丁其偉、金亮鵬，《金瓶梅文化研究》第四輯，中國戲劇出版社 2003 年 7 月

2415.《金瓶梅》的文本與《金瓶梅》的作者

劉曉玲、馬道遠，《金瓶梅文化研究》第四輯，中國戲劇出版社 2003 年 7 月

2416.《金瓶梅》與陽穀

李印元、張學峰、曹保國，《金瓶梅文化研究》第四輯，中國戲劇出版社 2003 年 7 月

2417. 也談《金瓶梅》中的吳大舅與陽穀歷史上的吳鎧

李印元、張學峰，《金瓶梅文化研究》第四輯，中國戲劇出版社 2003 年 7 月

2418. 從《金瓶梅》看中國傳統社會文化中女性的整體失落

閻增山，《金瓶梅文化研究》第四輯，中國戲劇出版社 2003 年 7 月

2419. 論孟玉樓

孫秋克，《金瓶梅文化研究》第四輯，中國戲劇出版社 2003 年 7 月

2420. 論宋惠蓮之死

孫秋克，《金瓶梅文化研究》第四輯，中國戲劇出版社 2003 年 7 月

2421. 自我價值的實現與毀滅

黨月異，《金瓶梅文化研究》第四輯，中國戲劇出版社 2003 年 7 月

2422. 西門慶的愛情

范正生，《金瓶梅文化研究》第四輯，中國戲劇出版社 2003 年 7 月

2423. 西門慶的帝王相

黃強，《金瓶梅文化研究》第四輯，中國戲劇出版社 2003 年 7 月

2424. 論西門慶的商人素質

張金環，《金瓶梅文化研究》第四輯，中國戲劇出版社 2003 年 7 月

2425. 論商業文化視野中的應伯爵

唐麗麗，《金瓶梅文化研究》第四輯，中國戲劇出版社 2003 年 7 月

2426. 從明清小說看中國傳統民事行為

李秀金，《金瓶梅文化研究》第四輯，中國戲劇出版社 2003 年 7 月

2427. 《金瓶梅》中的生意經

　　張振國，《金瓶梅文化研究》第四輯，中國戲劇出版社 2003 年 7 月

2428. 論「夥計」

　　孫洛中，《金瓶梅文化研究》第四輯，中國戲劇出版社 2003 年 7 月

2429. 太監與性

　　龔聿信，《金瓶梅文化研究》第四輯，中國戲劇出版社 2003 年 7 月

2430、《金瓶梅》與市井文化

　　閻增山，《金瓶梅文化研究》第四輯，中國戲劇出版社 2003 年 7 月

2431. 《金瓶梅》人際關係的文化透視

　　張麗雲，《金瓶梅文化研究》第四輯，中國戲劇出版社 2003 年 7 月

2432. 市民視野中的士子

　　郭芳，《金瓶梅文化研究》第四輯，中國戲劇出版社 2003 年 7 月

2433. 「白綾衫照月光殊」——由《金瓶梅》及相關史料看明代服飾民訴

　　刁統菊，《金瓶梅文化研究》第四輯，中國戲劇出版社 2003 年 7 月

2434. 《金瓶梅》中說夢幻

　　王祥林，《金瓶梅文化研究》第四輯，中國戲劇出版社 2003 年 7 月

2435. 李瓶兒的「行運」錯在何處？

　　李衝鋒，《金瓶梅文化研究》第四輯，中國戲劇出版社 2003 年 7 月

2436. 釋春意二十四圖

　　黃強，《金瓶梅文化研究》第四輯，中國戲劇出版社 2003 年 7 月

2437. 尺水丈波媒人嘴，風流說盡《金瓶梅》

　　王祥林，《金瓶梅文化研究》第四輯，中國戲劇出版社 2003 年 7 月

2438. 《金瓶梅》山東方言說之源流與爭議述評

　　孔慶水，《金瓶梅文化研究》第四輯，中國戲劇出版社 2003 年 7 月

2439. 《金瓶梅》古嶧方言小考

　　文慶珍，《金瓶梅文化研究》第四輯，中國戲劇出版社 2003 年 7 月

2440. 借助《金瓶梅》文化，發展陽穀特色旅遊

　　劉光輝，《金瓶梅文化研究》第四輯，中國戲劇出版社 2003 年 7 月

2441. 《金瓶梅》專家魏子雲先生的藏書癖

　　李壽菊，文訊，215 期，2003 年 9 月，頁 31-35

2442. 西門慶與西門宅院中的性王國

　　林景蘇，南師學報·人文與社會類，37 卷 2 期，2003 年 10 月，頁 29-44

2443. 《金瓶梅詞話》源流談略

　　趙興勤，古典文學知識，2003 年第 4 期

2444. 《金瓶梅》的主題

　　王志武，古典文學知識，2003 年第 4 期

2445. 張竹坡《金瓶梅》評點中的人物形象論

　　石海光，廣播電視大學學報，2003 年第 4 期

2446. 《金瓶梅俚語俗諺》疑義淺析

　　翟建波，廣西師範學院學報，2003 年第 4 期

2447. 「白描」源流論——從張竹坡對《金瓶梅》評點看「白描」內涵的演變

　　譚光輝，張家口師專學報，2003 年第 4 期

2448. 傳統的背離與回復——《金瓶梅》與《紅樓夢》審美趣味之比較

　　尚丹，陝西師範大學繼續教育學報，2003 年第 4 期

2449. 《金瓶梅詞話》中的時間、處所、方向類介詞初探

　　曹煒，蘇州大學學報，2003 年第 4 期

2450. 《金瓶梅》與《白雪樓二種曲》的創作傾向

　　趙興勤、陳俠，明清小說研究，2003 年第 4 期

2451. 《金瓶梅》方言問題研究綜述

　　張玉萍，明清小說研究，2003 年第 4 期

2452. 《金瓶梅詞話》中的語氣短語詞

　　于江，上海大學學報，2003 年第 4 期

2453. 論笑笑生的主觀態度

　　程小青，福州大學學報，2003 年第 4 期

2454. 人情小說審美範式的確立——《金瓶梅》人物譜系歸屬研究

　　陳文新，學術研究，2003 年第 5 期

2455. 試論王陽明「良知」論對《金瓶梅》的影響

　　張豔萍，重慶工商大學學報，2003 年第 5 期

2456. 《金瓶梅》意象的敘事意義

　　常金蓮，固原師專學報，2003 年第 5 期

2457. 《金瓶梅》的政治學底蘊和經濟學價值

　　徐繼忠，山東社會科學，2003 年第 5 期

2458. 《金瓶梅詞話》校讀拾零（一）

　　劉世傑，泉州師範學院學報，2003 年第 5 期

2459. 談《金瓶梅》的語言特色

　　張鴻魁，古典文學知識，2003 年第 5 期

2460. 《金瓶梅》性描寫的超越與失誤

　　霍現俊，古典文學知識，2003 年第 5 期

2461. 《金瓶梅》作者李開先說的首創者當為孫楷第

　　苗懷明，古典文學知識，2003 年第 6 期

2462. 中國反腐第一書──解讀《金瓶梅》的一個新視角

　　鄧全施，甘肅社會科學，2003 年第 6 期

2463. 「常言（道）……」和「正是……」表達式的構成特點及其話語功能──也談《金

　　瓶梅詞話》中的程式化表達

　　吳錫根，浙江教育學院學報，2003 年第 6 期

2464. 論《金瓶梅詞話》的象聲詞

　　許仰民，河南大學學報，2003 年第 6 期

2465. 《金瓶梅詞話》中的江淮方言

　　李錦山，棗莊師範專科學校學報，2003 年第 6 期

2466. 《金瓶梅詞話》詞條拾遺

　　張本忠，棗莊師範專科學校學報，2003 年第 6 期

2467. 論《金瓶梅》的「連」字句

　　鄭劍平，四川教育學院學報，2003 年第 7 期

2468. 試論《續金瓶梅》的創作年代

　　王瑾，廣州大學學報，2003 年第 9 期

2469. 《金瓶梅》歇後語的民俗文化色彩

　　陳新，閱讀與寫作，2003 年第 9 期

2470. 《金瓶梅》幻唱槌聲　《紅樓夢》演繹拍場

　　秦傑，收藏界，2003 年第 10 期

2471. 《金瓶梅》的遭遇

　　陳伯安，語文教學與研究，2003 年第 10 期

2472. 《金瓶梅》方言與伍家溝民間土語之比較獻疑

　　程明安，改革與戰略，2003 年第 10 期

2473. 三姑六婆與時代評價：以詞話本《金瓶梅》為例

　　林景蘇，女學學志，16 期，2003 年 11 月，頁 173-212

2474. 解讀愛情與欲望──《安娜·卡列尼娜》和《金瓶梅》女主人公形象比較

何孟良，名作欣賞，2003 年第 12 期

2475.《金瓶梅詞話》和近代漢語被動式的發展

方經民，漢語被動表述問題研究新拓展——漢語被動表述問題國際學術研討會論文集，2003 年

2476.「金瓶梅宴」自稱沒人理

朱安平，中國婦女報，2003 年 12 月 12 日

2477.《金瓶梅》及其作者「蘭陵笑笑生」：吳敢教授在中國礦業大學的講演（節選）

吳敢，文匯報，2003 年 12 月 14 日

2478.《金瓶梅》非「淫書」辨

胡衍南，淡江大學《中文學報》第 9 期，2003 年 12 月，頁 169-192

(四)2004 年

2479.「金瓶梅宴」是耶，非耶？

陳炳山、曹介森，新華日報，2004 年 1 月 16 日

2480.「金瓶梅宴」南京惹爭議

薛慶元，中國消費者報，2004 年 1 月 30 日

2481.魏子雲——念念不忘《金瓶梅》

宋雅姿，文訊，220 期，2004 年 2 月，頁 45-46

2482.《金瓶梅》有無「微言大義」之商榷——綜述「金瓶梅」研究的一個觀點

胡衍南，書目季刊，37 卷 4 期，2004 年 3 月，頁 79-94

2483.《金瓶梅》與《紅樓夢》女性人物比較——以潘金蓮與王熙鳳為例

江俊逸，中國文化大學中文學報，9 期，2004 年 3 月，頁 175-195

2484.《金瓶梅》「繡鞋風波」的心理學透視

范正生，黑龍江社會科學，2004 年第 1 期

2485.《金瓶梅》「我化」史實例評——天水籍官員狄斯彬本事考釋

蒲向明，天水師範學院學報，2004 年第 1 期

2486.《金瓶梅》研究綜述

杜明德，聊城大學學報，2004 年第 1 期

2487.論張竹坡評點《金瓶梅》的貢獻

俞波恩，語文學刊，2004 年第 1 期

2488.《金瓶梅》與雲南方言詞匯

群一，昆明師範高等專科學校學報，2004 年第 1 期

2489. 對《金瓶梅詞話》反問句的考察

　　　張慶梅，連雲港職業技術學院學報，2004 年第 1 期

2490. 論《金瓶梅詞話》中「以唱代言」現象在後二十一回中的遞增

　　　孫萌，太原教育學院學報，2004 年增 1 期

2491. 論《金瓶梅》中所見瓷器以及作者等相關問題

　　　靳青萬，漳州師範學院學報，2004 年第 1 期

2492. 《金瓶梅》與《紅樓夢》預言敘事藝術比較

　　　張軍，漳州師範學院學報，2004 年第 1 期

2493. 從《金瓶梅》中的稱謂看小說的幽伏之旨

　　　陶慕寧，華僑大學學報，2004 年第 1 期

2494. 哀而不悲《金瓶梅》

　　　朱燕，華北水利水電學院學報，2004 年第 1 期

2495. 《金瓶梅詞話》的版本與文本：《金瓶梅詞話校讀記》序

　　　梅節，明清小說研究，2004 年第 1 期

2496. 《金瓶梅詞話》校讀拾零（二）

　　　劉世傑，泉州師範學院學報，2004 年第 1 期

2497. 論《金瓶梅詞話》的複合動詞

　　　許仰民，信陽師範學院學報，2004 年第 1 期

2498. 《金瓶梅詞話》「五果五菜」食俗小考

　　　吳曉龍，南昌大學學報，2004 年第 1 期

2499. 《金瓶梅》作者研究八十年

　　　許建平，河北學刊，2004 年第 1 期

2500. 告別道學時代——《金瓶梅》性描寫研究之檢視和總結

　　　葛永海，寧波職業技術學院學報，2004 年第 1 期

2501. 《漢語大詞典》之《金瓶梅詞話》詞語疑詁

　　　劉敬林，青海師專學報，2004 年第 1 期

2502. 從《金瓶梅》看晚明女性世界

　　　周晏，青海師範大學民族師範學院學報，2004 年第 1 期

2503. 談談《金瓶梅》的人物研究

　　　孔繁華，古典文學知識，2004 年第 1 期

2504. 從《金瓶梅詞話》《紅樓夢》看古代的煙火文化

　　　王秉鈞，花炮科技與市場，2004 年第 1-2 期

2505. 以悲劇始悲劇終的潘金蓮——談潘金蓮的角色性格

　　劉峰貞，內湖高工學報，15 期，2004 年 4 月，頁 163-168

2506. 飲食・男女——論《金瓶梅》中的食欲與色欲

　　陸雪芬，中正大學中國文學研究所研究生論文集刊，6 期，2004 年 5 月，頁 109-132

2507.《金瓶梅》「世情小說」論

　　胡衍南，淡江大學中文學報，10 期，2004 年 6 月，頁 79-100

2508. 雙姝怨懟——從婚姻看吳月娘與潘金蓮的心理與行為

　　郭美玲，靜宜人文學報，20 期，2004 年 6 月，頁 207-238

2509. 論《林蘭香》在明清世情小說史的位置

　　胡衍南，淡江人文社會學刊，19 期，2004 年 6 月，頁 1-27

2510.《金瓶梅》是我國第一部文人獨創小說

　　羅德榮，古典文學知識，2004 年第 2 期

2511.《金瓶梅詞話》與《駱駝祥子》《圍城》中「使」字句比較研究

　　吳錫根，浙江樹人大學學報，2004 年第 2 期

2512.《金瓶梅》中的西門慶形象新探

　　金豔霞，甘肅教育學院學報，2004 年第 2 期

2513.《金瓶梅》與《紅樓夢》敘事方式比較

　　張軍，齊齊哈爾大學學報，2004 年第 2 期

2514.《金瓶梅》與《紅樓夢》寓意、反諷藝術比較

　　張軍，渝西學院學報，2004 年第 2 期

2515. 人欲的敞開與人性的思考——《金瓶梅》情欲主題解讀

　　董雁，陝西師範大學繼續教育學報，2004 年第 2 期

2516. 張竹坡評點《金瓶梅》修辭探微

　　胡習之，古漢語研究，2004 年第 2 期

2517.《續金瓶梅》的人物塑造藝術

　　張振國，太原師範學院學報，2004 年第 2 期

2518.《金瓶梅》結構方式的小說史地位

　　曹萌，徐州教育學院學報，2004 年第 2 期

2519.《金瓶梅》和《漢語大詞典》書證

　　程志兵，克山師專學報，2004 年第 2 期

2520.《金瓶梅》中帶「教」字的兼語結構考察

　　鄭劍平，西昌師範高等專科學校學報，2004 年第 2 期

2521. 從《金瓶梅》的民俗與語言看其故事發生地

　　　王平，泰山學院學報，2004 年第 2 期

2522. 論「金瓶梅世界」的藝術建構

　　　宋培憲，泰山學院學報，2004 年第 2 期

2523. 《金瓶梅》性愛描寫的心理學審視

　　　范正生，泰山學報，2004 年第 2 期

2524. 世情寫真《金瓶梅》

　　　田茉雲，岳陽職業技術學院學報，2004 年第 2 期

2525. 論《金瓶梅》中武大郎被毒殺的超現實性

　　　李麗華，山西大學學報，2004 年第 2 期

2526. 走出「死亡」──《金瓶梅》女性出路新探

　　　殷晏梅，西華師範學院學報，2004 年第 2 期

2527. 《續金瓶梅》主旨解讀

　　　王瑾，廣州大學學報，2004 年第 2 期

2528. 《金瓶梅》研究奇人苟洞

　　　程啟貴，江淮文史，2004 年第 2 期

2529. 論《金瓶梅》對《水滸傳》的接受

　　　高日暉，遼寧師範大學學報，2004 年第 3 期

2530. 《金瓶梅》中會話之語境規約

　　　力量、解正明，江蘇社會科學，2004 年第 3 期

2531. 《金瓶梅》的早期傳播及其成書時間與作者問題

　　　王平，東嶽論叢，2004 年第 3 期

2532. 《金瓶梅》探析

　　　朱占青，漢字文化，2004 年第 3 期

2533. 寓言垂世　摭事摹神──論張竹坡《金瓶梅》評點中的藝術虛構論

　　　石海光，內蒙古師範大學學報，2004 年第 3 期

2534. 簡論晚明暴露小說思想內容特徵──《杜騙新書》《金瓶梅》為中心

　　　黃森學，海南師範學院學報，2004 年第 3 期

2535. 晚明暴露小說的藝術特徵及小說成因初探──以《杜騙新書》《金瓶梅》為中心

　　　黃森學，海南廣播電視大學學報，2004 年第 3 期

2536. 試論《金瓶梅》命名之深義

　　　郭世綖、尹大春，石河子大學學報，2004 年第 3 期

2537. 晴雯和春梅——《紅樓夢》與《金瓶梅》比較研究一例

　　王婷婷，華僑大學學報，2004 年第 3 期

2538. 《金瓶梅詞話》選擇問句與現代漢語的異同

　　張慶梅，彭城職業大學學報，2004 年第 3 期

2539. 《金瓶梅詞話》校讀拾零（三）

　　劉世傑，泉州師範學院學報，2004 年第 3 期

2540. 《金瓶梅》歇後語的修辭特徵

　　陳新，閱讀與寫作，2004 年第 3 期

2541. 《金瓶梅》漫筆（三則）

　　黃森學，黃石教育學院學報，2004 年第 3 期

2542. 《金瓶梅》作者「王稺登說」簡論

　　魯歌，古典文學知識，2004 年第 3 期

2543. 《醒世姻緣傳》對《金瓶梅》的繼承與發展

　　陳曉青，山東社會科學，2004 年第 4 期

2544. 《金瓶梅》中的「生意經」

　　張振國，江西教育學院學報，2004 年第 4 期

2545. 《金瓶梅》夢境描寫的文化意蘊

　　周永祥，臨沂師範學院學報，2004 年第 4 期

2546. 妻妾成群中的人性抉擇——試論《金瓶梅》對男性精神世界變異的反思及其意義

　　曾軍，江漢大學學報，2004 年第 4 期

2547. 《金瓶梅》之前的「家庭小說」傳統

　　段江麗，溫州師範學院學報，2004 年第 4 期

2548. 「為學日益　為道日損」——讀吳敢新著《20 世紀金瓶梅研究史長編》有感

　　劉輝，徐州師範大學學報，2004 年第 4 期

2549. 假作真時真亦假——《金瓶梅》談片

　　賀根民，昭通師範高等專科學校學報，2004 年第 4 期

2550. 《紅樓夢》性描寫的敘事根據、層次和特徵——兼談與《金瓶梅》的比較

　　鄭鐵生，紅樓夢學刊，2004 年第 4 期

2551. 論《金瓶梅詞話》疊音動詞

　　許仰民，周口師範學院學報，2004 年第 4 期

2552. 庸眾的沉淪與哲人的悲哀——《金瓶梅》讀劄

　　耿春紅、呂文兵，衡水師專學報，2004 年第 4 期

2553. 《歧路燈》對《金瓶梅》的模仿與超越
席紅霞、曹萌，河南教育學院學報，2004 年第 4 期

2554. 《金瓶梅詞話》「比」字句研究
吳錫根，語言研究，2004 年第 4 期

2555. 《金瓶梅》中兒化韻的使用與人物性格
劉森，成都理工大學學報，2004 年第 4 期

2556. 淺談《紅樓夢》與《金瓶梅》情節設置的相關性
許明煌，黎明職業大學學報，2004 年第 4 期

2557. 《金瓶梅詞話》地理背景考
霍現俊，中國文學研究，2004 年第 4 期

2558. 略論《金瓶梅》對戲曲的援用及其價值
張進德，明清小說研究，2004 年第 4 期

2559. 理性迷失狀態下渲染的異化情欲圖景——《金瓶梅》性宣淫的創作心理剖析
伏滌修，明清小說研究，2004 年第 4 期

2560. 既有繼承又有開拓的著作——《金瓶梅文學語言研究》再版序言
宗廷虎，蘇州大學學報，2004 年第 5 期

2561. 「金瓶梅」現象
憲之，文藝理論與批評，2004 年第 5 期

2562. 解決《金瓶梅》作者之謎的途徑和依據
李洪政，徐州師範大學學報，2004 年第 5 期

2563. 《金瓶梅》續書研究世紀回眸
張振國，徐州師範大學學報，2004 年第 5 期

2564. 悲喜交融的《金瓶梅》
程小青，龍岩師專學報，2004 年第 5 期

2565. 《金瓶梅詞話》中「黃梅」與「淮洪」考證
李錦山，棗莊師範專科學校學報，2004 年第 5 期

2566. 《金瓶梅詞話》校讀拾零（四）
劉世傑，泉州師範學院學報，2004 年第 5 期

2567. 《金瓶梅詞話》佚名校改集說
楊本祥，江蘇教育學院學報，2004 年第 5 期

2568. 《續金瓶梅》的成書年代
歐陽健，齊魯學刊，2004 年第 5 期

2569. 論《金瓶梅》對《水滸傳》女性觀的揚棄與超越
　　　張莉莉，湛江師範學院學報，2004 年第 5 期

2570. 《金瓶梅》作者「徐渭說」
　　　潘承玉，古典文學知識，2004 年第 5 期

2571. 《金瓶梅》人物形象研究述評
　　　葛永海，古典文學知識，2004 年第 6 期

2572. 歲時節日在《金瓶梅》中的敘事意義
　　　魏遠征，安慶師範學院學報，2004 年第 6 期

2573. 說不盡的《金瓶梅》
　　　黃森學，黃石高等專科學校學報，2004 年第 6 期

2574. 試論《金瓶梅》中西門慶藝術形象的價值意義
　　　尚丹，長治學院學報，2004 年第 6 期

2575. 《金瓶梅》中女性人物描寫的特點、成就和影響
　　　倪鐵穎，長春師範學院學報，2004 年第 8 期

2576. 文化的衰落與裂變──《金瓶梅》婚姻家庭文化考察
　　　肖揚碚，廣西社會科學，2004 年第 9 期

2577. 《金瓶梅詞話》「使」字句研究
　　　張志成，江西社會科學，2004 年第 10 期

2578. 《金瓶梅詞話》方俗詞劄記
　　　雷漢卿，西南民族大學學報，2004 年第 12 期

2579. 《金瓶梅》中的一首「性病詩」
　　　王星，中國性學會成立十周年首屆中國性科學高級論壇論文彙編，2004 年

2580. 賀《金瓶梅詞話校讀記》出版
　　　張鴻魁，光明日報，2004 年 12 月 6 日

(五)2005 年

2581. 廿載辛苦為校書
　　　陳詔，中華讀書報，2005 年 2 月 23 日

2582. 論《金瓶梅詞話》的能願動詞
　　　許仰民，天中學刊，2005 年第 1 期

2583. 《金瓶梅》讀例兩則
　　　何坤翁，武漢大學學報，2005 年第 1 期

2584. 論《金瓶梅詞話》的物量詞
    許仰民，信陽師範學院學報，2005 年第 1 期

2585. 《金瓶梅詞話》方俗詞拾零
    雷漢卿，方言，2005 年第 1 期

2586. 《金瓶梅》中的聊城俚語俗語例釋
    孫緒武，廣東技術師範學院學報，2005 年第 1 期

2587. 《金瓶梅》方言研究及其他
    孟昭連，南開學報，2005 年第 1 期

2588. 《金瓶梅詞話》中的「兒」作動詞詞尾分析
    崔山佳，寧波廣播電視大學學報，2005 年第 1 期

2589. 《金瓶梅》話語特點解析
    馮媛媛，陝西師範大學繼續教育學報，2005 年第 1 期

2590. 明代心學與《金瓶梅》
    張豔萍，西安電子科技大學學報，2005 年第 1 期

2591. 試議《金瓶梅》中的以俗為美
    劉洪強，畢節師範高等專科學校學報，2005 年第 1 期

2592. 《金瓶梅》與東京開封——《金瓶梅》社會價值初探
    王基，開封大學學報，2005 年第 1 期

2593. 《金瓶梅詞話》二考
    孫秋克，昆明師範高等專科學校學報，2005 年第 1 期

2594. 《金瓶梅》文人集體創作說
    傅承洲，明清小說研究，2005 年第 1 期

2595. 《金瓶梅》中婚嫁禮俗的考察
    辛銀美，明清小說研究，2005 年第 1 期

2596. 《金瓶梅》用「兒尾」方言來描寫人物
    楊子華，郇陽師範高等專科學校學報，2005 年第 1 期

2597. 閒話《金瓶梅》
    黃輝，閱讀與寫作，2005 年第 1 期

2598. 充滿市井野趣的明代飲茶風俗圖——《金瓶梅》茶文化探究
    孫潤常，東方食療與保健，2005 年第 2 期

2599. 審美回歸與英雄失色——兼論《金瓶梅》中的「水滸」人物
    王振彥，南都學壇，2005 年第 2 期

2600.《金瓶梅》與《紅樓夢》讖語探析
　　郭妍，太原師範學院學報，2005 年第 2 期

2601.《金瓶梅》的「水滸」英雄為何銷蝕了豪邁氣質
　　王振彥，江西社會科學，2005 年第 2 期

2602.《金瓶梅》之魯南方言考釋辨正四例
　　孔慶水，臨沂師範學院學報，2005 年第 2 期

2603. 浮出歷史的地表——試論蘭陵笑笑生的理想人格追求
　　徐華，湖南科技學院學報，2005 年第 2 期

2604. 畸形的女體——淺議《金瓶梅》的社會診治意識
　　夏雪飛，青海社會科學，2005 年第 2 期

2605.《金瓶梅》的佛教精神
　　成曉輝，甘肅社會科學，2005 年第 2 期

2606. 從「甚麼」「什麼」的使用看《金瓶梅詞話》的著錄者
　　增野仁、孟子敏，中國文化研究，2005 年第 2 期

2607. 崇禎本《金瓶梅》詩詞來源新考
　　孟昭連，廈門教育學院學報，2005 年第 2 期

2608. 論《金瓶梅》的民俗學價值
　　張廷興，民俗研究，2005 年第 2 期

2609. 明代的「小唱」——從《金瓶梅詞話》中的唱曲曲藝說起
　　車錫倫，中國文哲研究通訊，15 卷 2 期總號 58，2005 年 6 月，頁 67-71

2610.《金瓶梅》作者考
　　房文齋，光明日報，2005 年 6 月 24 日

2611. 明代社會世態人情的裸露——《金瓶梅》與明代社會新思潮
　　郭學信，聊城大學學報，2005 年第 3 期

2612. 略論崇禎本《金瓶梅》的評點特色
　　王書才，青海師專學報，2005 年第 3 期

2613.《金瓶梅》雜議
　　李存葆，散文百家，2005 年第 3 期

2614.《金瓶梅詞話》中指人他稱的語用功能
　　聶志平，修辭學習，2005 年第 3 期

2615. 關於《金瓶梅》的版本與作者問題——兼致臺灣魏子雲先生
　　葉桂桐，保定師範專科學校學報，2005 年第 3 期

2616. 《金瓶梅詞話》校讀拾零（五）
    劉世傑，泉州師範學院學報，2005 年第 3 期

2617. 張竹坡之《金瓶梅》「寓言」觀評說
    孫洛中，濰坊學院學報，2005 年第 3 期

2618. 明代的「小唱」──從《金瓶梅詞話》中唱曲牌的曲藝談起
    劉曉靜，中國音樂學，2005 年第 3 期

2619. 西北方言詞語在近代俗語詞考釋中的價值略論──以《金瓶梅詞話》《醒世姻緣傳》
    和《聊齋俚曲集》為例
    雷漢卿，西北民族研究，2005 年第 3 期

2620. 論《金瓶梅》中李瓶兒的多元性格和二元道德
    田茉雲，岳陽職業技術學院學報，2005 年第 3 期

2621. 《金瓶梅詞話》詞語釋義二則
    劉敬林，古漢語研究，2005 年第 3 期

2622. 論《金瓶梅》中雪場景的文化反諷
    韓曉、魏明，華僑大學學報，2005 年第 3 期

2623. 《金瓶梅》中帶「使」字的兼語結構考察
    鄭劍平，西昌學院學報，2005 年第 3 期

2624. 論張竹坡批點《金瓶梅》之「時文手眼」
    顧宇，連雲港職業技術學院學報，2005 年第 3 期

2625. 庸眾的沉淪與哲人的悲哀──《金瓶梅》讀劄
    耿春紅，明清小說研究，2005 年第 3 期

2626. 「小小一物，遂能作無數文章」──談《金瓶梅》中幾件「物事」的妙用
    朱全福，明清小說研究，2005 年第 3 期

2627. 解讀《金瓶梅》的一種策略
    甯宗一，古典文學知識，2005 年第 3 期

2628. 《金瓶梅》書名寓意探微
    李金坤，古典文學知識，2005 年第 3 期

2629. 破解《金瓶梅》作者之謎
    董毅然，北京科技報，2005 年 9 月 7 日

2630. 《金瓶梅》中俗語的文化蘊含與明代社會
    郭作飛，求索，2005 年第 4 期

2631. 《金瓶梅詞話》中性愛描寫的文化闡釋

王祥雲，南都學壇，2005 年第 4 期

2632. 從《金瓶梅詞話》包蘊的文化理念審視中西方文化的差異

王祥雲，鄭州大學學報，2005 年第 4 期

2633. 《金瓶梅詞話》中反問句的語用含義

葉建軍，安慶師範學院學報，2005 年第 4 期

2634. 張竹坡批評《第一奇書金瓶梅》「康熙乙亥本」刊刻地點考

文革紅，江西財經大學學報，2005 年第 4 期

2635. 略論崇禎本《金瓶梅》的評點特色及其影響

王書才，寶雞文理學院學報，2005 年第 4 期

2636. 二十世紀張竹坡評點《金瓶梅》研究述評

劉曉軍，中國文學研究，2005 年第 4 期

2637. 略論《金瓶梅詞話》的教化傾向——兼說「金學」史上的「誨淫」與「教化」之爭

張進德，明清小說研究，2005 年第 4 期

2638. 張竹坡小說美學理論的一個範例——「宋惠蓮之死」

蔡靖芳，黎明職業大學學報，2005 年第 4 期

2639. 毛澤東四評《金瓶梅》

馬廣志，黨史文苑，2005 年第 5 期

2640. 試論《金瓶梅》的佛教主題

成曉輝，求索，2005 年第 5 期

2641. 小說中的「小說」：《金瓶梅》與其他小說關係研究（一）

霍現俊、趙曉龍，河北師範大學學報，2005 年第 5 期

2642. 《金瓶梅》與《查泰萊夫人的情人》之比較

于東新，紅河學院學報，2005 年第 5 期

2643. 《金瓶梅詞話》校讀拾零（六）

劉世傑，泉州師範學院學報，2005 年第 5 期

2644. 一曲新興商人的悲歌——《金瓶梅》中的西門慶形象淺說

李紅，濰坊學院學報，2005 年第 5 期

2645. 《金瓶梅》與明人重鵝食俗小考

吳曉龍，江西社會科學，2005 年第 5 期

2646. 《金瓶梅》書名寓意探微

李金坤，文史月刊，2005 年第 6 期

2647. 「醜之花」廢墟上的幾星亮色——《金瓶梅》中的正面描寫和正面人物

　　　　王振彥，河南師範大學學報，2005 年第 6 期

2648. 性愛的文化觀照——《查泰萊夫人的情人》與《金瓶梅》對比研究

　　　　肖麗君，貴州社會科學，2005 年第 6 期

2649. 論《金瓶梅詞話》的數詞成語與熟語

　　　　許仰民，河南教育學院學報，2005 年第 6 期

2650. 從《金瓶梅詞話》到豔情小說——一次小說史演進中的分流與畸變

　　　　趙興勤，河池學院學報，2005 年第 6 期

2651. 現代性在《金瓶梅》中的凸顯

　　　　李儒國，湖北廣播電視大學學報，2005 年第 6 期

2652. 《金瓶梅》毒書復仇說、誣陷仇人與佛經故事

　　　　王立，古典文學知識，2005 年第 6 期

2653. 傳統倫理道德的回歸與超越——《金瓶梅》理想初探

　　　　鄧曉東、吳樂雅，語文學刊，2005 年第 7 期

2654. 沉暮‧新生‧個性‧情——略識《金瓶梅》

　　　　才嘉紅，學術交流，2005 年第 9 期

2655. 孤獨的第一夫人——《金瓶梅》中吳月娘形象的再認識

　　　　沈雲霞，南陽師範學院學報，2005 年第 11 期

2656. 《金瓶梅》的佛教精神與和諧社會構建

　　　　成曉輝，名作欣賞，2005 年第 18 期

2657. 紹興學者試解《金瓶梅》三大謎團

　　　　張星海，北京科技報，2005 年 11 月 23 日

2658. 《金瓶梅》新探索

　　　　黃霖，社會科學報，2005 年 12 月 15 日

2659. 《金瓶梅》是姓「金」

　　　　黃霖、李桂奎，文匯讀書週報，2005 年 12 月 23 日

2660. 明清長篇世情小說的兩個模式

　　　　胡衍南，淡江中文學報，13 期，2005 年 12 月，頁 113-140

2661. 論《金瓶梅詞話》的雙關語和跨文化翻譯問題

　　　　洪濤，國際譯聯第四屆亞洲翻譯家論壇論文集，2005 年

(六)2006 年

2662. 充滿市井野趣的明飲茶圖——《金瓶梅》茶文化探究

孔潤常，中華合作時報，2006 年 2 月 22 日

2663. 技術價值維度下的四大奇書傳播問題探究

管寧，古今藝文，32 卷 2 期，2006 年 2 月，頁 53-59

2664. 《金瓶梅》於《紅樓夢》之影響研究

胡衍南，中國學術年刊，（春）卷 28 期，2006 年 3 月，頁 161-184

2665. 《金瓶梅》詞話本與崇禎本刊印的幾個問題

黃霖，河南大學學報，2006 年第 1 期

2666. 論西門慶的原型——《金瓶梅》作者徐渭說新論

胡令毅，河南大學學報，2006 年第 1 期

2667. 從素材來源看《金瓶梅》的成書

楊緒容，河南大學學報，2006 年第 1 期

2668. 明代資本主義萌芽時期封建商人的典型——《金瓶梅》西門慶形象新論

曹炳建，河南大學學報，2006 年第 1 期

2669. 《金瓶梅》研究史上的新起點——第五屆國際《金瓶梅》學術研討會綜述

張進德、智清清，河南大學學報，2006 年第 1 期；《金瓶梅研究》第八輯，中國
文史出版社 2005 年 12 月

2670. 晚明社會文學思潮轉型與《金瓶梅》對傳統題材的突破

鍾錫南，湖南師範大學社會科學學報，2006 年第 1 期

2671. 封建末世社會的全景圖畫——《金瓶梅》表現的世界

朱占青，天中學刊，2006 年第 1 期

2672. 論《金瓶梅詞話》的複合名詞

許仰民，信陽師範學院學報，2006 年第 1 期

2673. 新時期《金瓶梅》的社會歷史批評及文化學批評

牛芳，西安建築科技大學學報，2006 年第 1 期

2674. 《金瓶梅詞話》方言詞補釋

雷漢卿，南京師範大學文學院學報，2006 年第 1 期

2675. 論《金瓶梅》中西門慶的心理特徵

黃廷富，陰山學刊，2006 年第 1 期

2676. 文人價值觀的失落與回歸——《金瓶梅》與《紅樓夢》之比較

曲向紅，時代文學，2006 年第 1 期

2677. 紹興學者試解《金瓶梅》三大謎團

張星海，科學 24 小時，2006 年第 2 期

2678. 《金瓶梅》的平民文化內涵
    陳東有，南昌大學學報，2006 年第 2 期

2679. 《金瓶梅》中西門慶人物形象淺析
    蘇雨，劇影月報，2006 年第 2 期

2680. 公安袁氏與《金瓶梅》研究
    王豔，綏化學院學報，2006 年第 2 期

2681. 《金瓶梅》所描寫的佛教文藝——宣卷
    楊子華，郎陽師範高等專科學校學報，2006 年第 2 期

2682. 多色的靈魂　絢爛的市井（上）——試論《金瓶梅》中潘金蓮語言個性化的美學特徵
    郝志誠，成都理工大學學報，2006 年第 2 期

2683. 《金瓶梅詞話》與明代飲茶文化
    鄭培凱，中國文化，2006 年第 2 期

2684. 《金瓶梅》對潘金蓮形象的重寫——兼論潘金蓮形象的矛盾
    丁芳，華中師範大學研究生學報，2006 年第 2 期

2685. 《金瓶梅》價值的貨幣文化解讀
    許建平、馬世昌，河北學刊，2006 年第 2 期

2686. 《金瓶梅》書成麻城
    劉宏，黃岡師範學院學報，2006 年第 2 期

2687. 《金瓶梅》中的戲劇世界
    高禎臨，東吳中文學報，12 期，2006 年 5 月，頁 173-193

2688. 《金瓶梅詞話》詞語語用的吳越地方色彩——兼與崇本及校記的若干商榷
    譚蘭芳，修辭學習，2006 年第 3 期

2689. 反諷：張竹坡、文龍《金瓶梅》人物評點差異溯因
    賀根民，中北大學學報，2006 年第 3 期

2690. 特立獨行的人格——《金瓶梅》中龐春梅形象簡論
    黃吉昌，內江師範學院學報，2006 年第 3 期

2691. 《續金瓶梅》主體精神探析
    王君澤，赤峰學院學報，2006 年第 3 期

2692. 從王東洲墓誌銘看《金瓶梅》反映的正德朝史實
    黃強，保定師範專科學校學報，2006 年第 3 期

2693. 文體自覺：張竹坡、文龍《金瓶梅》人物評點差異溯因
    賀根民，貴州文史叢刊，2006 年第 3 期

2694.關於文龍的《金瓶梅》批評
程小青，閩江學院學報，2006 年第 3 期

2695.玉皇廟、永福寺在《金瓶梅》中的作用及其宗教文化因緣
施嘩，上海師範大學學報，2006 年第 3 期

2696.《金瓶梅詞話》第五十三至五十七回真偽補證
蔣朝軍，上海師範大學學報，2006 年第 3 期

2697.論《金瓶梅詞話》表方向的方位名詞
許仰民，周口師範學院學報，2006 年第 3 期

2698.淺論《金瓶梅》與《歧路燈》人物塑造之異同
閻焱，河南廣播電視大學學報，2006 年第 3 期

2699.《金瓶梅》魯南方音解讀
周惠珍，棗莊學院學報，2006 年第 3 期

2700.麻城劉家和《金瓶梅》新考證
凌禮潮，北京科技大學學報，2006 年第 3 期

2701.無中生有的政治「罪行」——《金瓶梅》作者「蕭鳴鳳」說新證駁議之一
潘承玉，明清小說研究，2006 年第 3 期

2702.《水滸傳》《西遊記》《金瓶梅》主題的審美比較
農雲海，南寧師範高等專科學校學報，2006 年第 3 期

2703.封建末世的驚世之作——淺議《金瓶梅》的藝術價值及影響
蘇亮、戎耀文，太原教育學院學報，2006 年第 3 期

2704.中國小說史上的一代新人——西門慶與「金瓶梅」
石麟，新疆教育學院學報，2006 年第 3 期

2705.《金瓶梅詞話》名詞的首碼「老」
許仰民，洛陽師範學院學報，2006 年第 3 期

2706.《金瓶梅詞話》校點拾補
劉敬林，中國語文，2006 年第 3 期

2707.《水滸傳》和《金瓶梅詞話》中幾處干支記時的錯誤
馮文華，西安歐亞學院學報，2006 年第 3 期

2708.如此開發「金瓶梅」合適嗎？
何勇、魯平，人民日報，2006 年 7 月 19 日

2709.文化包裝要用健康符號
劉瓊、何勇，人民日報，2006 年 7 月 20 日

2710. 〈幽怪詩譚小引〉解讀——紀念《金瓶梅》問世信息傳遞 410 周年
　　　王汝梅，華夏文化論壇，第 1 輯，吉林大學出版社 2006 年 8 月

2711. 《金瓶梅》研究新突破之道在哪裏？
　　　中國圖書商報，2006 年 9 月 12 日

2712. 從西門慶重讀《金瓶梅》
　　　陳遼，中華讀書報，2006 年 9 月 20 日

2713. 最實在的石頭　最虛幻的人生
　　　詹丹，中國教育報，2006 年 9 月 29 日

2714. 市井社會的風俗畫——《金瓶梅》的社會性與現實性
　　　成曉輝，湖南科技學院學報，2006 年第 4 期

2715. 論《金瓶梅詞話》名詞的尾碼
　　　許仰民，湖州師範學院學報，2006 年第 4 期

2716. 《金瓶梅》戲劇材料的文本尋繹
　　　賈學清，四川戲劇，2006 年第 4 期

2717. 「人」在《金瓶梅》中
　　　黃霖，上海大學學報，2006 年第 4 期

2718. 論《金瓶梅》中的文人群像及其邊緣位置
　　　詹丹，社會科學戰線，2006 年第 4 期

2719. 伊何底止的指鹿為馬——《金瓶梅》作者「蕭鳴鳳」說新證駁議之一
　　　潘承玉，學術界，2006 年第 4 期

2720. 《金瓶梅》中龐春梅形象及文化意蘊
　　　田茉雲，岳陽職業技術學院學報，2006 年第 4 期

2721. 《續金瓶梅》藝術探析
　　　王瑾，太原城市職業技術學院學報，2006 年第 4 期

2722. 《金瓶梅》零主語「被」字句初探
　　　周四貴，滁州學院學報，2006 年第 4 期

2723. 近代漢語中被忽視的「和」類虛詞成員「並」——以《金瓶梅詞話》中「並」的用
　　　法及分佈為例
　　　曹煒，古漢語研究，2006 年第 4 期

2724. 《金瓶梅詞話》正反問句式、語義考察
　　　張慶梅，南京工程學院學報，2006 年第 4 期

2725. 《金瓶梅》在文學審美上的三大貢獻

申華岑，時代文學，2006 年第 4 期

2726. 審美人生的尷尬——析《金瓶梅》中的情欲人生

苗綠，長春大學學報，2006 年第 5 期

2727. 《金瓶梅》流通貨幣質態與成書年代補證

許建平，文學遺產，2006 年第 5 期

2728. 《漢語大詞典》之《金瓶梅詞話》詞語釋義補正

劉敬林，安慶師範學院學報，2006 年第 5 期

2729. 《金瓶梅詞話》「頭腦」考

吳曉龍，上海師範大學學報，2006 年第 5 期

2730. 張竹坡之市井小說論

孫愛玲，濟南大學學報，2006 年第 5 期

2731. 我看《金瓶梅》

黃霖，文史知識，2006 年第 5 期

2732. 中國與日本：《金瓶梅》研究三人談

黃霖、大冢秀高、鈴木陽一，文藝研究，2006 年第 6 期

2733. 論《金瓶梅詞話》對《西廂記》的襲用——以第八十二、八十三兩回為例

史小軍，文藝研究，2006 年第 6 期

2734. 《金瓶梅》中妓女的「自我價值」判斷

林倫才，重慶工學院學報，2006 年第 6 期

2735. 論《金瓶梅詞話》的動量詞

許仰民，天中學刊，2006 年第 6 期

2736. 試論《金瓶梅》中的三角關係

黨波濤，高等函授學報，2006 年第 6 期

2737. 《金瓶梅詞話》詞法問題研究綜述

張玉萍，河南大學學報，2006 年第 6 期

2738. 《金瓶梅詞話》句法問題研究綜述

張玉萍，洛陽師範學院學報，2006 年第 6 期

2739. 《金瓶梅》稱謂語的語用特點及其文化內涵

杜豔青，安陽師範學院學報，2006 年第 6 期

2740. 試論文龍對《金瓶梅》主旨的解讀

房瑩，湖州師範學院學報，2006 年第 6 期

2741. 《金瓶梅》人性觀與明代中後期「克己復禮」思想無關嗎？

李建武、李冬山，江淮論壇，2006 年第 6 期

2742. 對《金瓶梅》教學方法的探討
姚鮮梅，雁北師範學院學報，2006 年第 6 期

2743. 「它們」是刊刻有誤所致嗎？——淺談《金瓶梅》中的「VV＋趨向補語」格式
賀衛國，時代文學，2006 年第 6 期

2744. 論《金瓶梅》對小說美學的另一貢獻
姚鮮梅、李奉戩，五臺山，2006 年第 6 期

2745. 虎中美女與「紙虎兒」：封建婚姻制度下的潘金蓮
石鐘揚，江淮論壇，2006 年第 6 期

2746. 建《金瓶梅》遺址公園引發激烈碰撞
晚報文萃，2006 年第 6 期

2747. 男權統治下文本的說教性和權威性——對《金瓶梅》的男權意識批判之一
祝東、暢運合，樂山師範學院學報，2006 年第 7 期

2748. 匪夷所思的想像探戈——評盛鴻郎《蕭鳴鳳與金瓶梅》
潘承玉，文藝研究，2006 年第 8 期

2749. 《金瓶梅》妙解「美麗的大腳」
花流，醫藥與保健，2006 年第 8 期

2750. 《紅樓夢》和《金瓶梅》結構藝術的比較
鄭莉，吉林省教育學院學報，2006 年第 8 期

2751. 山東陽穀：政府開發「金瓶梅」
秦俊勇，小康，2006 年第 9 期

2752. 試分析《金瓶梅》中的女性形象——以月、瓶、梅、蕙為例
張贇贇，語文學刊，2006 年第 9 期

2753. 「金瓶梅」景區的黑色幽默
劉躍權，法制與社會，2006 年第 9 期

2754. 潘金蓮：「妖女」形象重新解讀——對《金瓶梅》的男權意識批判之二
祝東、姜堯，樂山師範學院學報，2006 年第 10 期

2755. 張竹坡的小說接收理論
洪雁，理論界，2006 年第 10 期

2756. 被漠視的貓意象——由《金瓶梅》中的貓意象談起
劉京臣，語文學刊，2006 年第 11 期

2757. 《金瓶梅》方言詞語釋補

李永剛，語文學刊，2006 年第 11 期

2758.《金瓶梅》指示代詞「這樣、那樣」用法分析

劉小林，文教資料，2006 年第 21 期

2759.淺探《金瓶梅》中的飲食文化

張瑜玲，中華飲食文化基金會會訊，12 卷 4 期，2006 年 11 月，頁 48-53

2760.從《金瓶梅》看中國樓市

李雲崢，證券時報，2006 年 11 月 27 日

2761.《金瓶梅》作者是紹興人蕭鳴鳳

許程麗，紹興日報，2006 年 12 月 13 日

2762.首部絲綢版《金瓶梅詞話》問世

楊文，文藝報，2006 年 12 月 30 日

2763.《金瓶梅詞話》的認識價值

劉世傑，水滸爭鳴（第九輯）——2006 年全國《水滸》與明清小說研討會論文集

2764.從「情色誤人」到「萬事皆空」——簡論《金瓶梅》說散本對詞話本主旨的轉換

孫萌，水滸爭鳴（第九輯）——2006 年全國《水滸》與明清小說研討會論文集

2765.論《金瓶梅》轉譯本的「傳真」與「失真」

黃粉保，中國英漢語比較研究會第七次全國學術研討會論文集，2006 年

(七)2007 年

2766.《金瓶梅》對《水滸傳》「武松殺嫂」地點改動的詮釋

顏廷亮，長春師範學院學報，2007 年第 1 期

2767.《金瓶梅》中的數字

汪凱瓊，林區教學，2007 年第 1 期

2768.《金瓶梅》與《紅樓夢》敘事格局比較

張軍、梁葆莉，蘭州學刊，2007 年第 1 期

2769.《金瓶梅》中令人叫絕的俗諺口碑

馮子禮，雨花，2007 年第 1 期

2770.《金瓶梅詞話》中「黃貓黑尾」釋

劉敬林，安慶師範學院學報，2007 年第 1 期

2771.論《金瓶梅詞話》的數詞

許仰民，河南大學學報，2007 年第 1 期

2772.人性的解蔽與整合——再論《金瓶梅》作者的人性觀

　　李建武，內江師範學院學報，2007 年第 1 期

2773.《金瓶梅詞話》詞語語用的吳越地方色彩（二）──兼與崇本及校記的若干商榷
　　譚蘭芳，修辭學習，2007 年第 1 期

2774. 空間佈局的魅力──《金瓶梅》的居所安排解讀
　　韓玲，邢臺學院學報，2007 年第 1 期

2775. 從家奴形象的塑造看《金瓶梅》家奴文化的屈辱性
　　秦晶麗，今日湖北，2007 年第 1 期

2776. 淺析《金瓶梅》中「將」的用法
　　張海濤，焦作師範高等專科學校學報，2007 年第 1 期

2777.《金瓶梅》價值的貨幣文化解讀
　　許建平、馬世昌，歷史教學，2007 年第 1 期

2778. 簡論《金瓶梅詞話》中的散曲
　　張進德，明清小說研究，2007 年第 1 期

2779. 談《金瓶梅》的敘事手法
　　朱全福，明清小說研究，2007 年第 1 期

2780. 論西門慶文本內界形態的他視覺差異性
　　曾慶雨，明清小說研究，2007 年第 1 期

2781. 漫話《金瓶梅》（10 篇）
　　孟昭連，天津每日新報，2007 年 2-4 月連載

2782. 兩部《金瓶梅》──詞話本與繡像本對照研究
　　胡衍南，中國學術年刊，（春）卷 29 期，2007 年 3 月，頁 115-144

2783. 張竹坡評點吳月娘的內在理據探析
　　陳競，雲陽師專學報，2007 年第 2 期

2784.「本我」的發現與「自我」的覺醒──《金瓶梅》女性角色意識的文化審視
　　呂珍珍，南陽師範學院學報，2007 年第 2 期

2785. 實踐精神：張竹坡、文龍《金瓶梅》人物評點平行論
　　賀根民，中國石油大學學報，2007 年第 2 期

2786. 文龍《金瓶梅》批評的現實指寓
　　賀根民，西安石油大學學報，2007 年第 2 期

2787. 愛與欲分離的畸形性文化──《金瓶梅》不同類型女性性心理剖析
　　田茉雲，岳陽職業技術學院學報，2007 年第 2 期

2788. 沉淪的愛情──《金瓶梅》之外的話

楊聞宇，今傳媒，2007 年第 2 期

2789. 名聲不好的名著《金瓶梅》

　　劉兆林，海燕，2007 年第 2 期

2790. 《金瓶梅詞話》中「和」類虛詞用法差異計量考察

　　曹煒，江蘇大學學報，2007 年第 2 期

2791. 《金瓶梅》「詞話本」「說散本」的入話

　　周文，臨沂師範學院學報，2007 年第 2 期

2792. 論《金瓶梅》中李瓶兒招贅蔣竹山的非現實性

　　李麗華，太原科技大學學報，2007 年第 2 期

2793. 《金瓶梅詞話》「比」字句研究

　　戚曉傑，雲夢學刊，2007 年第 2 期

2794. 《金瓶梅》中的西門府住宅建築初探

　　蘇文珠，河北經貿大學學報，2007 年第 2 期

2795. 第七屆（嶧城）全國《金瓶梅》學術研討會綜述

　　王平，明清小說研究，2007 年第 2 期

2796. 《第七屆（嶧城）全國《金瓶梅》學術研討會論文集》序

　　黃霖，《金瓶梅文化研究》第五輯，群言出版社 2007 年 5 月

2797. 曹雪芹之前的明清作家評《金瓶梅》

　　王汝梅，《金瓶梅文化研究》第五輯，群言出版社 2007 年 5 月

2798. 《金瓶梅》與蘭陵文化

　　許志強，《金瓶梅文化研究》第五輯，群言出版社 2007 年 5 月

2799. 明清豔情小說與《金瓶梅》

　　張廷興，《金瓶梅文化研究》第五輯，群言出版社 2007 年 5 月

2800. 《金瓶梅》成書復仇說的跨文化探原

　　王立，《金瓶梅文化研究》第五輯，群言出版社 2007 年 5 月

2801. 《金瓶梅》何以借徑《水滸傳》

　　張進德，《金瓶梅文化研究》第五輯，群言出版社 2007 年 5 月

2802. 《金瓶梅》中的夫婦關係與儒家的家庭倫理

　　劉相雨，《金瓶梅文化研究》第五輯，群言出版社 2007 年 5 月

2803. 張揚與沉淪：《金瓶梅》父親缺失的二律背反

　　楚愛華，《金瓶梅文化研究》第五輯，群言出版社 2007 年 5 月

2804. 神聖信仰永恆失語下的彼岸仰望——男權視域中的《金瓶梅》欲望世界與蘭陵笑笑

生的悲憫情懷

譚楚子，《金瓶梅文化研究》第五輯，群言出版社 2007 年 5 月

2805. 從「西門」到「賈府」——從古代拆字術、「四方」觀念說到《金瓶梅》對《紅樓夢》的影響

杜貴晨，《金瓶梅文化研究》第五輯，群言出版社 2007 年 5 月

2806. 詩意的消解與心靈的叩問——《金瓶梅詞話》敘事策略的文化解讀

趙興勤，《金瓶梅文化研究》第五輯，群言出版社 2007 年 5 月

2807. 明清小說婚俗描寫的特徵及功能——以《金瓶梅》《醒世姻緣傳》《紅樓夢》為中心

王平，《金瓶梅文化研究》第五輯，群言出版社 2007 年 5 月

2808. 論《金瓶梅》的空間結構

韓曉，《金瓶梅文化研究》第五輯，群言出版社 2007 年 5 月

2809. 論潘金蓮形象的悲劇意蘊

史小軍，《金瓶梅文化研究》第五輯，群言出版社 2007 年 5 月

2810. 再論潘金蓮——兼及《水滸傳》中該角色的類型學意義

宋培憲，《金瓶梅文化研究》第五輯，群言出版社 2007 年 5 月

2811. 舉世皆濁難獨清——對《金瓶梅》中清官形象及清官悲劇命運的探究

黃強，《金瓶梅文化研究》第五輯，群言出版社 2007 年 5 月

2812. 沒有褪去色彩的神殿勇士——也說《金瓶梅》中的武松

王振星，《金瓶梅文化研究》第五輯，群言出版社 2007 年 5 月

2813. 溫如玉與西門慶比較論

周晴，《金瓶梅文化研究》第五輯，群言出版社 2007 年 5 月

2814. 孟玉樓形象試論

王景曉，《金瓶梅文化研究》第五輯，群言出版社 2007 年 5 月

2815. 論「月娘為月」

趙莎莎，《金瓶梅文化研究》第五輯，群言出版社 2007 年 5 月

2816. 「本我」的發現與「自我」的覺醒——《金瓶梅》女性角色意識的文化審視

呂珍珍，《金瓶梅文化研究》第五輯，群言出版社 2007 年 5 月

2817. 《金瓶梅》中女性形體美的審美內涵分析

王曉靜，《金瓶梅文化研究》第五輯，群言出版社 2007 年 5 月

2818. 挂杖兩頭挑日月，葫蘆一個隱山川——《金瓶梅》中相士形象分析

任永安，《金瓶梅文化研究》第五輯，群言出版社 2007 年 5 月

2819. 宋惠蓮形象的塑造及其意義

黃春枝，《金瓶梅文化研究》第五輯，群言出版社 2007 年 5 月

2820. 《金瓶梅》詞語研究的兩點意見

張鴻魁，《金瓶梅文化研究》第五輯，群言出版社 2007 年 5 月

2821. 從徑改之處看相對應的吳語詞

褚半農，《金瓶梅文化研究》第五輯，群言出版社 2007 年 5 月

2822. 〈祭頭巾文〉中的吳語詞

褚半農，《金瓶梅文化研究》第五輯，群言出版社 2007 年 5 月

2823. 《金瓶梅》與古嶧方言民俗

文慶珍，《金瓶梅文化研究》第五輯，群言出版社 2007 年 5 月

2824. 《金瓶梅》方俗詞語釋補

張文國，《金瓶梅文化研究》第五輯，群言出版社 2007 年 5 月

2825. 從習慣用語的變化看《金瓶梅》的文本結構——《金瓶梅文本結構探微》補證

楊國玉，《金瓶梅文化研究》第五輯，群言出版社 2007 年 5 月

2826. 《金瓶梅詞話》中雙關語、戲謔語、葷笑語的作用及其英譯問題

洪濤，《金瓶梅文化研究》第五輯，群言出版社 2007 年 5 月

2827. 沈明臣和應伯爵

胡令毅，《金瓶梅文化研究》第五輯，群言出版社 2007 年 5 月

2828. 崇禎本《金瓶梅》詩詞來源補考

邢永川、趙國安，《金瓶梅文化研究》第五輯，群言出版社 2007 年 5 月

2829. 《金瓶梅詞話》中明代同名同姓人物考

霍現俊、霍文星，《金瓶梅文化研究》第五輯，群言出版社 2007 年 5 月

2830. 名臣大儒賈三近

程冠軍，《金瓶梅文化研究》第五輯，群言出版社 2007 年 5 月

2831. 《金雲翹傳》與《金瓶梅》

邢慧玲，《金瓶梅文化研究》第五輯，群言出版社 2007 年 5 月

2832. 張竹坡研究綜述

吳敢，《金瓶梅文化研究》第五輯，群言出版社 2007 年 5 月；河南大學學報，2007 年第 6 期

2833. 吳月娘孟玉樓公案

董國炎，《金瓶梅文化研究》第五輯，群言出版社 2007 年 5 月

2834. 張竹坡小說批評與生命化文論

陳維昭，《金瓶梅文化研究》第五輯，群言出版社 2007 年 5 月

2835. 《金瓶梅》中的管理科學

　　馮成略，《金瓶梅文化研究》第五輯，群言出版社 2007 年 5 月

2836. 活色生香：金瓶梅宴

　　李志剛，《金瓶梅文化研究》第五輯，群言出版社 2007 年 5 月

2837. 《金瓶梅》遺址公園黃金周開張惹非議

　　李光明，法制日報，2007 年 5 月 8 日

2838. 小說《金瓶梅》可有遺址存？

　　小作，中國藝術報，2007 年 5 月 11 日

2839. 「《金瓶梅》遺址公園」見聞：惡搞緣何遭冷遇

　　王立武，中國文化報，2007 年 5 月 15 日

2840. 《金瓶梅》與屠隆（上）

　　黃霖，寧波晚報，2007 年 6 月 23 日

2841. 《金瓶梅》與屠隆（中）

　　黃霖，寧波晚報，2007 年 6 月 30 日

2842. 《金瓶梅》與屠隆（下）

　　黃霖，寧波晚報，2007 年 7 月 7 日

2843. 古事今判——《金瓶梅》毒品世界的現代法律觀

　　呂丁旺，檢察新論，2 期，2007 年 7 月，頁 272-278

2844. 《金瓶梅詞話》中「南河南徙」時代考

　　霍現俊，燕趙學術，2007 年春之卷，四川辭書出版社 2007 年 7 月

2845. 「《金瓶梅》遺址公園」是榮光還是恥辱？

　　新天地，2007 年第 6 期

2846. 「《金瓶梅》遺址公園」真的存在嗎？

　　戚永曄，觀察與思考，2007 年第 11 期

2847. 《金瓶梅》遺址公園開張引爭議

　　李光明，政府法制，2007 年第 12 期

2848. 明代社會的一面多棱鏡——《金瓶梅》中二藥商析

　　劉曉林，湖南商學院學報，2007 年第 3 期

2849. 專書語法研究領域的一朵奇葩——評許仰民先生的《金瓶梅詞話語法研究》

　　趙伯義，信陽師範學院學報，2007 年第 3 期

2850. 信仰的危機與精神的重建——解讀《金瓶梅》

　　呂蘊鴿，渭南師範學院學報，2007 年第 3 期

2851. 明清小說婚俗描寫的特徵及功能——以《金瓶梅》《醒世姻緣傳》《紅樓夢》為中心
王平，東嶽論叢，2007 年第 3 期

2852. 「笑學」可笑嗎——關於《金瓶梅》作者研究問題的看法
黃霖，內江師範學院學報，2007 年第 3 期

2853. 《金瓶梅》唱曲敘事功能在小說發展史上的意義
鄭鐵生，內江師範學院學報，2007 年第 3 期

2854. 《金瓶梅》中反映的明代醫藥文化現象
閻世德，中醫藥文化，2007 年第 3 期

2855. 《金瓶梅詞話》第六十五回十個劇碼的定性——與蔡敦勇先生商榷
曹廣濤，藝術百家，2007 年第 3 期

2856. 試論《金瓶梅》人物批評的三個階段
賀根民，石河子大學學報，2007 年第 3 期

2857. 《金瓶梅》對小說美學的新貢獻
姚鮮梅，雁北師範學院學報，2007 年第 3 期

2858. 中國《金瓶梅》研究會（籌）簡介
中國《金瓶梅》研究會（籌），徐州工程學院學報，2007 年第 3 期

2859. 《20 世紀金瓶梅研究史長編》析讀
霍現俊，徐州工程學院學報，2007 年第 3 期

2860. 《金瓶梅》中的「胡印」
邢慧玲，徐州工程學院學報，2007 年第 3 期

2861. 「窺視」的藝術情蘊——從《金瓶梅》到《紅樓夢》的私人經驗之文本呈現
張燕，紅樓夢學刊，2007 年第 3 期

2862. 《海上花列傳》的敘事藝術——與《金瓶梅》《紅樓夢》《儒林外史》的比較
戴中潔，江西電力職業技術學院學報，2007 年第 3 期

2863. 《金瓶梅詞話》中〔山坡羊〕的聲情辨證
李敬平，焦作大學學報，2007 年第 3 期

2864. 《金瓶梅》版本研究商榷——兼致梅節先生
葉桂桐，明清小說研究，2007 年第 3 期

2865. 愛的奉獻與妾的地位——封建妾媵制度下的潘金蓮
鍾揚，古今藝文，34 卷 1 期，2007 年 11 月，頁 45-54

2866. 《金瓶梅》歇後語的民俗文化色彩及修辭特徵
陳新，國文天地，23 卷 6 期總號 270，2007 年 11 月，頁 49-55

2867. 《金瓶梅》書名寓意新詮
　　　李金坤，南京師範大學文學院學報，2007 年第 4 期

2868. 《金瓶梅詞話》火葬習俗考論
　　　王湘華，伊犁師範學院學報，2007 年第 4 期

2869. 放縱的智慧與尷尬——淺析《金瓶梅》的文本敘事
　　　劉佳、李璿，消費導刊，2007 年第 4 期

2870. 《西遊記》《金瓶梅》有關資料蠡測
　　　蘇鐵戈，明清小說研究，2007 年第 4 期

2871. 《金瓶梅》與白銀貨幣化
　　　鄭鐵生，明清小說研究，2007 年第 4 期

2872. 論《金瓶梅》中的「王婆」形象
　　　徐長偉，隴東學院學報，2007 年第 4 期

2873. 《金瓶梅詞話》方俗詞例釋
　　　劉新春，社會科學家，2007 年第 4 期

2874. 《金瓶梅》與《十日談》女性觀比較
　　　姚作舟，凱里學院學報，2007 年第 4 期

2875. 一部治世的反面教材——《金瓶梅》新論
　　　王振彥，中州學刊，2007 年第 4 期

2876. 《金瓶梅》中西門慶兩性關係的文化闡釋
　　　黃吟珂，衡陽師範學院學報，2007 年第 4 期

2877. 論《金瓶梅》中潘金蓮的悲劇精神
　　　嚴賽梅，文學教育（上），2007 年第 4 期

2878. 滿文本《金瓶梅》及其序言
　　　季永海，民族文學研究，2007 年第 4 期

2879. 從《金瓶梅》看明代的衛所
　　　肖立軍，文史雜誌，2007 年第 5 期

2880. 《金瓶梅》PK《紅樓夢》
　　　陳沖，文學自由談，2007 年第 5 期

2881. 論《金瓶梅》英譯本的「得」與「失」
　　　黃粉保、張建佳，雲夢學刊，2007 年第 5 期

2882. 《金瓶梅》和《紅樓夢》對封建官場政治的描寫與批判
　　　龐金殿，阜陽師範學院學報，2007 年第 5 期

2883. 從俗不可耐到超塵脫俗——論《紅樓夢》在人物形象上對《金瓶梅》的超越
　　　周遠斌，中國石油大學學報，2007 年第 5 期

2884. 人間腹笥多藏草　隔代安知悔立言——論丁耀亢與「《續金瓶梅》案」有關的詩歌
　　　魏紅梅，濰坊學院學報，2007 年第 5 期

2885. 《金瓶梅》小說觀念的近代趨向芻議
　　　賀根民，雞西大學學報，2007 年第 5 期

2886. 「啜哄」探源兼論「趍」字——《金瓶梅》俗字訛字例釋
　　　張鴻魁，東嶽論叢，2007 年第 6 期

2887. 《金瓶梅詞話》中助詞「的」的用法
　　　杜道流，淮北煤炭師範學院學報，2007 年第 6 期

2888. 《金瓶梅》是一部春秋大傳
　　　邢慧玲，洛陽師範學院學報，2007 年第 6 期

2889. 《金瓶梅》裏的「應俗之文」
　　　胡令毅，洛陽師範學院學報，2007 年第 6 期

2890. 李瓶兒與尤二姐——《金瓶梅》《紅樓夢》人物比較
　　　張乃嶷，安徽電子信息職業技術學院學報，2007 年第 6 期

2891. 論徐渭和《金瓶梅》
　　　胡令毅，河南大學學報，2007 年第 6 期

2892. 《金瓶梅》與明代徽州府
　　　邢慧玲，河南大學學報，2007 年第 6 期

2893. 再說《金瓶梅詞話》卷首〔行香子〕
　　　孫秋克，河南大學學報，2007 年第 6 期

2894. 《金瓶梅》繡像評改本：華夏小說美學史上的里程碑
　　　王汝梅，吉林大學社會科學學報，2007 年第 6 期

2895. 《金瓶梅》的年代背景之謎
　　　薛洪勣，吉林大學社會科學學報，2007 年第 6 期

2896. 正視內困，回應外擾，期待金學事業中興繁榮——第七屆全國《金瓶梅》學術討論
　　　會大會總結
　　　吳敢，徐州工程學院學報，2007 年第 7 期

2897. 批評的態度與態度的批評——讀劉世德先生的〈《金瓶梅》作者之謎〉有感
　　　孫秋克，徐州工程學院學報，2007 年第 7 期

2898. 欲望世界與悲憫情懷：男權視域中的《金瓶梅》

譚楚子，徐州工程學院學報，2007 年第 7 期

2899. 論《金瓶梅》的續書──《三續金瓶梅》

段春旭，遼寧行政學院學報，2007 年第 7 期

2900. 《金瓶梅》中潘金蓮新解

吳帆，文學教育（上），2007 年第 7 期

2901. 「金瓶梅」時代物價水準如何？

盧孟夏，中國金融家，2007 年第 7 期

2902. 撥正和反思中的尷尬──《鼓掌絕塵》對《金瓶梅》性愛觀的反撥

陳榮，文教資料，2007 年第 8 期

2903. 從《金瓶梅詞話》看我國明代的飲食文化

徐章，東方食療與保健，2007 年第 8 期

2904. 再評《金瓶梅》中潘金蓮形象

宋運娜，社科縱橫，2007 年第 8 期

2905. 崇禎本《金瓶梅》──引詩考

邢永川，閱讀與寫作，2007 年第 8 期

2906. 張竹坡人物塑造理論述評

李君，文教資料，2007 年第 9 期

2907. 潘金蓮與趙姨娘──《金瓶梅》與《紅樓夢》的人物比較

汪紅燕，湖北廣播電視大學學報，2007 年第 9 期

2908. 論《金瓶梅》中武大郎一家與韓道國一家互為鏡像的文化闡釋

黃吟珂，湖北教育學院學報，2007 年第 9 期

2909. 詩意的消解與心靈的叩問──《金瓶梅詞話》敘事策略的文化解讀

趙興勤、趙韡，徐州工程學院學報，2007 年第 9 期

2910. 《金瓶梅》序作者「東吳弄珠客」續考

楊國玉，徐州工程學院學報，2007 年第 9 期

2911. 《金瓶梅》是個紹興人寫的！

金立鵬，紀實，2007 年第 9 期

2912. 恐懼孤獨的靈魂──探析《金瓶梅》潘金蓮行為成因

陳海麗，電影評介，2007 年第 10 期

2913. 論《金瓶梅》語言的多層寓意

霍現俊，商丘師範學院學報，2007 年第 10 期

2914. 《金瓶梅》中潘金蓮兩性關係的文化闡釋

　　　黃吟珂，湖南科技學院學報，2007 年第 11 期

2915.《金瓶梅詞話》「與」字句的句法語義分析

　　　吳錫根，江西社會科學，2007 年第 11 期

2916.「蠢」婢不蠢——論《金瓶梅》中的秋菊形象

　　　任旭娟，希望月報（上半月），2007 年第 11 期

2917.《金瓶梅》中的永福寺

　　　莊逸雲、李文玉，成都大學學報，2007 年第 12 期

2918.世情的現實摹寫，反傳統的審美傾向——淺談《金瓶梅》在美學觀念、敘事方式方
　　　面的突破

　　　韓國春、蔚華萍，電影文學，2007 年第 16 期

2919.丁耀亢與《續金瓶梅》

　　　劉家忠，蘭臺世界，2007 年第 21 期

2920.試論《金瓶梅》中的「簾子」意象

　　　戴娜，文教資料，2007 年第 34 期

2921.《金瓶梅》中玳安兒的結局

　　　顧楠，文教資料，2007 年第 34 期

2922.《金瓶梅》詈詞詈語現象考察

　　　錢韻然，文教資料，2007 年第 34 期

(八)2008 年

2923.《金瓶梅》作者蘭陵笑笑生是長樂人

　　　廈門日報，2008 年 1 月 14 日

2924.《金瓶梅》漫談

　　　青島早報，2008 年 1 月 17 日

2925.《金瓶梅》裏的魯菜菜品

　　　濟南日報，2008 年 1 月 23 日

2926.《百家講壇》為何不講《金瓶梅》

　　　方謙光，東海大學圖書館館訊，77 期，2008 年 2 月，頁 68-73

2927.香港版的《金瓶梅》——「陳冠希事件」的啟示

　　　方謙光，東海大學圖書館館訊，78 期，2008 年 3 月，頁 33-36

2928.《金瓶梅詞話》「放小鴨兒」義釋

　　　張文國，中國語文，2008 年第 1 期

2929. 讀《金瓶梅》筆記

　　謝善實，文學港，2008 年第 1 期

2930. 《金瓶梅》：西門慶發家的營生

　　郭建，法律與生活，2008 年第 1 期

2931. 《金瓶梅詞話》中〔山坡羊〕的聲情辨證

　　靳珊珊，考試週刊，2008 年第 1 期

2932. 《金瓶梅》人物心理描寫藝術談

　　高飛燕，青海師專學報，2008 年第 1 期

2933. 論《金瓶梅》中服飾與身體的文化關係

　　魏紅豔、高益榮，渭南師範學院學報，2008 年第 1 期

2934. 從「西門」到「賈府」——從古代拆字術、「西方」觀念說到《金瓶梅》對《紅樓夢》的影響

　　杜貴晨，蘇州大學學報，2008 年第 1 期

2935. 論《金瓶梅》成書的「集撰」式創作性質

　　張同勝、杜貴晨，明清小說研究，2008 年第 1 期

2936. 古代的媒妁與《金瓶梅》中的媒妁形象

　　辛銀美，明清小說研究，2008 年第 1 期

2937. 《金瓶梅》地理背景新探

　　薛洪勣，海口經濟學院學報，2008 年第 1 期

2938. 溫如玉與西門慶析論

　　周晴，濟寧學院學報，2008 年第 1 期

2939. 《金瓶梅》中李瓶兒兩性關係的文化闡釋

　　黃吟珂，牡丹江大學學報，2008 年第 1 期

2940. 論《金瓶梅》中西門慶的發跡所反映的明代社會現實

　　王恩全，瀋陽農業大學學報，2008 年第 1 期

2941. 被扭曲異化的中國婦女典型形象解讀——《金瓶梅》中潘金蓮的雜色人生

　　田茉雲、段淑萍，岳陽職業技術學院學報，2008 年第 1 期

2942. 封建禮教下女性婚姻悲劇的形成——以《水滸傳》中潘金蓮的漸變為例

　　張小菊，黃河科技大學學報，2008 年第 1 期

2943. 從潘、王悲劇看封建晚期小說家女性觀的轉變

　　羅菲妮，語文學刊，2008 年第 1 期

2944. 論溫秀才（中）——兼論李瓶兒

胡令毅，徐州工程學院學報，2008 年第 1 期

2945. 論《金瓶梅》的集撰式創作特點

張同勝，徐州工程學院學報，2008 年第 1 期

2946. 從西門慶形象看晚明官商文化的特徵

胡金望、張則桐，徐州工程學院學報，2008 年第 1 期

2947. 細節刻畫　內情外顯——《金瓶梅》人物心理描寫的表現手法之一

高飛燕，商丘職業技術學院學報，2008 年第 1 期

2948.《金瓶梅》中「步戲」表演形態芻議

曹廣濤，大舞臺，2008 年第 1 期

2949. 張竹坡《金瓶梅》評點的自我意識

闞文文，山東省青年管理幹部學院學報，2008 年第 1 期

2950.《金瓶梅》與杭州的茶文化

楊子華，杭州研究，2008 年第 1 期

2951.「與其不能為全書關鎖，毋寧絕筆不寫夢」——論《金瓶梅》中夢的敘事功能

王雪峰、劉彥，皖西學院學報，2008 年第 1 期

2952.《金瓶梅》書名寓意新詮

李金坤，文史雜誌，2008 年第 2 期

2953.《金瓶梅》——西門慶的砒霜

郭建，法律與生活，2008 年第 2 期

2954. 諷刺與遊樂——《金瓶梅》與《好色一代男》的比較

楊曼，作家，2008 年第 2 期

2955.《金瓶梅》名詞性詞語述謂性探析

易花萍，寧波廣播電視大學學報，2008 年第 2 期

2956. 對《紅樓夢》和《金瓶梅》中情與性的解讀

楊慶黎，安康學院學報，2008 年第 2 期

2957. 論《金瓶梅》的深層意義世界及對表層的超越

許振東，廊坊師範學院學報，2008 年第 2 期

2958. 心靈扭曲的小人物——簡析《金瓶梅》中奴僕妓女與幫閒篾片的心理刻畫

高飛燕，江蘇教育學院學報，2008 年第 2 期

2959. 論小題文與《金瓶梅》中的物事運用藝術

邱江寧，江蘇社會科學，2008 年第 2 期

2960. 袁宏道贊《金瓶梅》「勝於枚生〈七發〉多矣」釋

袁世碩，明清小說研究，2008 年第 2 期

2961. 宋惠蓮之死

張國風，文史知識，2008 年第 2 期

2962. 《金瓶梅》：火葬之禁

新文化報，2008 年 4 月 2 日

2963. 《金瓶梅》與王世貞

大眾日報，2008 年 4 月 9 日

2964. 《金瓶梅》與王世貞

淇濱晚報，2008 年 5 月 6 日

2965. 《金瓶梅》與房地產交易

揚州晚報，2008 年 6 月 5 日

2966. 《金瓶梅》中的漆器──兼述明晚期漆藝

蔡玫芬，故宮文物月刊，303 期，2008 年 6 月，頁 52-63

2967. 《金瓶梅與臨清》序

黃霖，《金瓶梅與臨清》，齊魯書社 2008 年 6 月

2968. 《金瓶梅》研究的懸案與論爭

吳敢，《金瓶梅與臨清》，齊魯書社 2008 年 6 月

2969. 《金瓶梅》研究的現狀與面臨的問題

張翠麗、張進德，《金瓶梅與臨清》，齊魯書社 2008 年 6 月

2970. 二十世紀《金瓶梅》文獻研究述略

苗懷明，《金瓶梅與臨清》，齊魯書社 2008 年 6 月

2971. 魏子雲先生與《金瓶梅》研究

李壽菊，《金瓶梅與臨清》，齊魯書社 2008 年 6 月

2972. 《金瓶梅》或《紅樓夢》──論《歧路燈》及其俗／雅選擇

胡衍南，《金瓶梅與臨清》，齊魯書社 2008 年 6 月

2973. 從《金瓶梅詞話》到才子佳人小說──世情小說的蛻變與小說創作的轉軌

趙興勤，《金瓶梅與臨清》，齊魯書社 2008 年 6 月

2974. 從「小說」到《金瓶梅》──中國小說的近代轉型與成熟

王增斌，《金瓶梅與臨清》，齊魯書社 2008 年 6 月

2975. 李拱璧與賈寶玉

李正學，《金瓶梅與臨清》，齊魯書社 2008 年 6 月

2976. 也談《金瓶梅》與臨清州

薛洪勣，《金瓶梅與臨清》，齊魯書社 2008 年 6 月

2977. 明武宗與《金瓶梅》及臨清

黃強，《金瓶梅與臨清》，齊魯書社 2008 年 6 月

2978. 《金瓶梅》與臨清

杜明德，《金瓶梅與臨清》，齊魯書社 2008 年 6 月

2979. 關於「偉大的色情小說《金瓶梅》」——從高羅佩如是說談起

杜貴晨，《金瓶梅與臨清》，齊魯書社 2008 年 6 月

2980. 《金瓶梅詞話》的情色書寫及其寓言建構

李志宏，《金瓶梅與臨清》，齊魯書社 2008 年 6 月

2981. 肉欲與救贖張力場中的生命終極意義追問——宗教哲學視野下的《金瓶梅》文本解讀

譚楚子，《金瓶梅與臨清》，齊魯書社 2008 年 6 月

2982. 《金瓶梅》中的性描寫及其評價

孫琴安，《金瓶梅與臨清》，齊魯書社 2008 年 6 月

2983. 流氓的性戰——論西門慶

石鐘揚，《金瓶梅與臨清》，齊魯書社 2008 年 6 月

2984. 知其然，知其所以然——《金瓶梅》中潘金蓮心態深層分析

柳卓婭，《金瓶梅與臨清》，齊魯書社 2008 年 6 月

2985. 《金瓶梅》中的山東民俗及非物質文化遺產

熊宗英，《金瓶梅與臨清》，齊魯書社 2008 年 6 月

2986. 《金瓶梅詞話》與明代山東的市井遊藝活動

郭泮溪，《金瓶梅與臨清》，齊魯書社 2008 年 6 月

2987. 《金瓶梅詞話》中的鰣魚與江南文化背景

劉相雨、賈海建，《金瓶梅與臨清》，齊魯書社 2008 年 6 月

2988. 《金瓶梅》的謎底在諸城丁家——丁純、丁惟寧父子創作《金瓶梅》考

楊國玉，《金瓶梅與臨清》，齊魯書社 2008 年 6 月

2989. 湯顯祖和《金瓶梅詞話》及其他

孫秋克，《金瓶梅與臨清》，齊魯書社 2008 年 6 月

2990. 《金瓶梅》與徽文化研究概論

潘志義，《金瓶梅與臨清》，齊魯書社 2008 年 6 月

2991. 丁惟寧的臨清之行

張清吉，《金瓶梅與臨清》，齊魯書社 2008 年 6 月

2992. 《金瓶梅詞話》中宋明同名同姓人物考

霍現俊、趙素忍，《金瓶梅與臨清》，齊魯書社 2008 年 6 月

2993.《金瓶梅》的人物描寫——以第三十四回西門慶人物形象的「矛盾」為中心

田中智行，《金瓶梅與臨清》，齊魯書社 2008 年 6 月

2994.《金瓶梅》反映的明代莊田府第置業

黃強，《金瓶梅與臨清》，齊魯書社 2008 年 6 月

2995. 論《金瓶梅詞話》巫卜描寫的特點及功能

王平，《金瓶梅與臨清》，齊魯書社 2008 年 6 月

2996.《金瓶梅》中的簪子描寫淺議

楊曉莉，《金瓶梅與臨清》，齊魯書社 2008 年 6 月

2997.《金瓶梅》妝花服飾考

黃強，《金瓶梅與臨清》，齊魯書社 2008 年 6 月

2998.《金瓶梅》中「簾子」意象的詩意之美

薛蕾，《金瓶梅與臨清》，齊魯書社 2008 年 6 月

2999. 略論《金瓶梅詞話》的酒宴描寫

張進德、張翠麗，《金瓶梅與臨清》，齊魯書社 2008 年 6 月

3000.《金瓶梅詞話》的外來樂器與民俗文化——兼論相關的英譯問題

洪濤，《金瓶梅與臨清》，齊魯書社 2008 年 6 月

3001. 從潘、陳偷情看《金瓶梅詞話》後二十回的敘述風格

史小軍，《金瓶梅與臨清》，齊魯書社 2008 年 6 月

3002. 張竹坡數理批評淺論

趙莎莎，《金瓶梅與臨清》，齊魯書社 2008 年 6 月

3003. 試論西門府的房屋建築及其對小說敘事的意義

楚愛華，《金瓶梅與臨清》，齊魯書社 2008 年 6 月

3004. 釋「虛簀」並論俗字「䯅」——《金瓶梅》俗字訛字例釋

張鴻魁、杜玉梅，《金瓶梅與臨清》，齊魯書社 2008 年 6 月

3005.《金瓶梅詞話》吳語動詞續解

褚半農，《金瓶梅與臨清》，齊魯書社 2008 年 6 月

3006. 金海拾貝

甘振波，《金瓶梅與臨清》，齊魯書社 2008 年 6 月

3007. 淺議《金瓶梅》與現代城市文化形象設計

潘文竹，《金瓶梅與臨清》，齊魯書社 2008 年 6 月

3008. 毛澤東五評《金瓶梅》

　　濟南日報，2008 年 6 月 13 日，西安日報，2008 年 7 月 30 日

3009. 《金瓶梅》故事發生地在臨清

　　齊魯晚報，2008 年 7 月 13 日

3010. 發現《金瓶梅》之美

　　王汝梅，中國文化報，2008 年 7 月 30 日

3011. 《金瓶梅》在海外

　　惠斌，香港大公報，2008 年 9 月 3 日

3012. 《金瓶梅》與 16 世紀中國社會

　　青島早報，2008 年 10 月 23 日

3013. 學者解讀《金瓶梅》中潘金蓮淫蕩的原因

　　呼倫貝爾日報，2008 年 10 月 23 日

3014. 《金瓶梅》──絕望掙扎的金蓮與春梅

　　郭建，法律與生活，2008 年第 3 期

3015. 張竹坡評點《金瓶梅》略論

　　郭雪峰，文教資料，2008 年第 3 期

3016. 《金瓶梅》和《續金瓶梅》

　　張國風，文史知識，2008 年第 3 期

3017. 別把《金瓶梅》當黃書

　　梁小民，中國新聞週刊，2008 年第 3 期

3018. 論《金瓶梅》的「隱」累積──兼評「個人獨創說」

　　范麗敏，明清小說研究，2008 年第 3 期

3019. 情感的變形與錯位──《金瓶梅》情愛心理初探

　　崔晶晶，明清小說研究，2008 年第 3 期

3020. 第六屆國際《金瓶梅》學術討論會綜述

　　杜明德，明清小說研究，2008 年第 3 期

3021. 崇禎本《金瓶梅》插圖中的徽派圖形藝術考

　　邢慧玲、邢璀，徐州教育學院學報，2008 年第 3 期

3022. 《金瓶梅》與徐州關係密切

　　徐家振，徐州教育學院學報，2008 年第 3 期

3023. 《金瓶梅》和《續金瓶梅》

　　張國風，文史知識，2008 年第 3 期

3024. 《金瓶梅》中潘金蓮心態深層分析

柳卓婭，淄博師專學報，2008 年第 3 期

3025. 明清八股文法理論對張批《金瓶梅》影響試論

錢成，揚州職業大學學報，2008 年第 3 期

3026. 《金瓶梅》與《查泰萊夫人的情人》性描寫比較

黃永林，外國文學研究，2008 年第 3 期

3027. 關於崇禎本《金瓶梅》的補筆

（日）荒木猛，徐州師範大學學報，2008 年第 3 期

3028. 《金瓶梅》詞綴的突顯功能和標示功能

惠紅軍，寧夏大學學報，2008 年第 3 期

3029. 習染與異化：「化醜為美」的潘金蓮

楊彥博，保定學院學報，2008 年第 3 期

3030. 《續金瓶梅》成書年代新考

劉洪強，東嶽論叢，2008 年第 3 期

3031. 《金瓶梅》對女性日常生活的描寫及其意義

朱星瑤，學習與探索，2008 年第 3 期

3032. 《金瓶梅》與《紅樓夢》的死亡敘述之比較

楊明貴，重慶文理學院學報，2008 年第 3 期

3033. 《金瓶梅》藝術上的大突破

張強，學海，2008 年第 3 期

3034. 從潘金蓮到曹七巧看中國女性的性悲劇

劉增城，紹興文理學院學報，2008 年第 3 期

3035. 敘事主體態度：淺表敘事向深層敘事轉換的動因——從《金瓶梅》和《查泰萊夫人的情人》敘事指向談起

唐明生，襄樊學院學報，2008 年第 3 期

3036. 《金瓶梅》——寡婦改嫁

郭建，法律與生活，2008 年第 4 期

3037. 內心獨白　真情流露——《金瓶梅》人物心理描寫的表現手法之一

高飛燕，文教資料，2008 年第 4 期

3038. 《金瓶梅》人物形象塑造的美學價值

高飛燕，鎮江高專學報，2008 年第 4 期

3039. 西門慶涉足鹽業一說

李樹民、王餘，鹽業史研究，2008 年第 4 期

3040. 《金瓶梅詞話》中尼姑宣卷活動本事來源地考索
　　　董再琴、李豫，北京化工大學學報，2008 年第 4 期

3041. 張竹坡小說接受論的主體間性
　　　蔡靖芳，中國礦業大學學報，2008 年第 4 期

3042. 男權主義下的潘金蓮——讀《金瓶梅》劄記
　　　石鐘揚，南京師範大學文學院學報，2008 年第 4 期

3043. 《金瓶梅詞話》與《醒世姻緣傳》中的指示代詞「你」
　　　徐復嶺，濟寧學院學報，2008 年第 4 期

3044. 一曲法制與道德淪喪的挽歌——《金瓶梅》的主題與文化意蘊再探
　　　韓春萌，江西教育學院學報，2008 年第 4 期

3045. 張竹坡論人物角色的敘事功能
　　　劉曉軍，中國文學研究，2008 年第 4 期

3046. 張竹坡小說創作論的主體間性
　　　蔡靖芳，山東科技大學學報，2008 年第 4 期

3047. 《金瓶梅》中吳月娘兩性關係的文化闡釋
　　　黃吟珂，衡陽師範學院學報，2008 年第 4 期

3048. 英雄祭——也談潘金蓮的悲慘遭遇
　　　徐彥峰，太原大學教育學院學報，2008 年第 4 期

3049. 《金瓶梅》中的俗語研究
　　　任連明，廣州廣播電視大學學報，2008 年第 4 期

3050. 《金瓶梅詞話》中「借支馬價銀」時代考
　　　霍現俊，河北師範大學學報，2008 年第 4 期

3051. 論《續金瓶梅》之文化整合及其敘事特色之生成
　　　陳小林，蘭州大學學報，2008 年第 4 期

3052. 《臨清州志》與《金瓶梅》研究中的幾個問題
　　　許建平，明清小說研究，2008 年第 4 期

3053. 「卑賤」與「卑」而不「賤」——《金瓶梅》與《紅樓夢》中小丫鬟形象之比較
　　　馮子禮，運河高師學報，2008 年第 4 期

3054. 西門慶的佔有欲探析
　　　高飛燕，重慶科技學院學報，2008 年第 5 期

3055. 對《金瓶梅》女性形象折射出的女權意識的分析
　　　李鋼、陶玲，語文學刊，2008 年第 5 期

3056. 咀嚼《金瓶梅》的「性飲食」

　　吳亦人，營養與食品衛生，2008 年第 5 期

3057. 張竹坡小說評點家的角色意識與主體間性

　　蔡靖芳，寶雞文理學院學報，2008 年第 5 期

3058. 論溫秀才（下）——兼論《歌代嘯》

　　胡令毅，徐州工程學院學報，2008 年第 5 期

3059. 論《金瓶梅詞話》中的數術文化描寫

　　鞏聿信，徐州工程學院學報，2008 年第 5 期

3060. 論《金瓶梅》所借用的《西廂記》有明顯的徐渭特色

　　邢慧玲，徐州工程學院學報，2008 年第 5 期

3061. 追蹤躡祖索書影　揚帆泛海鑒真知——評王汝梅教授《金瓶梅與豔情小說研究》

　　王立、韓林，十堰職業技術學院學報，2008 年第 5 期

3062. 斑駁陸離的明代社會風情圖——兼論《金瓶梅》的現實主義

　　郭學信、王愛華，聊城大學學報，2008 年第 5 期

3063. 從《金瓶梅》看現代陝西方言的語法特點

　　楊文惠，咸陽師範學院學報，2008 年第 5 期

3064. 論《金瓶梅》中的花園意象

　　周志波、談藝超，語文學刊，2008 年第 5 期

3065. 城市娛樂和《金瓶梅》中的元宵節慶

　　詹丹、張瑞，上海師範大學學報，2008 年第 5 期

3066. 明末清初才子佳人小說與《金瓶梅》《紅樓夢》婢女形象比較

　　林敏，湘潭師範學院學報，2008 年第 5 期

3067. 《金瓶梅》——火葬之禁

　　郭建，法律與生活，2008 年第 5 期

3068. 《金瓶梅》飲食的江南特色

　　譚蘭芳，湘南學院學報，2008 年第 6 期

3069. 論《金瓶梅詞話》中的宴飲描寫

　　賈海建，陰山學刊，2008 年第 6 期

3070. 《金瓶梅》中的漆器——兼述明晚期漆藝

　　蔡玫芬，故宮文物月刊，2008 年第 6 期

3071. 《金瓶梅》的思想內核與作者名及書名的諧音會意

　　任延東，哈爾濱市委黨校學報，2008 年第 6 期

3072. 潘金蓮：從《水滸傳》到《金瓶梅》

程小青，遼東學院學報，2008 年第 6 期

3073. 《金瓶梅》俗語中的佛教意識

任連明、林源，遼東學院學報，2008 年第 6 期

3074. 漫議《金瓶梅》中的唱曲兒

龐安超、陳霞，洛陽師範學院學報，2008 年第 6 期

3075. 《金瓶梅詞話》「棧」考釋

吳曉龍，南昌大學學報，2008 年第 6 期

3076. 《金瓶梅詞話》對《西廂記》的援引與接受

伏滌修，古籍整理研究學刊，2008 年第 6 期

3077. 《金瓶梅》研究的現狀與面臨的問題

張進德，瀋陽師範大學學報，2008 年第 6 期；（日本）《中國古典小說研究》第
十一輯，2006 年

3078. 淺析《紅樓夢》與《金瓶梅》整體構思的相同相似性

吳海燕，和田師範專科學校學報，2008 年第 6 期

3079. 孟玉樓、薛寶釵之相似性分析

劉金榮，河南教育學院學報，2008 年第 6 期

3080. 李時珍與《金瓶梅》

黃霖，文史知識，2008 年第 6 期

3081. 《金瓶梅》中的體育娛樂

劉秉果，文史知識，2008 年第 6 期

3082. 略論《金瓶梅》中的海鹽腔戲曲史料

吳永萍，浙江師範大學學報，2008 年第 6 期

3083. 女性生存的集體失態——論《金瓶梅》女性品格的「妓」化傾向

史梅，高等函授學報，2008 年第 6 期

3084. 《金瓶梅》家庭關係的解釋學意義

肖揚碚，大理學院學報，2008 年第 7 期

3085. 毒淖育蓮：試析《金瓶梅》中潘金蓮之行為生成

陳海麗，山東文學，2008 年第 7 期

3086. 《金瓶梅詞話》的敘述風格變異及作者問題——以潘金蓮與陳經濟的偷情故事為例

史小軍，文藝研究，2008 年第 7 期

3087. 消極倫理與色情敘事——從小說倫理看《金瓶梅》及其評論

李建軍，文藝研究，2008 年第 7 期

3088. 營建「金學」巴比塔——域外《金瓶梅》研究的學術理路與發展走向

葛永海，文藝研究，2008 年第 7 期

3089. 吉林大學中國文化研究所的《金瓶梅》研究

王汝梅，社會科學戰線，2008 年第 8 期

3090.《金瓶梅詞話》中介詞短語的句法分佈情況

周四貴，學術交流，2008 年第 9 期

3091. 解《金瓶梅》作者和版本之謎：評梅節《瓶梅閑筆硯》

陳遼，博覽群書，2008 年第 9 期

3092.《金瓶梅》何以借徑《水滸傳》

張進德，《水滸爭鳴》第十輯，崇文書局 2008 年；求是學刊，2009 年第 2 期，題
目為〈《金瓶梅》借徑《水滸傳》的文化淵源〉

3093.《水滸傳》《金瓶梅》中「女禍」論的形象化演繹

張祝平，水滸爭鳴，第十輯

3094. 20 世紀《金瓶梅》思想內容研究述略

時紅明，新聞愛好者，2008 年第 11 期

3095. 殉主與挨刀：也談《金瓶梅》中王婆之死

王會珍，各界，2008 年第 11 期

3096. 在升騰與墮落之間——論潘金蓮形象對高唐神女原型的整合與變異

黎修良、彭安湘，電影文學，2008 年第 11 期

3097. 評《金瓶梅詞話語法研究》副詞部分

張翠翠，現代語文，2008 年第 11 期

3098.《金瓶梅詞話》：考察折子戲演出之重要史料

李慧，藝苑，2008 年第 11 期

3099. 透過《金瓶梅》看西門慶的賺錢術

侯會，法制博覽，2008 年第 11 期

3100.《金瓶梅》：對傳統儀式信仰的顛覆

潘萬木，荊門職業技術學院學報，2008 年第 11 期

3101. 雙舸子《金瓶梅詞話》總評選刊（上）

卜鍵，書城，2008 年第 12 期

3102. 也說西門慶的「納妾致富工程」

中天飛鴻，法制博覽，2008 年第 13 期

3103. 論《金瓶梅》的死亡主題

　　劉向陽，電影評介，2008 年第 13 期

3104. 淺議《續金瓶梅》的歷史反思與社會現實批判

　　聶春豔，時代文學，2008 年第 16 期

3105. 論潘金蓮與李瓶兒人物性格的反向發展

　　胡琴，文學教育，2008 年第 20 期

3106. 《金瓶梅》中的原始思維

　　房瑩，電影文學，2008 年第 24 期

3107. 從《水滸傳》到《金瓶梅》：論潘金蓮形象的改寫

　　許菁頻，名作欣賞，2008 年第 24 期

3108. 《金瓶梅》英譯本誤譯解析

　　黃粉保，中國英漢語比較研究會第 8 次全國學術研討會論文摘要彙編，2008 年

(九)2009 年

3109. 《金瓶梅》所見的泉州方言詞匯

　　張雙慶，臺灣語文研究，3 期，2009 年 1 月，頁 51-63

3110. 將《金瓶梅》當作反腐的經典來讀

　　黃霖，悅讀 MOOK，第 10 卷，21 世紀出版社 2009 年 1 月

3111. 《水滸傳》「武松打虎」故事的源與流

　　趙興勤，歷史月刊，第 252 期，2009 年 1 月

3112. 論《金瓶梅》的作者是王世貞的仇家

　　全亮，商情，2009 年第 1 期

3113. 《金瓶梅》英譯本誤譯解析

　　黃粉保，韓山師範學院學報，2009 年第 1 期

3114. 論崇禎本《金瓶梅》第一回宗教現象的敘事功能

　　王平，濟寧學院學報，2009 年第 1 期

3115. 張竹坡《金瓶梅》人物評點的數理批評

　　趙莎莎，濟寧學院學報，2009 年第 1 期

3116. 千秋苦心遞金針──張竹坡之《金瓶梅》結構章法論

　　孫愛玲，貴陽學院學報，2009 年第 1 期

3117. 曹七巧與潘金蓮比較研究

　　袁益梅，河南工程學院學報，2009 年第 1 期

3118. 論《金瓶梅詞話》的酒宴描寫
    張進德、張翠麗，河南大學學報，2009 年第 1 期

3119. 論《金瓶梅詞話》中的宴飲描寫
    賈海建，廈門教育學院學報，2009 年第 1 期

3120. 耐人尋味的金華酒──淺談《金瓶梅》之酒與作者之關係
    孫飛盈，現代語文，2009 年第 1 期

3121. 從《金瓶梅》論飲茶民俗
    鄧克尼，茶葉通訊，2009 年第 1 期

3122. 「偉大也要人懂」──重讀《金瓶梅》斷想
    甯宗一，昆明學院學報，2009 年第 1 期

3123. 說《水滸傳》中的潘金蓮──《說四個潘金蓮》之一
    吳敢，昆明學院學報，2009 年第 1 期

3124. 《張竹坡與金瓶梅研究》跋
    吳敢，徐州工程學院學報，2009 年第 1 期

3125. 崇禎本《金瓶梅》的評改者為湯顯祖考論
    劉洪強，徐州工程學院學報，2009 年第 1 期

3126. 《金瓶梅》早期抄本流傳與陶望齡
    王停軍、李俊瑤，徐州工程學院學報，2009 年第 1 期

3127. 《金瓶梅》「獨罪財色」新解
    傅承洲，廣州大學學報，2009 年第 1 期

3128. 「東吳弄珠客」考
    劉洪強，阿壩師範高等專科學校學報，2009 年第 1 期

3129. 《金瓶梅》敘事理論研究
    孫勇，雞西大學學報，2009 年第 1 期

3130. 《金瓶梅詞話》中的「抬」與晉陝蒙區域「抬」的延用
    傅來兮，榆林學院學報，2009 年第 1 期

3131. 《金瓶梅》中的理欲觀
    李寶龍，遼東學院學報，2009 年第 1 期

3132. 關於「偉大的色情小說《金瓶梅》」：從高羅佩如是說談起
    杜貴晨，明清小說研究，2009 年第 1 期

3133. 現實主義力作中的「幻境」設置：《金瓶梅》「幻境」描寫藝術芻議
    薛蕾，明清小說研究，2009 年第 1 期

3134. 打破文學傳統的佳構：論世情小說《金瓶梅》
張強，明清小說研究，2009 年第 1 期

3135. 消費文化語境下的《金瓶梅詞話》解讀：以西門慶的消費行為為例
白鳳飛，安徽文學，2009 年第 1 期

3136. 毛澤東五評《金瓶梅》
劉繼興、樂齡，時尚，2009 年第 1 期

3137. 雙舸子《金瓶梅詞話》總評選刊（中）
卜鍵，書城，2009 年第 1 期

3138. 《金瓶梅》日記
孫建邦，牡丹，2009 年第 1、6、8、11 期

3139. 雙舸子《金瓶梅詞話》總評選刊（下）
卜鍵，書城，2009 年第 2 期

3140. 《金瓶梅》借徑《水滸傳》的文化淵源
張進德，求是學刊，2009 年第 2 期

3141. 明代中葉社會風習與《金瓶梅》的「俗」——以西門慶作為考察對象
朱全福，蘇州科技學院學報，2009 年第 2 期

3142. 《金瓶梅》敘事視角淺論
秦冉冉，當代小說，2009 年第 2 期

3143. 《金瓶梅》人物形象塑造的美學價值
高飛燕，青海師專學報，2009 年第 2 期

3144. 不合時宜的人生？——《金瓶梅》評點家張竹坡的生命歷程
王淼，博覽群書，2009 年第 2 期

3145. 一切皆有可能
張國風，古典文學知識，2009 年第 2 期

3146. 《金瓶梅詞話》與明代美食
張建華，餐飲世界，2009 年第 2 期

3147. 亂世與衰世的不同映像——基於時代精神探析武松形象從《水滸傳》到《金瓶梅》
的演變
景聖琪，福建論壇，2009 年第 2 期

3148. 論張竹坡小說的美學觀
趙民，臨沂師範學院學報，2009 年第 2 期

3149. 吊詭的影的告白——《金瓶梅》中鞋意象與花園意象新論

肖峰旭，河北經貿大學學報，2009 年第 2 期

3150. 張竹坡的小說理論與「王世貞著《金瓶梅》說」

賈海建，南寧師範高等專科學校學報，2009 年第 2 期

3151. 《張竹坡與金瓶梅研究》序

黃霖，昆明學院學報，2009 年第 2 期

3152. 論《金瓶梅》中常時節形象的小說史意義——以中國寓言小說中的人格心理發展為例

李正學，昆明學院學報，2009 年第 2 期

3153. 從王熙鳳、潘金蓮潑辣性格的異同看形象塑造的差異得失

余怡，衛生職業教育，2009 年第 2 期

3154. 《金瓶梅詞話》的「然」尾詞

許仰民，信陽師範學院學報，2009 年第 2 期

3155. 試析《金瓶梅》在中國小說史上的地位

夏繼先，滄桑，2009 年第 2 期

3156. 由「悟色入空」的宗教意識談《金瓶梅》之生命觀

吳慕雅，止善，6 期，2009 年 6 月，頁 111-136

3157. 《經典轉化與明清敘事文學》導言二：在《金瓶梅》與《紅樓夢》的魅影下——敘事藝術與作者關懷的轉化

胡曉真，中國文哲研究通訊，19 卷 2 期總號 74，2009 年 6 月，頁 17-23

3158. 《金瓶梅》地理背景新探

薛洪勣，遼東學院學報，2009 年第 3 期

3159. 與褚半農先生商榷《金瓶梅詞話》中的吳語問題

甘振波，徐州工程學院學報，2009 年第 3 期

3160. 以現代意識啟動古代經典文本——有感於第六屆國際《金瓶梅》學術討論會而發

譚楚子，徐州工程學院學報，2009 年第 3 期

3161. 藝術在限制中求生——論《金瓶梅》的開頭和結尾

鄧鵬，徐州工程學院學報，2009 年第 3 期

3162. 《金瓶梅》與「隱性累積」——兼論其講唱性

付善明，阿壩師範高等專科學校學報，2009 年第 3 期

3163. 《金瓶梅詞話》中的人稱代詞系統

曹煒，蘇州科技學院學報，2009 年第 3 期

3164. 《金瓶梅》中的夫婦關係與儒家家庭倫理

劉相雨，菏澤學院學報，2009 年第 3 期

3165. 毛澤東評《金瓶梅》的問題視域

　　　張同勝，菏澤學院學報，2009 年第 3 期

3166. 論宗教描寫對《金瓶梅詞話》人物塑造的藝術作用

　　　蔡莉，內蒙古民族大學學報，2009 年第 3 期

3167. 小說中的「小說」：《金瓶梅》與其他小說關係研究（二）

　　　霍現俊、趙素忍，河北師範大學學報，2009 年第 3 期

3168. 從《金瓶梅詞話》與《水滸》版本的關係看其成書時間

　　　談蓓芳，復旦學報，2009 年第 3 期

3169. 《金瓶梅》與《唐・吉訶德》「戲擬」敘事之比較

　　　戴承元，人文雜誌，2009 年第 3 期

3170. 論《金瓶梅》的敘事建構與敘說特徵

　　　曾慶雨，雲南民族大學學報，2009 年第 3 期

3171. 論《三國演義》和《金瓶梅》中的婚姻問題

　　　徐娥，語文學刊，2009 年第 3 期

3172. 《紅樓夢》《金瓶梅》比較研究

　　　陳浩軍、張元，才智，2009 年第 3 期

3173. 《金瓶梅》中的「把攔」和「把攬」

　　　康振棟，華南理工大學學報，2009 年第 3 期

3174. 鞋、鞋杯及文人怪癖

　　　趙興勤，歷史月刊，第 260 期，2009 年 9 月

3175. 論《金瓶梅》中程度副詞「十分」

　　　余麗梅，綿陽師範學院學報，2009 年第 4 期

3176. 《金瓶梅》與《紅樓夢》整體構思的相似性研究

　　　吳顥，時代文學，2009 年第 4 期

3177. 從《金瓶梅詞話》到《紅樓夢》——世情小說文化品格的躍升與小說創作的跨越式
　　　發展

　　　趙興勤，河池學院學報，2009 年第 4 期

3178. 今朝與君別，瓶沉知奈何——從《金瓶梅詞話》中李瓶兒之死看人情冷暖

　　　李妍青，懷化學院學報，2009 年第 4 期

3179. 《閑情偶寄》與《金瓶梅》中的女性美

　　　付善明，寧夏師範學院學報，2009 年第 4 期

3180. 《金瓶梅詞話》中的棗莊方言詞例釋

　　　　史大豐，棗莊學院學報，2009 年第 4 期

3181.關於《新刻金瓶梅詞話》發現、購藏與影印

　　　　杜斌，河南教育學院學報，2009 年第 4 期

3182.深刻的思悟　真率的情懷——讀《甯宗一講金瓶梅》

　　　　羅立群，書品，2009 年第 4 期

3183.《金瓶梅詞話》的宗教描寫與作者的藝術構思

　　　　吳光正，武漢大學學報，2009 年第 4 期

3184.《金瓶梅》第五年敘事結構張力與人物性格之間的變數

　　　　鄭鐵生，北方論叢，2009 年第 4 期

3185.《金瓶梅》用字通假二則

　　　　康振棟，語文學刊，2009 年第 4 期

3186.論通俗文學典籍《金瓶梅》中西門慶形象的審美趨向

　　　　張鵬飛，電影文學，2009 年第 4 期

3187.釋「虛篢」並論俗字「囂」：《金瓶梅》俗字訛字例釋

　　　　張鴻魁，中國語文，2009 年第 4 期

3188.論西門慶與林黛玉之死——兼及《紅樓夢》對《金瓶梅》的反模仿

　　　　杜貴晨，山東師範大學學報，2009 年第 5 期

3189.談《金瓶梅》中的說唱藝術成分

　　　　周遠斌，山東師範大學學報，2009 年第 5 期

3190.《金瓶梅》中的小菜

　　　　王吳軍，美食，2009 年第 5 期

3191.論《金瓶梅》中的夢幻奇異現象

　　　　馮陽，西北大學學報，2009 年第 5 期

3192.陶慕寧校本《金瓶梅詞話》補校

　　　　劉敬林，安慶師範學院學報，2009 年第 5 期

3193.「心學」與「無父者」——論《金瓶梅》中的兩個重要背景

　　　　劉旭峰，語文學刊，2009 年第 5 期

3194.論《三國演義》和《金瓶梅》中的婚姻問題

　　　　徐娥，語文學刊，2009 年第 5 期

3195.論張竹坡小說批評理論的來源、地位與影響

　　　　錢成，安康學院學報，2009 年第 5 期

3196.《金瓶梅》詞語釋義二則

康振棟，語文學刊，2009 年第 6 期

3197. 由「悟色入空」的宗教意識談《金瓶梅》之生命觀

吳慕雅，止善，2009 年總第 6 期

3198.《金瓶梅》慈悲情懷之我見

趙甜甜，安徽文學，2009 年第 6 期

3199. 淺論老舍與《金瓶梅》的譯介

陳進武，閱讀與寫作，2009 年第 8 期

3200.《金瓶梅詞話》烹技擷華

聶雙雙，養生大世界，2009 年第 8 期

3201. 潘金蓮──靚麗外表下的多重性格

劉小玲、李文博，時代文學，2009 年第 8 期

3202. 論張批《金瓶梅》對八股文法的借鑒與運用

顧宇、錢成，懷化學院學報，2009 年第 9 期

3203.《金瓶梅詞話》「會勝」探詁

王群，現代語文，2009 年第 9 期

3204.《續金瓶梅》動詞重疊格式及其傳承與發展

李明霞，現代語文，2009 年第 9 期

3205.《金瓶梅》中西門慶的金錢享樂觀

周志興、劉玉梅，文學教育，2009 年第 9 期

3206.《醒世姻緣傳》與《金瓶梅》之異同

張國風，文史知識，2009 年第 10 期

3207. 畸婚畸變心　惡家惡化人：《金瓶梅》潘金蓮悲劇的社會根源

王修華，名作欣賞，2009 年第 10 期

3208. 論八股文法對張竹坡批點《金瓶梅》的影響

錢成，赤峰學院學報，2009 年第 11 期

3209. 試論《金瓶梅》對頌「情」傳統的顛覆

張進德、張揚，商丘師範學院學報，2009 年第 11 期；《金瓶梅與清河》，吉林大學出版社 2010 年 7 月

3210. 上帝無言　百鬼猙獰──莊之蝶與西門慶的不似與似

余翔、林陽地，電影評介，2009 年第 12 期

3211. 論子弟書對《金瓶梅》的審美接受

陳桂成，作家，2009 年第 12 期

3212.描摹世態，見其炎涼：觀《金瓶梅》
　　　李季，青年文學家，2009 年第 13 期

3213.論《金瓶梅詞話》的認識價值
　　　劉世傑，作家，2009 年第 14 期

3214.《金瓶梅》對人物性格的刻畫
　　　邱明峰，才智，2009 年第 15 期

3215.十年來《金瓶梅》人物形象研究綜述
　　　王雯，大眾文藝，2009 年第 17 期

3216.《金瓶梅》的大眾傳播活動解讀
　　　張曉丹，新聞愛好者，2009 年第 19 期

3217.名人如何理解《金瓶梅》
　　　黃霖，社區，2009 年第 20 期

3218.一件拙劣的仿製古董——由讀《金瓶梅》對《廢都》藝術性的質疑
　　　王鵬程，名作欣賞，2009 年第 22 期

3219.千古悲劇人物——潘金蓮
　　　張瑾，魅力中國，2009 年第 24 期

3220.嚴嵩·王世貞·《金瓶梅》
　　　（日）大木康，中正大學中文學術年刊，14 期，2009 年 12 月，頁 1-16

(十)2010 年

3221.後設遊戲：《三續金瓶梅》的續衍與解構
　　　鄭淑梅，中國文學研究，29 期，2010 年 1 月，頁 253＋255-289

3222.徐渭研究獲得國家級媒體高度關注
　　　何超群、何超珂，紹興日報，2010 年 2 月 9 日

3223.那個時代的風物世情——《雙舸榭重校評批金瓶梅詞話》序
　　　卜鍵，書城，2010 年第 1 期

3224.《金瓶梅》校釋補正
　　　劉瑞明，青海民族大學學報，2010 年第 1 期

3225.論芮效衛《金瓶梅》英譯本的體制與策略
　　　溫秀穎、李蘭，中國外語，2010 年第 1 期

3226.《金瓶梅》中詩歌及其英譯評析
　　　黃粉保，雲夢學刊，2010 年第 1 期

3227. 論《金瓶梅》中的貓意象與金蓮的雙重性格

　　　肖峰旭，語文學刊，2010 年第 1 期

3228. 關於《夢梅館校本金瓶梅詞話》的幾點思考——與梅節先生商榷

　　　付善明，保定學院學報，2010 年第 1 期

3229. 論世情小說《金瓶梅》對《紅樓夢》敘事範式的審美觀照

　　　張鵬飛，寧波職業技術學院學報，2010 年第 1 期

3230.《金瓶梅》語言中見系精組字同讀現象試釋

　　　宮欽第，廣西師範大學學報，2010 年第 1 期

3231.《金瓶梅》人物三論

　　　陳洪，文學與文化，2010 年第 1 期

3232. 從《金瓶梅》看商品經濟崛起之初士商地位的演變——兼及《儒林外史》

　　　陳清芳，湖南工業大學學報，2010 年第 1 期

3233.《金瓶梅詞話》中動態助詞「著」的用法

　　　楊曉芳，信陽農業高等專科學校學報，2010 年第 1 期

3234. 蒲松齡借鑒《續金瓶梅》考論

　　　劉洪強，阿壩師範高等專科學校學報，2010 年第 1 期

3235. 平兒和春梅——《紅樓夢》對《金瓶梅》的人物塑造的繼承與發展舉隅

　　　王敏娟，福建論壇，2010 年第增 1 期

3236.《金瓶梅》的基礎方言探析

　　　何自勝，福建論壇，2010 年第增 1 期

3237. 說不盡的《金瓶梅》

　　　孫建邦，牡丹，2010 年第 2 期

3238.《金瓶梅》中「可」的用法及「可以」的成詞

　　　肖同姓，現代語文，2010 年第 2 期

3239. 論《金瓶梅》敘事中的反諷精神

　　　孫志剛，北方論叢，2010 第 2 期

3240. 陳繼儒與《金瓶梅》的作者

　　　張同勝，徐州工程學院學報，2010 年第 2 期

3241.《金瓶梅詞話》的作者為江蘇武進作家白悅第四考

　　　徐永明，徐州工程學院學報，2010 年第 2 期

3242. 論《紅樓夢》對《金瓶梅》敘事範式的審美觀照

　　　張鵬飛，合肥學院學報，2010 年第 2 期

3243. 簡論《金瓶梅》的諷刺手法
　　　李軍鋒，和田師範專科學校學報，2010 年第 2 期
3244.《金瓶梅詞話》作者為武進作家白悅續考
　　　徐永明，昆明學院學報，2010 年第 2 期
3245.《金瓶梅》中的潘金蓮形象
　　　徐蘭，安順學院學報，2010 年第 2 期
3246.《金瓶梅》中的救贖意識與困頓靈魂
　　　李小蘭、肖燦先，長城，2010 年第 2 期
3247. 探秘《金瓶梅》系列之一：《金瓶梅》作者究竟是誰
　　　房文齋，神州，2010 年第 2 期
3248.《玉嬌李》與《續金瓶梅》關係考論
　　　劉洪強，南京理工大學學報，2010 年第 2 期
3249. 淺談近代吳語與官話動詞重疊發展的不平衡性——《金瓶梅》《紅樓夢》與《鼓掌絕塵》《型世言》動詞重疊之比較
　　　賀衛國，百色學院學報，2010 年第 2 期
3250. 白悅與曲家交遊考——《金瓶梅詞話》作者「白悅說」三考
　　　徐永明，明清小說研究，2010 年第 2 期
3251.《金瓶梅》對《水滸傳》敘事範式的文化承續及藝術演進
　　　張鵬飛，廣播電視大學學報，2010 年第 2 期
3252. 從龐春梅形象看《金瓶梅》暴露人性弱點的藝術
　　　黃越，海南師範大學學報，2010 年第 2 期
3253.《金瓶梅》成書年代小考
　　　劉銘，阿壩師範高等專科學校學報，2010 年第 2 期
3254. 解釋學視野下張竹坡小說評點的教化因素
　　　蔡靖芳，江蘇工業學院學報，2010 年第 2 期
3255. 張竹坡的小說創造動力觀：洩憤說
　　　高紅娟，軍事經濟學院學報，2010 年第 2 期
3256.《金瓶梅》與運河文化論略
　　　王平，黑龍江社會科學，2010 年第 2 期
3257. 隙中窺情——論崇禎本《金瓶梅》繡像中的「情色窺視」
　　　曾鈺婷，思辨集，13 期，2010 年 3 月，頁 1-19
3258.《金瓶梅》家庭宅院的空間隱喻

林偉淑，輔仁國文學報，30 期，2010 年 4 月，頁 249-270

3259. 《金瓶梅》中西門慶妻妾的服飾表現

沈心潔，問學集，17 期，2010 年 5 月，頁 39-68

3260. 《金瓶梅詞話》中散曲的功用與意圖

霍現俊，燕趙學術，2010 年春之卷，四川辭書出版社 2010 年 5 月

3261. 哈佛燕圖稀見明刻本《全像新鐫一見賞心編》之編纂、作者及其插圖解題

徐永明，中正大學中文學術年刊，2010 卷 1 期總號 15，2010 年 6 月，頁 265-290

3262. 入醜而美——論崇禎本《金瓶梅》繡像之留白

曾鈺婷，中國文學研究，30 期，2010 年 6 月，頁 141-179

3263. 《金瓶梅與清河》序

黃霖，《金瓶梅與清河》，吉林大學出版社 2010 年 7 月

3264. 「清河文化」研究論綱——兼論《金瓶梅》研究之學術定位

喬福錦，《金瓶梅與清河》，吉林大學出版社 2010 年 7 月

3265. 試論《金瓶梅》與清河一帶運河文化之關係

趙福壽，《金瓶梅與清河》，吉林大學出版社 2010 年 7 月

3266. 《金瓶梅》方言溯源

許超，《金瓶梅與清河》，吉林大學出版社 2010 年 7 月

3267. 河北清河是《金瓶梅》的藝術中心

王連洲，《金瓶梅與清河》，吉林大學出版社 2010 年 7 月

3268. 《金瓶梅》和清河

于碩、霍現俊，《金瓶梅與清河》，吉林大學出版社 2010 年 7 月

3269. 《金瓶梅》故事發生地以及背景新探

許志強，《金瓶梅與清河》，吉林大學出版社 2010 年 7 月

3270. 徐朔方先生的《金瓶梅》研究

孫秋克，《金瓶梅與清河》，吉林大學出版社 2010 年 7 月

3271. 論《金瓶梅》對頌「情」傳統的顛覆

張進德、張揚，《金瓶梅與清河》，吉林大學出版社 2010 年 7 月

3272. 明清傳統父子倫理關係的梳理與省察

馬瑜、楚愛華，《金瓶梅與清河》，吉林大學出版社 2010 年 7 月

3273. 結構主義視角下的《金瓶梅》文化探析

范麗敏，《金瓶梅與清河》，吉林大學出版社 2010 年 7 月

3274. 從《金瓶梅》熱拜乾親看明代人際關係的商品意識

　　齊慧源，《金瓶梅與清河》，吉林大學出版社 2010 年 7 月

3275. 孽海情天，何處彼岸？——《金瓶梅》《紅樓夢》與「女權意識」
　　馮子禮，《金瓶梅與清河》，吉林大學出版社 2010 年 7 月

3276. 《金瓶梅》「借宋寫明」的獨特敘事藝術
　　霍現俊、劉佳，《金瓶梅與清河》，吉林大學出版社 2010 年 7 月

3277. 《金瓶梅詞話》偷情故事論略
　　史小軍，《金瓶梅與清河》，吉林大學出版社 2010 年 7 月

3278. 荒誕世界凡俗生靈汲汲神往之喜劇盛筵——《金瓶梅》性愛文本生命超越存在主義
　　美學建構
　　譚楚子，《金瓶梅與清河》，吉林大學出版社 2010 年 7 月

3279. 笑笑生的智慧
　　付善明，《金瓶梅與清河》，吉林大學出版社 2010 年 7 月

3280. 《金瓶梅》生日敘事淺議
　　牛志威，《金瓶梅與清河》，吉林大學出版社 2010 年 7 月

3281. 《金瓶梅》社會裏的媒婆——一群左右婦女命運的人
　　杜明德，《金瓶梅與清河》，吉林大學出版社 2010 年 7 月

3282. 西門慶之於「金瓶梅」的作用及意義
　　宋培憲，《金瓶梅與清河》，吉林大學出版社 2010 年 7 月

3283. 宋喬年小考
　　韓曉，《金瓶梅與清河》，吉林大學出版社 2010 年 7 月

3284. 《金瓶梅詞話》中的武松為什麼會喪失英雄氣概？
　　關祥可，《金瓶梅與清河》，吉林大學出版社 2010 年 7 月

3285. 從《金瓶梅》秀才形象看明代中後期下層知識分子的生存狀態
　　熊保瑩，《金瓶梅與清河》，吉林大學出版社 2010 年 7 月

3286. 韓愛姐新論
　　李會芹，《金瓶梅與清河》，吉林大學出版社 2010 年 7 月

3287. 從東吳弄珠客「《金瓶梅》序」看詮釋及英譯問題
　　洪濤，《金瓶梅與清河》，吉林大學出版社 2010 年 7 月

3288. 王孝慈藏本《金瓶梅》木刻插圖研究
　　趙興勤、趙韡，《金瓶梅與清河》，吉林大學出版社 2010 年 7 月

3289. 《金瓶梅》第五十三至五十七回「贗作」勘疑——從語詞運用的個性、地域特點看
　　《金瓶梅》的「贗作」公案

楊國玉，《金瓶梅與清河》，吉林大學出版社 2010 年 7 月

3290.《金瓶梅》作者「徐渭說」辨

蔣宸，《金瓶梅與清河》，吉林大學出版社 2010 年 7 月

3291.《金瓶梅》與蔡榮名

陳明達，《金瓶梅與清河》，吉林大學出版社 2010 年 7 月

3292.再論陳繼儒與《金瓶梅》的作者——從學「生」與「勝於枚生〈七發〉多矣」談起

張同勝，《金瓶梅與清河》，吉林大學出版社 2010 年 7 月

3293.《金瓶梅詞話》的作者為江蘇武進作家白悅第五考

徐永明，《金瓶梅與清河》，吉林大學出版社 2010 年 7 月

3294.《金瓶梅》與南京風物

黃強，《金瓶梅與清河》，吉林大學出版社 2010 年 7 月

3295.《金瓶梅》與徽州飲食文化考

苟洞，《金瓶梅與清河》，吉林大學出版社 2010 年 7 月

3296.《金瓶梅詞話》中的石榴文化

李鏖，《金瓶梅與清河》，吉林大學出版社 2010 年 7 月

3297.一個透視社會禮法鬆動的窗口——以《明史·輿服制》等為參照看西門家族的服飾描寫

范治梅、楚愛華，《金瓶梅與清河》，吉林大學出版社 2010 年 7 月

3298.《金瓶梅》人物宗教信仰生活淺說

管劍剛，《金瓶梅與清河》，吉林大學出版社 2010 年 7 月

3299.《新刻繡像批評金瓶梅》（崇禎本）第二十七回校注

王汝梅，《金瓶梅與清河》，吉林大學出版社 2010 年 7 月

3300.張竹坡批評《金瓶梅》第一奇書中一些詩詞的出處及其謬誤

潘慎，《金瓶梅與清河》，吉林大學出版社 2010 年 7 月

3301.崇禎本《金瓶梅》批評的理論價值

楊彬，《金瓶梅與清河》，吉林大學出版社 2010 年 7 月

3302.《續金瓶梅》成書年代再討論

歐陽健，《金瓶梅與清河》，吉林大學出版社 2010 年 7 月

3303.《三續金瓶梅》評議

胡衍南，《金瓶梅與清河》，吉林大學出版社 2010 年 7 月

3304.是顛覆而不是繼承

張弦生，《金瓶梅與清河》，吉林大學出版社 2010 年 7 月

3305. 淺論《歧路燈》對《金瓶梅》的繼承和發展
　　劉銘，《金瓶梅與清河》，吉林大學出版社 2010 年 7 月

3306. 一代「不朽」笑笑生
　　余岢，《金瓶梅與清河》，吉林大學出版社 2010 年 7 月

3307. 從《金瓶梅》婦女服飾看明中後期「民間服制」
　　陳志昌，藝術與文化論衡，1 期，2010 年 9 月，頁 37-56

3308. 論《姑妄言》對《金瓶梅》藝術形式的繼承與發展
　　李玉娟，當代小說，2010 年第 3 期

3309. 《金瓶梅》妻妾群像典型與否定主義美學
　　肖峰旭，長春大學學報，2010 年第 3 期

3310. 從《金瓶梅》看明代司法制度
　　梁岩、肖立軍，文史雜誌，2010 年第 3 期

3311. 西門慶的三種生活與《金瓶梅》的批判傾向
　　傅承洲，古典文學知識，2010 年第 3 期

3312. 論《金瓶梅》中晚明市民文化的文學呈現
　　朱全福，蘇州科技學院學報，2010 年第 3 期

3313. 《金瓶梅》《紅樓夢》之瓜子考
　　張箭，黑龍江社會科學，2010 年第 3 期

3314. 論世情小說名著《金瓶梅》對《水滸傳》敘事體例的生命承傳
　　張鵬飛，重慶工商大學學報，2010 年第 3 期

3315. 論《金瓶梅》中程度副詞「略」
　　余麗梅，湖南第一師範學院學報，2010 年第 3 期

3316. 毛澤東對《金瓶梅》的解禁
　　于冠禮，淮海文匯，2010 年第 3 期

3317. 怪人·蠢人·狂人——《金瓶梅》中龐春梅的藝術形象
　　黃越，延邊教育學院學報，2010 年第 3 期

3318. 從《金瓶梅》襲用部分推測《水滸》原本面貌
　　張石川、劉玉，南京師範大學文學院學報，2010 年第 3 期

3319. 《金瓶梅詞話》「方俗詞」商榷二則
　　陸書偉，方言，2010 年第 3 期

3320. 張竹坡小說評點之疑竇和原因：試論吳月娘孟玉樓公案
　　董國炎，蘇州教育學院學報，2010 年第 3 期

3321. 《金瓶梅》與運河文化論略
　　　王平，黑龍江社會科學，2010 年第 4 期

3322. 《金瓶梅詞話》中的「是的」用法考察
　　　李映忠，綿陽師範學院學報，2010 年第 4 期

3323. 《金瓶梅》中「簾子」意象的審美作用
　　　薛蕾，廣東技術師範學院學報，2010 年第 4 期

3324. 論《金瓶梅》中女性之間的關係
　　　齊曉威，安徽文學，2010 年第 4 期

3325. 淺論《金瓶梅》中的婢女形象
　　　韓洪波，淮海工學院學報，2010 年第 4 期

3326. 《金瓶梅》的消費文化解讀——以服飾消費為例
　　　劉衍青，寧夏社會科學，2010 年第 4 期

3327. 論明清時期對《金瓶梅》豔情描寫的評價與詮釋
　　　張明遠，齊魯學刊，2010 年第 4 期

3328. 文學翻譯與文化缺失——以《金瓶梅》英譯本中「哭」的翻譯為例
　　　李志華、姬生雷、傅之敏，石家莊學院學報，2010 年第 4 期

3329. 對《金瓶梅》中「怪＋人物詞語」結構的研究
　　　王琳、鄭劍平，江漢大學學報，2010 年第 4 期

3330. 對閱讀精神的再認識——以《金瓶梅》讀者許可權為史鑒
　　　王堅方，大學圖書情報學刊，2010 年第 4 期

3331. 第七屆國際（清河）《金瓶梅》研討會綜述
　　　霍現俊，明清小說研究，2010 年第 4 期

3332. 《金瓶梅》研究的「偽考證」現象應儘快終結
　　　甯宗一，中華讀書報，2010 年 10 月 20 日

3333. 《金瓶梅詞話》的非小說意味（一稿）
　　　陳東有，深圳讀書講壇，2010 年 10 月 3 日

3334. 論《金瓶梅》「鹽引」的意義和作用
　　　孫志剛，學術交流，2010 年第 5 期

3335. 《金瓶梅》中的民俗烹飪
　　　聶雙雙，食品與健康，2010 年第 5 期

3336. 《金瓶梅》的藝術表現技巧
　　　張東年，現代語文，2010 年第 5 期

3337. 《金瓶梅》《紅樓夢》文本相似性的詮釋
　　　林亞莉，小說評論，2010 年第 5 期

3338. 探秘《金瓶梅》系列之二：發現蘭陵
　　　房文齋，神州，2010 年第 5 期

3339. 〈《金瓶梅詞話》校點拾補〉獻疑
　　　蔣信，中國俗文化研究，2010 年第 5 期

3340. 蘭陵笑笑生致信：也別忘了我
　　　阿蒙，雜文選刊，2010 年第 5 期

3341. 《金瓶梅詞話》徵引詩詞考辨
　　　陳益源、傅想容，昆明學院學報，2010 年第 5 期

3342. 《金瓶梅》的作者非李開先或賈三近考
　　　劉銘，江漢大學學報，2010 年第 5 期

3343. 論《金瓶梅》與《查泰萊夫人的情人》之文本敘事範式的比照情趣
　　　張鵬飛，安康學院學報，2010 年第 5 期

3344. 消費文化視域中的《金瓶梅》——以飲食消費為例
　　　劉衍青，陰山學刊，2010 年第 5 期

3345. 女性・符號・情欲——論《金瓶梅》中的女性形象
　　　楊林夕，哈爾濱學院學報，2010 年第 6 期

3346. 淺析《金瓶梅》中潘金蓮形象
　　　張照琛，文學界，2010 年第 6 期

3347. 論「第一奇書」《金瓶梅》之「奇」——江南世情小說雅俗系列研究
　　　申明秀，溫州大學學報，2010 年第 6 期

3348. 《金瓶梅詞話》中句末助詞「來」的時體意義
　　　冀芳，齊魯學刊，2010 年第 6 期

3349. 將《金瓶梅》研究推向新的層面——第七屆（清河）國際《金瓶梅》學術討論會閉
　　　幕詞
　　　吳敢，徐州工程學院學報，2010 年第 6 期

3350. 在第七屆（清河）國際《金瓶梅》學術討論會開幕式上的致詞
　　　鄧紹基，徐州工程學院學報，2010 年第 6 期

3351. 《金瓶梅》研究方法論之反思
　　　甯宗一，徐州工程學院學報，2010 年第 6 期

3352. 論《金瓶梅》的雅與俗——江南世情小說的雅俗系列研究之三

申明秀，山西師大學報，2010 年第 6 期

3353. 《續金瓶梅》中的「王推官」即王漁洋考——兼論《續金瓶梅》成書於 1661 年

劉洪強，常熟理工學院學報，2010 年第 7 期

3354. 《金瓶梅》作者蘭陵笑笑生密碼破解

房文齋，神州，2010 年第 7 期

3355. 《水滸傳》與《金瓶梅》讖言比較

陳少鋒，宿州學院學報，2010 年第 7 期

3356. 學術考證當嚴謹，別將「榮名」化虛名——評《金瓶梅作者蔡榮名說》

趙希堯，語文新圃，2010 年第 7 期

3357. 《金瓶梅詞話》語詞釋補——以陝北方言為據兼與《漢語大詞典》相較

傅來兮，湖北社會科學，2010 年第 8 期

3358. 笑笑生此地有故園——蘭陵峪又有新發現

房文齋，神州，2010 年第 8 期

3359. 張竹坡《金瓶梅》評點的儒家色彩

趙薇，當代小說，2010 年第 9 期

3360. 《金瓶梅》評點本的整理與出版

王汝梅，讀書，2010 年第 10 期

3361. 《金瓶梅》所披露的明代紡織商貿業

錢丹，東方收藏，2010 年第 10 期

3362. 《金瓶梅》中清河城

趙傑，散文百家，2010 年第 10 期

3363. 張愛玲、胡蘭成論《金瓶梅》

曹亞瑟，書城，2010 年第 11 期

3364. 《金瓶梅》的政治圖式

徐繼忠，名作欣賞，2010 年第 11 期

3365. 從王招宣府看《金瓶梅》的構思

程小青、王枝忠，內江師範學院學報，2010 年第 11 期

3366. 淺論《金瓶梅》中市井女性的獨特生活風貌

楊靜亞，時代文學，2010 年第 11 期

3367. 《金瓶梅》的作者是誰

葉輝，半月選讀，2010 年第 13 期

3368. 新時期《金瓶梅》文化批評的回顧與反思

牛芳，文教資料，2010 年第 22 期

3369. 《白鹿原》《金瓶梅》、馮雪峰及其他——專訪人民文學出版社前總編輯陳早春
徐梅，南方人物週刊，2010 年第 23 期

3370. 新時期《金瓶梅》社會歷史批評的回顧與反思
牛芳，文教資料，2010 年第 24 期

3371. 淺談《金瓶梅》中「被」字句的語用分析
莫婷，價值工程，2010 年第 28 期

3372. 《金瓶梅》身體書寫的生命內涵——以潘金蓮、李瓶兒為例
劉衍青，名作欣賞，2010 年第 29 期

3373. 《金瓶梅》中龐春梅「尚氣」及其兩性關係的文化闡釋
黃吟珂，名作欣賞，2010 年第 35 期

3374. 論《三續金瓶梅》的世情書寫與俗雅定位
胡衍南，淡江中文學報，23 期，2010 年 12 月，頁 27-53

3375. 《金瓶梅》中詩歌及其英譯評析
黃粉保，中國英漢語比較研究會第九次全國學術會議暨國際英漢比較與翻譯研討會
論文集，2010 年

(十一)2011 年

3376. 《金瓶梅》和《水滸傳》的血緣關係
馬瑞芳，文史知識，2011 年第 1 期

3377. 笑笑生為何反感江西官員
曹亞瑟，書屋，2011 年第 1 期

3378. 《金瓶梅》英譯本選譯策略考
黃粉保，青海民族大學學報，2011 年第 1 期

3379. 《金瓶梅》中潘金蓮與李瓶兒之比較
姚奕名，雞西大學學報，2011 年第 1 期

3380. 《金瓶梅》批評「非淫書」說讜論
賀根民，廣西師範學院學報，2011 年第 1 期

3381. 陶慕寧校本《金瓶梅詞話》補校
劉敬林，安慶師範學院學報，2011 年第 1 期

3382. 多種文化碰撞下複雜的女性典型——《金瓶梅》吳月娘形象新論
王麗敏，河南教育學院學報，2011 年第 1 期

3383. 論市井文學《金瓶梅》敘事範式中女性典型形象的生命意蘊
　　　張鵬飛，中華女子學院學報，2011 年第 1 期

3384. 《金瓶梅》評點題旨論
　　　賀根民，廊坊師範學院學報，2011 年第 1 期

3385. 論晚清文龍評批《金瓶梅》的新策略與新識見
　　　孫超，聊城大學學報，2011 年第 1 期

3386. 三卷本《周鈞韜金瓶梅研究文集》出版
　　　明清小說研究，2011 年第 1 期

3387. 論《金瓶梅》建國前傳播與接受的價值取向
　　　王平，明清小說研究，2011 年第 1 期

3388. 《金瓶梅》評點的空間敘事探賾
　　　賀根民，寶雞文理學院學報，2011 年第 1 期

3389. 《金瓶梅詞話》的判斷句和「乞」字句研究綜述
　　　陳思，湖南工業職業技術學院學報，2011 年第 1 期

3390. 論《金瓶梅》間架之「牆」
　　　諸利丹、馬傑，貴陽學院學報，2011 年第 1 期

3391. 我對近年《金瓶梅》研究方法之反思
　　　甯宗一，文史知識，2011 年第 1 期

3392. 《金瓶梅詞話》的非小說意味（二稿）
　　　陳東有，人民政協報，2011 年 2 月 21 日

3393. 身體如何翻譯？——以《金瓶梅》英譯為例
　　　劉華文，廣譯，4 期，2011 年 3 月，頁 89-97

3394. 《金瓶梅》中書寫服裝的時代性探討
　　　林慈君、何兆華、鄭靜宜，輔仁民生學志，17 卷 1 期，2011 年 3 月，頁 65-81

3395. 《金瓶梅》婦人媚道研究——以潘金蓮、吳月娘為例
　　　李曉萍，靜宜人文社會學報，5 卷 1 期，2011 年 1 月，頁 65-80

3396. 《金瓶梅》的兩本解讀
　　　梁小民，東方早報，2011 年 4 月 24 日

3397. 《金瓶梅》：晚明世情的斑斕畫卷
　　　王汝梅，光明日報，2011 年 5 月 9 日

3398. 新見周靜軒《秉燭清談》佚文
　　　楊國玉，河北工程大學學報，2011 年第 2 期

3399. 明代《金瓶梅》批評的兩種傾向
　　　趙文，名作欣賞，2011 年第 2 期

3400. 《金瓶梅》身體書寫的文學價值
　　　劉衍青，名作欣賞，2011 年第 2 期

3401. 明清小說敘事轉換技法談略──以《金瓶梅》《紅樓夢》為例
　　　張勇，齊魯學刊，2011 年第 2 期

3402. 《金瓶梅》評點的八股技法
　　　賀根民，南通大學學報，2011 年第 2 期

3403. 從韓道國一家管窺《金瓶梅詞話》的主題思想
　　　安牧陽，綏化學院學報，2011 年第 2 期

3404. 《金瓶梅》評點的死亡論述
　　　賀根民，欽州學院學報，2011 年第 2 期

3405. 《金瓶梅》與柳子戲關係考
　　　何麗麗，黃鐘（武漢音樂學院學報），2011 年第 2 期

3406. 《金瓶梅》續書《金屋夢》若干問題考述
　　　郭浩帆，廈門教育學院學報，2011 年第 2 期

3407. 《金瓶梅》評點第四家贊──紀念《金瓶梅詞話》發現八十周年
　　　王汝梅，明清小說研究，2011 年第 2 期；華夏文化論壇（第 6 輯），吉林大學出
　　　版社 2011 年

3408. 《金瓶梅奇書》版本考評
　　　吳敢，明清小說研究，2011 年第 2 期

3409. 論張竹坡批評《金瓶梅》的孟玉樓為作者「自喻」說
　　　王進駒，明清小說研究，2011 年第 2 期

3410. 對《金瓶梅》和《白鹿原》的倫理考究
　　　王雪舟、李曉衡，湖南環境生物職業技術學院學報，2011 年第 2 期

3411. 《金瓶梅》作者笑笑生的創作智慧
　　　付善明，南京師範大學文學院學報，2011 年第 2 期

3412. 《金瓶梅》與晚明商品經濟──以西門慶經商聚財為例
　　　李建武，廣東培正學院學報，2011 年第 2 期

3413. 被侮辱被損害的妾婦形象──論《金瓶梅》中的孫雪娥
　　　殷小芳，華中人文論叢，2011 年第 2 期

3414. 《金瓶梅》：晚明世情的斑斕畫卷

王汝梅，光明日報·光明論壇，2011 年 5 月 9 日

3415. 《金瓶梅》是《紅樓夢》之祖

王汝梅，文摘報，2011 年 5 月 17 日

3416. 《金瓶梅詞話》注釋商榷

崔山佳，漢語史研究集刊（第 14 輯），巴蜀書社 2011 年 6 月

3417. 《金瓶梅》崇禎本系統東大本研究——臺版《金瓶梅》後記

周文業，書目季刊，45 卷 1 期，2011 年 6 月，頁 127-147

3418. 明清世情小說中的縱橫家——以《金瓶梅》幫閒應伯爵為例

張美華，有鳳初鳴年刊，7 期，2011 年 7 月，頁 301-322

3419. 《金瓶梅》的繪圖——兼說胡也佛

沈津，收藏，2011 年第 3 期

3420. 趣話《金瓶梅》　三寸金蓮做妙文章

馬瑞芳，文史知識，2011 年第 3 期

3421. 對傳統校勘學的承繼、弘揚和完善——談梅節的《金瓶梅詞話》校勘

王偉，鄂州大學學報，2011 年第 3 期

3422. 「王世貞說」之終結——《金瓶梅》與明史之一

高念清，明清小說研究，2011 年第 3 期

3423. 試論《夷堅志》對《續金瓶梅》的影響

王瑾，明清小說研究，2011 年第 3 期

3424. 論《金瓶梅詞話》中宴飲描寫的市井氣質

張寧，瀋陽大學學報，2011 年第 3 期

3425. 明清消費文化的傳播與城市文化的興盛——以《金瓶梅》為中心

許建平，江南大學學報，2011 年第 3 期

3426. 呂洞賓與《金瓶梅》的創作及改作

許蔚，宗教學研究，2011 年第 4 期

3427. 論《金瓶梅》中的藥意象

周穎，寧波廣播電視大學學報，2011 年第 4 期；河南廣播電視大學學報，2011 年第 4 期

3428. 論漢語詞綴功能形成和分化的動因——以《金瓶梅》的詞綴為緣起

惠紅軍，古漢語研究，2011 年第 4 期

3429. 趣話《金瓶梅》　關頂金簪和女人青絲

馬瑞芳，文史知識，2011 年第 4 期

3430. 明代小說研究和《金瓶梅》的作者問題
　　　胡令毅，洛陽師範學院學報，2011 年第 4 期
3431. 略談《金瓶梅》中的「鱒魚」來源——與張惠英教授商榷
　　　鄭勇，黑河學刊，2011 年第 4 期
3432. 論《金瓶梅》與《紅樓夢》宗教書寫的效用差異
　　　陳國學、夏永華，雲南師範大學學報，2011 年第 4 期
3433. 民俗學視野下的《金瓶梅》媒妁現象探析
　　　李軍鋒，鄖陽師範高等專科學校學報，2011 年第 4 期
3434. 《金瓶梅詞話》成書於萬曆年間新證——兼論《金瓶梅詞話》借鑒《西遊記》
　　　劉洪強，濱州學院學報，2011 年第 4 期
3435. 《金瓶梅》評點美學述評
　　　賀根民，濟寧學院學報，2011 年第 4 期
3436. 曲表心聲：《金瓶梅》的詞曲敘事
　　　付善明，明清小說研究，2011 年第 4 期
3437. 趣話《金瓶梅》　服飾飲食上的人性密碼
　　　馬瑞芳，文史知識，2011 年第 5 期
3438. 論《金瓶梅詞話》的「已」及其語法屬性
　　　許仰民，信陽師範學院學報，2011 年第 5 期
3439. 論《金瓶梅》
　　　吳組緗，北京大學學報，2011 年第 5 期
3440. 談《金瓶梅》世情展現的深刻與豐富
　　　耿春紅，衡水學院學報，2011 年第 5 期
3441. 論《金瓶梅》主題意識中的二律背反
　　　王風英，衡水學院學報，2011 年第 5 期
3442. 論《金瓶梅》中的節日意象——以元宵節意象為中心
　　　張瑞，蘭州教育學院學報，2011 年第 5 期
3443. 《金瓶梅詞話》動結式述補結構計量考察
　　　曹守平，蘇州教育學院學報，2011 年第 5 期
3444. 《金瓶梅》中的又一悲劇——西門大姐悲劇命運初探
　　　趙曉豔、王引萍，電影評介，2011 年第 6 期
3445. 趣話《金瓶梅》　流行歌曲和人情冷暖
　　　馬瑞芳，文史知識，2011 年第 6 期

3446. 2005-2010 年《金瓶梅》研究述評

　　　李開、王人恩，襄樊學院學報，2011 年第 6 期

3447.《金瓶梅》飲食文化描寫的當代解讀

　　　王平，山東師範大學學報，2011 年第 6 期

3448. 南詞《繡像金瓶梅傳》考論

　　　陳維昭，戲劇藝術，2011 年第 6 期

3449.《金瓶梅》的語言特色

　　　要學棣、李紅強，中國科教創新導刊，2011 年第 7 期

3450. 趣話《金瓶梅》　南京拔步床和銀回回壺

　　　馬瑞芳，文史知識，2011 年第 7 期

3451. 評《真假冷熱金瓶梅》

　　　劉紀昌，記者觀察，2011 年第 7 期

3452. 將小說楔入學術，蠡測人物魂靈的深度——讀陳東有的《金瓶梅人物榜》

　　　張雯，現代語文，2011 年第 7 期

3453.《金瓶梅》的兩個英譯本

　　　溫秀穎、孫建成，中國圖書評論，2011 年第 7 期

3454.《金瓶梅》不宜從文學改為舞劇

　　　夏末，中國藝術報，2011 年 9 月 16 日

3455. 讓更多人真正讀懂《金瓶梅》

　　　採訪人：張伊，商報記者，中國圖書商報，2011 年 10 月 18 日

3456. 從文化視野認識《金瓶梅》——再評《金瓶梅——中國文化發展的一個斷面》

　　　溫文認，江西社會科學，2011 年第 8 期

3457.《歧路燈》與《金瓶梅》比較研究

　　　馬卓昊，時代文學，2011 年第 8 期

3458. 探尋章丘「蘭陵笑笑生」

　　　陰秀文、劉兵，走向世界，2011 年第 9 期

3459.《金瓶梅》的節日描寫與敘事框架

　　　張瑞，青年文學家，2011 年第 9 期

3460. 趣話《金瓶梅》　嬰兒血統糾結成人恩怨

　　　馬瑞芳，文史知識，2011 年第 9 期

3461. 從《金瓶梅》中的吳月娘形象看妻子禮與情的衝突

　　　郭芳芳，文學界，2011 年第 9 期

3462. 全從當場見世情——從場面描寫看《金瓶梅》的小說藝術
周勇，商丘師範學院學報，2011 年第 10 期

3463. 《金瓶梅》中的女人形象及其悲劇根源
張杏麗，長城，2011 年第 10 期

3464. 淺談《金瓶梅》
胡雙，遼寧行政學院學報，2011 年第 10 期

3465. 《金瓶梅》生日描寫中蘊含的民俗現象
彭晶，宜春學院學報，2011 年第 10 期

3466. 透過《金瓶梅》與《紅樓夢》看莊浪方言
李寶成、要學棣、李紅強，湘潮，2011 年第 10 期

3467. 透析《金瓶梅》中獎賞現象
蔡婉星，作家，2011 年第 10 期

3468. 淺談《金瓶梅》中陳經濟形象
盧佳，安徽文學，2011 年第 11 期

3469. 從《周鈞韜金瓶梅研究文集》一書說起
苗懷明，內江師範學院學報，2011 年第 11 期

3470. 「䜌」與《金瓶梅》作者
陳娟、張天堡，現代語文，2011 年第 11 期

3471. 論《金瓶梅》關於親屬制度的書寫
韓希明、黃培，名作欣賞，2011 年第 11 期

3472. 舞臺上的性：《金瓶梅》禁演風波
胡雅君，新聞天地，2011 年第 11 期

3473. 《金瓶梅》的性與愛
劉月嬌，時代人物，2011 年第 11 期

3474. 牆外一枝梅——我讀《金瓶梅》
索芳放，文史知識，2011 年第 11 期

3475. 《金瓶梅》與明代飲食管窺
通慶樓主，食品與健康，2011 年第 11 期

3476. 民俗學視野下的《金瓶梅》媒妁現象探析
李軍鋒，湖北經濟學院學報，2011 年第 11 期

3477. 《金瓶梅》中藥意象的審醜意蘊及文學史意義
周穎，商丘師範學院學報，2011 年第 11 期

3478. 試論《金瓶梅》對傳統女性形象的顛覆與重構
　　　郭凌雲，科教文匯，2011 年第 11 期

3479. 卑微母親的性格及其人際糾葛──略論《金瓶梅》中的潘姥姥
　　　烏蘭其木格、王引萍，電影評介，2011 年第 12 期

3480.《金瓶梅》書名的理解及英譯問題
　　　楊春泉，時代文學，2011 年第 12 期

3481. 淺談《金瓶梅》服飾所體現的休閒文化
　　　劉曉瑜、葉新源，文學界，2011 年第 12 期

3482.《金瓶梅》歇後語連用的藝術妙用
　　　楊保文，大眾文藝，2011 年第 16 期

3483.《金瓶梅》熟語所反映的時代特色
　　　趙安香，語文學刊，2011 年第 17 期

3484. 淺窺《金瓶梅》之晚明世情生活
　　　安興亮，青春歲月，2011 年第 18 期

3485. 中國古代小說「情欲與死亡」母題闡釋──以《金瓶梅》為中心
　　　胡強，作家，2011 年第 18 期

3486. 潘志義：唯我能解《金瓶梅》
　　　衛毅，南方人物週刊，2011 年第 21 期

3487. 話說西門大官人（二稿）
　　　陳東有，悅讀，2011 年第 21 期

3488. 小小一物，寫盡浮薄人情──《金瓶梅》中簪子作用淺議
　　　楊曉莉，青年文學家，2011 年第 24 期

3489. 一個極具商業才幹的奸商──《金瓶梅》中西門慶形象再認識
　　　霍巍、東黎，作家，2011 年第 24 期

3490. 馬瑞芳認為《金瓶梅》非黃書
　　　語文教學與研究，2011 年第 26 期

3491.《金瓶梅》熟語的運用特色和修辭作用
　　　趙安香，新課程導學，2011 年第 29 期

3492.《金瓶梅》：一部舞劇的曖昧死亡
　　　萬佳歡，中國新聞週刊，2011 年第 43 期

3493. 張竹坡批評《金瓶梅》與脂硯齋批評《紅樓夢》的比較分析
　　　任怡姍，考試週刊，2011 年第 76 期

3494. 從《續金瓶梅》看藏傳佛教在內地的民間傳播

尹航，《民族史研究》第十輯，中央民族大學出版社 2011 年 12 月

3495. 由《金瓶梅》主要人物結局解讀〈四貪詞〉之寓意

宋運娜，《中國古代小說戲劇研究叢刊》第七輯，甘肅教育出版社 2011 年

(十二)2012 年

3496. 我自做我之《金瓶梅》

倪愛珍，創作評譚，2012 年第 1 期

3497. 《金瓶梅》中韓愛姐形象及其悲劇意蘊

閭孟瑜，韶關學院學報，2012 年第 1 期

3498. 《金瓶梅》女性人物淺析

宋芸，芒種，2012 年第 1 期

3499. 重論《金瓶梅》初刻本問世年代「萬曆末年說」

周鈞韜，內江師範學院學報，2012 年第 1 期

3500. 《金瓶梅》與《清明上河圖》

湯宇星，美苑，2012 年第 1 期

3501. 《金瓶梅》民俗摭談

楊琳琳，文學與文化，2012 年第 1 期

3502. 崇禎本《金瓶梅》笑話的藝術特徵與文學意蘊初探

董定一，陰山學刊，2012 年第 1 期

3503. 《金瓶梅》人物描寫技法評點摭談

賀根民，河西學院學報，2012 年第 1 期

3504. 古典小說的方言研究述論——兼談《金瓶梅》的作者問題

劉香環、王猛，遵義師範學院學報，2012 年第 1 期

3505. 泰州學派「人欲」觀與《金瓶梅》中的士商關係

莊丹、胡金望，漳州師範學院學報，2012 年第 1 期

3506. 概念隱喻框架下《金瓶梅》兩個英譯本比較研究

溫秀穎、張雁，河北旅遊職業學院學報，2012 年第 1 期

3507. 解讀《金瓶梅》中的「哭」

牛亞偉，長春工程學院學報，2012 年第 1 期

3508. 李瓶兒形象再認識

張進德、牛亞偉，昆明學院學報，2012 年第 1 期

3509. 《金瓶梅》成就不了「胡長清們」

　　法律學者：羽戈，中國經營報，2012 年 3 月 26 日

3510. 苹華堂刊《皋鶴堂批評第一奇書金瓶梅》版本考

　　李金泉，書目季刊，45 卷 4 期，2012 年 3 月，頁 125-136

3511. 《金瓶梅》作者「新說」引學界爭議

　　本報記者：張春海，中國社會科學報，2012 年 6 月 1 日

3512. 我的《金瓶梅》研究

　　甯宗一，文匯報，2012 年 6 月 4 日

3513. 《金瓶梅》的社會文化現象

　　陳東有，江西社科大講堂，2012 年 6 月

3514. 芭蕾舞與《金瓶梅》：白天不懂夜的黑

　　張曉晴，延河，2012 年第 2 期

3515. 英語世界中《金瓶梅》的研究與翻譯

　　黃衛總，勵耘學刊，2012 年第 2 期

3516. 古代小說研究方法論芻議——以《金瓶梅》研究為例證

　　甯宗一，文史哲，2012 年第 2 期

3517. 從《金瓶梅》中士人形象看晚明士風

　　趙曉豔、王引萍，牡丹江教育學院學報，2012 年第 2 期

3518. 論《金瓶梅》用轎習俗及其文化內涵

　　趙菲菲，襄樊職業技術學院學報，2012 年第 2 期

3519. 為愛情獻身的兩個不幸男人——《金瓶梅》中武大郎與《巴黎聖母院》中伽西莫多

　　形象比較分析

　　馮軍，佳木斯大學社會科學學報，2012 年第 2 期

3520. 末世狂歡下的憂慮與絕望——《金瓶梅》父親缺席的敘事策略

　　姚洪運，北華大學學報，2012 年第 2 期

3521. 《金瓶梅》所描寫妓院裏的足球遊戲

　　楊子華，鄖陽師範高等專科學校學報，2012 年第 2 期

3522. 《金瓶梅詞話》語詞釋義辨正

　　徐復嶺，濟寧學院學報，2012 年第 2 期

3523. 《金瓶梅詞話》中的插入賦及其意義

　　蘇騰，昆明學院學報，2012 年第 2 期

3524. 《金瓶梅詞話》詞語釋義商榷——以「狢剌兒」「先不先」「攧掇」「緊著」為例

谷向偉，語文研究，2012 年第 2 期

3525.《金瓶梅詞話》詞語釋義考辨四則

于銀如、張惠葉，語文研究，2012 年第 2 期

3526.論《金瓶梅》中的兩性觀

曾凡安、張瑞雪，五邑大學學報，2012 年第 2 期

3527.論《金瓶梅》中「三姑六婆」的文學功能

劉汭嶼，南京師範大學文學院學報，2012 年第 2 期

3528.就《金瓶梅詞話》「濡伇、單光、掐」校勘答蔣信

劉敬林，《中國俗文化研究》第七輯，巴蜀書社 2012 年 7 月

3529.舞劇《金瓶梅》引發爭議　證明觀眾有思考和態度

廖陽，東方早報，2012 年 8 月 24 日

3530.論《金瓶梅詞話》中的笑話

程懂麗，雞西大學學報，2012 年第 3 期

3531.《金瓶梅》：20 世紀中國家族小說的一種文化資源

趙樹勤、龍其林，中州學刊，2012 年第 3 期

3532.論《金瓶梅》中潘金蓮狠毒性格的成因

林翔，克拉瑪依學刊，2012 年第 3 期

3533.從古典小說內部尋求中國出版史的軌跡——以《金瓶梅詞話》《儒林外史》為例

李振聚，明清小說研究，2012 年第 3 期

3534.《續金瓶梅》方俗詞三則

王衍軍，方言，2012 年第 3 期

3535.日本《金瓶梅》譯介述評

張義宏，日本研究，2012 年第 4 期

3536.《金瓶梅詞話》男子服飾新探

丁豔芳，南方文物，2012 年第 4 期

3537.《金瓶梅》的服飾文化與翻譯——以埃傑頓和芮效衛兩個英譯本為例

聶影影，河北工業大學學報，2012 年第 4 期

3538.論《金瓶梅》式異流小說

沈新林，南京師範大學文學院學報，2012 年第 4 期

3539.十年「金學」的回顧與展望

張進德，南京師範大學文學院學報，2012 年第 4 期

3540.描寫世情　盡為情偽——簡析《金瓶梅》的思想內容

陳西川，作家，2012 年第 4 期

3541. 《金瓶梅》繡像本評點研究述評
李開，赤峰學院學報，2012 年第 4 期

3542. 論《金瓶梅》敘事藝術的思維特徵
曾慶雨，當代文壇，2012 年第 4 期

3543. 論吳晗《金瓶梅》作者研究的貢獻與失誤
董寧、霍現俊，河北師範大學學報，2012 年第 4 期

3544. 繡像本與詞話本《金瓶梅》回目名稱比較談
董定一，太原師範學院學報，2012 年第 4 期

3545. 論金針暗度在《金瓶梅》中的審美意蘊
李馨，新餘學院學報，2012 年第 4 期

3546. 《金瓶梅》詞話本與崇禎本中的辭賦成分比較
蘇騰，遼東學院學報，2012 年第 4 期

3547. 《金瓶梅詞話》「不如不年下」等詞的文學闡釋
劉洪強，濟寧學院學報，2012 年第 4 期

3548. 《金瓶梅》中罵語的體式及文學特徵
李洪偉，濟寧學院學報，2012 年第 4 期

3549. 從詩詞韻文運用看《金瓶梅詞話》的民族性
張蕊青，明清小說研究，2012 年第 4 期

3550. 「金學」基礎有待夯實——以《金瓶梅詞話》第一回校釋為例
楊琳，文學與文化，2012 年第 4 期

3551. 也說《金瓶梅詞話》中的「歪剌骨」
王煥彪，邢臺學院學報，2012 年第 4 期

3552. 《金瓶梅》裏的一道美食：餛飩雞
梅依舊，八小時以外，2012 年第 5 期

3553. 從《金瓶梅》的縱欲描寫看晚明士人的個性覺醒
趙曉豔、王引萍，現代語文，2012 年第 5 期

3554. 淺談《金瓶梅詞話》中女性服飾對人物形象的塑造
湯靜，文學教育，2012 年第 5 期

3555. 《金瓶梅》斯芬克斯之謎探究的闡釋學意義
祝東，畢節學院學報，2012 年第 5 期

3556. 《金瓶梅》婚戀文化透視

艾楊柳，安徽文學，2012 年第 5 期

3557. 從《金瓶梅》看明代的軍屯處所
　　肖立軍、夏然，文史雜誌，2012 年第 5 期

3558. 《金瓶梅》中的體育文化價值觀透視
　　張延平，河北體育學院學報，2012 年第 5 期

3559. 圍繞《金瓶梅》的故事
　　桑逢康，文學自由談，2012 年第 5 期

3560. 《金瓶梅》人性論——潘金蓮雙重身分在人性中的體現
　　劉歲梅、李文軍，群文天地，2012 年第 6 期

3561. 剖析《金瓶梅》中潘金蓮的人性追求
　　劉歲梅，湘潮，2012 年第 6 期

3562. 《金瓶梅詞話》初刻者、初刻時代與主旨考
　　張炳森，河北學刊，2012 年第 6 期

3563. 試論敘事視野中的《金瓶梅》喪葬描寫
　　李延年、邵麗光，河北師範大學學報，2012 年第 6 期

3564. 沈璟《義俠記》與《金瓶梅詞話》
　　徐大軍，杭州師範大學學報，2012 年第 6 期

3565. 晚明大紅大綠服飾時尚與消費心理探析——基於《金瓶梅詞話》的文本解讀
　　黃維敏，中華文化論壇，2012 年第 6 期

3566. 《金瓶梅》飲食譜——治一席西門家宴
　　小寶，讀書文摘，2012 年第 7 期

3567. 《金瓶梅》中的另類佛教徒
　　張義宏，文史知識，2012 年第 7 期

3568. 《金瓶梅》是一部性小說——兼論《金瓶梅》對晚明社會性縱欲風氣的全方位揭示
　　周鈞韜，內江師範學院學報，2012 年第 7 期

3569. 近十五年來關於《金瓶梅》與宗教研究的文獻綜述
　　陳思，文學教育，2012 年第 7 期

3570. 重校本《金瓶梅詞話》的民間文本特徵
　　潘健，宜賓學院學報，2012 年第 7 期

3571. 身分轉變下的自我延續——從符號學的角度重釋《金瓶梅》中李瓶兒的行為變異
　　祝東、王小英，長江師範學院學報，2012 年第 7 期

3572. 《金瓶梅詞話》中的表事態和語氣的助詞「來」

劉繼虎，語文建設，2012 年第 8 期

3573. 古典戲曲與小說的相互印證──以《金瓶梅》和《群音類選》為例

石豔梅，作家，2012 年第 8 期

3574. 《金瓶梅》的罪與罰及封建文化溯源

吳薇，文學教育，2012 年第 8 期

3575. 重論《金瓶梅》成書方式「過渡說」

周鈞韜，內江師範學院學報，2012 年第 9 期

3576. 把子弟書改成二人轉──談《金瓶梅》曲目〈得鈔傲妻〉

耿瑛，曲藝，2012 年第 9 期

3577. 舌尖上的《金瓶梅》

賴晨，文史博覽，2012 年第 9 期

3578. 談《金瓶梅》中女性的空幃輕歎

趙曉豔、王引萍，現代語文，2012 年第 9 期

3579. 都市「惡之花」──《廢都》與《金瓶梅》的文本互讀

孫濤，金田（勵志），2012 年第 9 期

3580. 《金瓶梅》揭秘市井私生活──四兩撥千斤：一根簪子有妙用

王清和，美文，2012 年第 9 期

3581. 負重下的靈與肉──論《金瓶梅》中奴婢的悲辛生活及精神異化

烏蘭其木格、王引萍，現代語文，2012 年第 10 期

3582. 論《金瓶梅》的死亡敘事

邱露，商丘師範學院學報，2012 年第 10 期

3583. 《永怡堂詞稿》與《金瓶梅》考辨

范欽眾，圖書館學刊，2012 年第 10 期

3584. 論《金瓶梅》的生存哲學

魏豔君，芒種，2012 年第 10 期

3585. 《金瓶梅》黨內逐步解禁 60 年

讀書文摘，2012 年第 11 期

3586. 從《金瓶梅》看古代婢女的婚姻狀態

金幼文，內江師範學院學報，2012 年第 11 期

3587. 《好色一代男》與《金瓶梅》之相同點試論

王玉華，北方文學，2012 年第 11 期

3588. 略析《金瓶梅》中的動詞尾碼「子」

苗瑋，現代語文，2012 年第 11 期

3589.《金瓶梅》中的明代後期商人、商品和商業經營

王波，江蘇商論，2012 年第 12 期

3590.《金瓶梅》宦官形象分析

魏凱，青年文學家，2012 年第 15 期

3591.《金瓶梅》裏的運河風情

苗菁，走向世界，2012 年第 16 期

3592.市井小說《金瓶梅》敘事模式的生命意趣

李微微，芒種，2012 年第 18 期

3593.論《金瓶梅》小說中情欲人生的潰敗

李敏魁，青春歲月，2012 年第 21 期

3594.《金瓶梅》：醜的表象，美的追求

薛瑩、包智琰、羅璿浙，青年文學家，2012 年第 23 期

3595.《金瓶梅》解禁 60 年之內幕

張遠方，晚報文萃，2012 年第 23 期

3596.解讀《金瓶梅》中家庭體育活動

張曉春，名作欣賞，2012 年第 23 期

3597.《金瓶梅》「重複」敘事與潘金蓮形象新解

王凌，名作欣賞，2012 年第 23 期

3598.由《金瓶梅》中寡婦再嫁看晚明女性文化的民俗特點

宋運娜，絲綢之路，2012 年第 24 期

3599.男權文化中的女性欲望書寫——以《十日談》與《金瓶梅》為例

徐偉、劉愛琳，淮海工學院學報，2012 年第 24 期

3600.《金瓶梅》欲望相關主題研究述略

付旭陽，文教資料，2012 年第 32 期

3601.淺析《金瓶梅》的世俗化傾向

霍小星，考試週刊，2012 年第 53 期

3602.綜論《金瓶梅》版本及作者

李胤霆，東吳中文研究集刊，18 期，2012 年 10 月，頁 29-51

3603.《金瓶梅詞話》中劇曲的功用與意圖

霍現俊，燕趙學術，2012 秋之卷，四川辭書出版社 2012 年 10 月

3604.「金學」史上的一座里程碑——追念魏子雲先生

黃霖，《國文天地》第 330 期，2012 年 11 月；《2012 金瓶梅國際學術研討會論文集》，里仁書局 2013 年 4 月

3605. 從文本看《金瓶梅》的作者

梅節，《國文天地》第 330 期，2012 年 11 月；《2012 金瓶梅國際學術研討會論文集》，里仁書局 2013 年 4 月

3606. 《金瓶梅》「禮物」書寫初探

高桂惠，《國文天地》第 330 期，2012 年 11 月；《2012 金瓶梅國際學術研討會論文集》，里仁書局 2013 年 4 月

3607. 偷窺與竊聽——《金瓶梅》趣話之一

史小軍，《國文天地》第 330 期，2012 年 11 月

3608. 《金瓶梅》的女性人物書寫——以二「蓮」為例

黃錦珠，《國文天地》第 330 期，2012 年 11 月

3609. 古今第一淫婦？！——從父權凝視與身體權力談潘金蓮的情欲

劉淑娟，《國文天地》第 330 期，2012 年 11 月

3610. 《金瓶梅》春梅人物塑造得失談

程小青，《國文天地》第 330 期，2012 年 11 月；《2012 金瓶梅國際學術研討會論文集》，里仁書局 2013 年 4 月

3611. 和素與滿文譯本《金瓶梅》

王汝梅，《國文天地》第 330 期，2012 年 11 月

3612. 魚龍混雜——文化翻譯學與越南流傳的《金瓶梅》

阮南，《國文天地》第 330 期，2012 年 11 月；《2012 金瓶梅國際學術研討會論文集》，里仁書局 2013 年 4 月

3613. 第八屆國際（臺灣）《金瓶梅》研討會綜述

霍現俊，中國文學研究第 20 輯，復旦大學出版社 2012 年 12 月

3614. 法律與文學——《金瓶梅》古事今判

姚其壯，博雅教育學報，10 期，2012 年 12 月，頁 17-40

(十三)2013 年

3615. 潘金蓮是「民族英雄」？

思晨，雜文月刊，2013 年第 1 期

3616. 《金瓶梅詞話》所描寫的酒文化

呂祥華，名作欣賞，2013 年第 1 期

3617. 試析《金瓶梅詞話》中的武大郎形象
　　　劉璐，太原師範學院學報，2013 年第 1 期

3618. 《金瓶梅》的文化反思：因何經濟崛起而文化衰微
　　　許建平，東南大學學報，2013 年第 1 期

3619. 王忬「偽畫致禍」真偽考辨——以《清明上河圖》為中心
　　　許建平，中國文學研究，2013 年第 1 期

3620. 雙紅堂文庫藏彈詞本《金瓶梅》初探
　　　楊驥，古籍整理研究學刊，2013 年第 1 期

3621. 從世情小說《金瓶梅》看明代中後期官場
　　　李娟，大連海事大學學報，2013 年第 1 期

3622. 《續金瓶梅》孝哥故事的文化解讀
　　　張思，陝西理工學院學報，2013 年第 1 期

3623. 《蹴鞠圖》與《金瓶梅》
　　　黃小峰，藝術設計研究，2013 年第 1 期

3624. 《金瓶梅》主要女性婚戀生活觀淺探
　　　鍾筱佩，青年科學，2013 年第 1 期

3625. 「同而不同處有辨」——金聖歎與張竹坡評點比較研究
　　　鄧雷，東華理工大學學報，2013 年第 1 期

3626. 崇禎本《金瓶梅》回前詩詞來源補考
　　　龔霞，明清小說研究，2013 年第 1 期

3627. 《金瓶梅》喬大戶納義官考
　　　向靜，明清小說研究，2013 年第 1 期

3628. 清初丁耀亢戲曲思想簡論
　　　范秀君，江蘇廣播電視大學學報，2013 年第 1 期

3629. 閨閣風雲：淺論《金瓶梅》《紅樓夢》中的繼室
　　　付善明，紅樓夢學刊，2013 年第 1 期

3630. 《金瓶梅》杭州環境考
　　　譚蘭芳，中國文學研究，2013 年第 1 期

3631. 論《金瓶梅》人物語言個性化——從潘金蓮的罵語說開去
　　　李卓文，學術問題研究，2013 年第 1 期

3632. 論《金瓶梅詞話》中的時間副詞
　　　王繼青，德州學院學報，2013 年第 Z1 期

3633. 論《金瓶梅》中潘金蓮三種角色的轉換

尚福星、張進德，昆明學院學報，2013 年第 Z1 期

3634. 關於對《金瓶梅詞話》中貨幣和經濟問題的評述

周海闊，內蒙古金融研究，2013 年第 S1 期

3635. 《金瓶梅》《紅樓夢》合璧閱讀

王汝梅，光明日報·光明論壇，2013 年 1 月 7 日

3636. 建構魏子雲先生手稿資料典藏兼析往來書信

李壽菊，《2012 金瓶梅國際學術研討會論文集》，里仁書局 2013 年 4 月

3637. 20 世紀《金瓶梅》詮釋中的價值取向

王平、張明遠，《2012 金瓶梅國際學術研討會論文集》，里仁書局 2013 年 4 月

3638. 從詩詞韻文運用看《金瓶梅詞話》的民族性

張蕊青，《2012 金瓶梅國際學術研討會論文集》，里仁書局 2013 年 4 月

3639. 試論《金瓶梅》的諧謔藝術

張文德，《2012 金瓶梅國際學術研討會論文集》，里仁書局 2013 年 4 月

3640. 論《金瓶梅》中的偷窺與竊聽

史小軍，《2012 金瓶梅國際學術研討會論文集》，里仁書局 2013 年 4 月

3641. 論《金瓶梅》創作主體意識的價值及其影響

曾慶雨，《2012 金瓶梅國際學術研討會論文集》，里仁書局 2013 年 4 月

3642. 《金瓶梅》對晚明城市寺僧之物質生活寫照

陳玉女，《2012 金瓶梅國際學術研討會論文集》，里仁書局 2013 年 4 月

3643. 於詼諧處透露真信息──《金瓶梅詞話》引入《寶劍記》《抱妝盒》意圖新探

霍現俊，《2012 金瓶梅國際學術研討會論文集》，里仁書局 2013 年 4 月

3644. 一樣「世情」，兩樣「演義」──詞話本與說散本《金瓶梅》題旨比較

李志宏，《2012 金瓶梅國際學術研討會論文集》，里仁書局 2013 年 4 月

3645. 《金瓶梅詞話》與崇禎本《金瓶梅》敘事者之比較

徐志平，《2012 金瓶梅國際學術研討會論文集》，里仁書局 2013 年 4 月

3646. 張竹坡評點《金瓶梅》之史稗比較芻議

孫秋克，《2012 金瓶梅國際學術研討會論文集》，里仁書局 2013 年 4 月

3647. 《金瓶梅》評點論略

吳敢，《2012 金瓶梅國際學術研討會論文集》，里仁書局 2013 年 4 月

3648. 王忬「偽畫致禍」真偽考辨──以《清明上河圖》為中心

許建平，《2012 金瓶梅國際學術研討會論文集》，里仁書局 2013 年 4 月

3649. 明代帝諱與《新刻金瓶梅詞話》刊本的諱字問題——從帝諱角度對現存「萬曆本」刊刻版次及年代的梯次考證
    楊國玉，《2012 金瓶梅國際學術研討會論文集》，里仁書局 2013 年 4 月

3650. 也談《金瓶梅詞話》中的「不如不年下」
    張進德，《2012 金瓶梅國際學術研討會論文集》，里仁書局 2013 年 4 月

3651. 女丑的藝術——《金瓶梅》暨明清小說中姑婆形象析論
    朱嘉雯，《2012 金瓶梅國際學術研討會論文集》，里仁書局 2013 年 4 月

3652. 《金瓶梅》的女性人物及其處境：以二「蓮」為例
    黃錦珠，《2012 金瓶梅國際學術研討會論文集》，里仁書局 2013 年 4 月

3653. 父權凝視下的女性情欲——《金瓶梅》中潘金蓮之媚道再詮釋
    劉淑娟，《2012 金瓶梅國際學術研討會論文集》，里仁書局 2013 年 4 月

3654. 「虎中美女」與「紙虎兒」——封建婚姻制度下的潘金蓮
    石鐘揚，《2012 金瓶梅國際學術研討會論文集》，里仁書局 2013 年 4 月

3655. 《金瓶梅詞話》對《花影集》的借鑒——由陳經濟棲身晏公廟故事說起
    趙興勤，《2012 金瓶梅國際學術研討會論文集》，里仁書局 2013 年 4 月

3656. 從《西廂記》到《金瓶梅》——文風之轉變對豔情小說推展之關係試論
    謝明勳、謝文華，《2012 金瓶梅國際學術研討會論文集》，里仁書局 2013 年 4 月

3657. 演本還是讀本——從《金瓶梅詞話》看《西廂記》在萬曆時期的傳播型態
    楊緒容，《2012 金瓶梅國際學術研討會論文集》，里仁書局 2013 年 4 月

3658. 從張竹坡的「奇酸說」到李斗的《奇酸記》
    陳維昭，《2012 金瓶梅國際學術研討會論文集》，里仁書局 2013 年 4 月

3659. 原汁原味還是走味——論 Clement Egerton 與 David Roy 英譯《金瓶梅》中的鹹溼描寫
    鄭怡庭，《2012 金瓶梅國際學術研討會論文集》，里仁書局 2013 年 4 月

3660. 滿文譯本《金瓶梅》敘錄
    王汝梅，《2012 金瓶梅國際學術研討會論文集》，里仁書局 2013 年 4 月

3661. 《金瓶梅》的文化本位觀念與仇外話語的英譯
    洪濤，《2012 金瓶梅國際學術研討會論文集》，里仁書局 2013 年 4 月

3662. 《金瓶梅》韓文本的翻譯底本與翻譯現狀
    崔溶澈，《2012 金瓶梅國際學術研討會論文集》，里仁書局 2013 年 4 月

3663. 論《金瓶梅》及其續書之「秋千」意象運用
    胡衍南，《2012 金瓶梅國際學術研討會論文集》，里仁書局 2013 年 4 月

3664. 《續金瓶梅》的家國書寫——「李師師」的形象衍義及隱喻
　　傅想容，《2012 金瓶梅國際學術研討會論文集》，里仁書局 2013 年 4 月

3665. 從《金瓶梅》看明代女子服飾僭越現象
　　尹志紅，服飾導刊，2013 年第 2 期

3666. 《金瓶梅》中的男風情節解析
　　張國培，民辦高等教育研究，2013 年第 2 期

3667. 從《金瓶梅詞話》看《西廂記》在萬曆時期的演本形態
　　楊緒容，明清小說研究，2013 年第 2 期

3668. 崇禎本《金瓶梅》回前詩詞來源補考
　　龔霞，明清小說研究，2013 年第 2 期

3669. 滿文譯本《金瓶梅》敘錄（上篇）
　　王汝梅，現代語文，2013 年第 2 期

3670. 明清《金瓶梅》研究概論
　　吳敢，河南理工大學學報，2013 年第 2 期

3671. 《金瓶梅》「初刊」辨偽記略——從「大安本」說起
　　黃霖，河南理工大學學報，2013 年第 2 期

3672. 魯迅《金瓶梅》研究的成就與失誤
　　周鈞韜，河南理工大學學報，2013 年第 2 期

3673. 一代人有一代人之學術——從《紅學學案》到《金學學案》
　　高淮生，河南理工大學學報，2013 年第 2 期

3674. 儒道釋的淪化勢利欲的喧嘩——試論《金瓶梅》的宗教內涵與文學意蘊
　　魏丕植，寧夏社會科學，2013 年 2 期

3675. 論《續金瓶梅》中的遺民意識
　　張誇，北方文學，2013 年第 2 期

3676. 人性與獸性的糾結——光源氏與西門慶、賈寶玉比較研究
　　錢澄，閱江學刊，2013 年第 2 期

3677. 世之介與西門慶人物形象之比較
　　王玉華，北方文學，2013 年第 2 期

3678. 《如意君傳》與《金瓶梅》的人文意義
　　筱檣，文史雜誌，2013 年第 2 期

3679. 《金瓶梅詞話》中語氣詞「哩」的用法考察
　　呂文科，語文建設，2013 年第 2 期

3680. 曹雪芹考證的觀念與方向——兼及《金瓶梅》作者

歐陽健，文學與文化，2013 年第 2 期

3681. 淺析《金瓶梅》突出女性文學形象

札西普赤，小作家選刊，2013 年第 2 期

3682. 《金瓶梅》中「打發」一詞考

馮秀英，北方文學，2013 年第 2 期

3683. 商人西門慶

王志琴，中國新時代，2013 年第 2 期

3684. 論潘金蓮形象的文學接受

武小新，語文學刊，2013 年第 2 期

3685. 從譯者主體性的視角看厄傑頓《金瓶梅》英譯本

夏宜名，海外英語，2013 年第 2 期

3686. 《金瓶梅》喪葬描寫的多重功用淺探

李延年、邵麗光，現代語文，2013 年第 2 期

3687. 《金瓶梅》人名探析

葉曉慶，黑龍江教育學院學報，2013 年第 2 期

3688. 明清時期讀者與《金瓶梅》傳播關係探析

蔡亞平、程國賦，社會科學研究，2013 年第 2 期

3689. 《金瓶梅》中明代城市精神文化的書寫

陳靜宇、李文正，哈爾濱師範大學社會科學學報，2013 年第 2 期

3690. 景觀圖像與園林意匠——《金瓶梅》中的晚明園林藝術呈現

邰傑，設計藝術研究，2013 年第 2 期

3691. 《金瓶梅》在俄蘇的翻譯、傳播和研究

高玉海，俄羅斯文藝，2013 年第 2 期

3692. 從《金瓶梅》看明代後期白銀流通及購買力

張准，中國文學研究，2013 年第 2 期

3693. 圖說明代小說服飾之《金瓶梅》

擷芳主人，市場週刊，2013 年第 3 期

3694. 《金瓶梅詞話》與明清通俗類書中的〈別頭巾文〉比勘考

邢慧玲，洛陽師範學院學報，2013 年第 3 期

3695. 「牆」與牆兩邊的男男女女——略論中國古代小說戲曲愛情描寫中的「牆」意象

石麟，內江師範學院學報，2013 年第 3 期

3696. 論「四大奇書」之雙向「互文」及其文本意義
　　　李桂奎，吉林大學社會科學學報，2013 年第 3 期

3697. 叔本華意志論與《金瓶梅》人物形象初探
　　　樊藍燕，運城學院學報，2013 年第 3 期

3698. 淺析《金瓶梅》南曲的保存價值
　　　佴世鳳，課外閱讀，2013 年第 3 期

3699. 《金瓶梅》中的娼妓與俗曲
　　　鍾筱佩，北方文學，2013 年第 3 期

3700. 丁耀亢《出劫紀略》的史料價值
　　　劉家忠，蘭臺世界，2013 年第 3 期

3701. 清初丁耀亢惠安之行考論
　　　范秀君，漳州師範學院學報，2013 年第 3 期

3702. 「一路屍屍閃閃如草蛇灰線」——論張竹坡對「草蛇灰線」之理論貢獻
　　　農美芬，安徽文學，2013 年第 3 期

3703. 《金瓶梅》評點綜論
　　　吳敢，明清小說研究，2013 年第 3 期

3704. 《金瓶梅》女子改嫁財產繼承問題初探——以孟玉樓、李瓶兒為例
　　　祝慶科、張進德，明清小說研究，2013 年第 3 期

3705. 《金瓶梅》文化價值論
　　　許建平，明清小說研究，2013 年第 3 期

3706. 第九屆（五蓮）國際《金瓶梅》研討會綜述
　　　霍現俊、張國培，明清小說研究，2013 年第 3 期

3707. 談《水滸傳》《金瓶梅》中的武松形象
　　　魏文哲，明清小說研究，2013 年第 3 期

3708. 考辨張竹坡家世生平，撰述《金瓶梅》研究史長編——吳敢金學研究綜論
　　　高淮生，河南理工大學學報，2013 年第 3 期

3709. 《金瓶梅》崇禎本評語中的「世情畫卷」——「評語」研究之二
　　　侯忠義，河南理工大學學報，2013 年第 3 期

3710. 《金瓶梅詞話》詞語羨餘現象研究
　　　李申、陳超，河南理工大學學報，2013 年第 3 期

3711. 我，蘭陵笑笑生
　　　楊煉，書城，2013 年第 3 期

3712. 借音字對回歸名著文本的重大價值
    王夕河，河南理工大學學報，2013 年第 4 期

3713. 社會意識形態與文學翻譯轉換策略——對《金瓶梅》兩個英譯本的描述性對比研究
    夏宜名，海外英語，2013 年第 4 期

3714. 探究福樓拜與施耐庵女性觀的差異——愛瑪與潘金蓮悲劇命運比較
    王卉，新聞世界，2013 年第 4 期

3715. 從武松殺嫂看《金瓶梅》中武松形象的顛覆
    李麗華，太原師範學院學報，2013 年第 4 期

3716. 由《金瓶梅》領略晚明女性生育民俗
    宋運娜、王明政，甘肅高師學報，2013 年第 4 期

3717. 慕寧校本《金瓶梅詞話》第 41 回至第 60 回補校
    劉敬林、吳義江，安慶師範學院學報，2013 年第 4 期

3718. 《金瓶梅》與明代器物設計
    許大海、王佳，齊魯藝苑，2013 年第 4 期

3719. 論明代新思潮與世情小說《金瓶梅》
    李娟，太原理工大學學報，2013 年第 4 期

3720. 《金瓶梅詞話》「老」的詞綴研究
    蔣瑩，山西大同大學學報，2013 年第 4 期

3721. 一場恒久的戰爭——由《金瓶梅》中的兩性關係想到
    厲霞、牛曉慶，文學教育，2013 年第 4 期

3722. 金聖歎與張竹坡評點比較研究——以《水滸傳》《金瓶梅》重疊部分為例
    鄧雷、許勇強，樂山師範學院學報，2013 年第 4 期

3723. 吳月娘與王熙鳳形象異同探究
    郭林林，忻州師範學院學報，2013 年第 4 期

3724. 中日性別史視閾下的《源氏物語》新解——評錢澄新著《從西門慶到賈寶玉——《源氏物語》探析》
    趙秀麗，閩江學刊，2013 年第 4 期

3725. 也說崇禎本評語中的潘金蓮形象——兼與侯忠義先生商榷
    程建忠，成都大學學報，2013 年第 4 期

3726. 我刊主編張燕萍出席第九屆國際《金瓶梅》學術研討會
    河南教育學院學報，2013 年第 4 期

3727. 秋水堂主的《金瓶梅》學思論——美國中國古代小說研究系列之一

王思豪，明清小說研究，2013 年第 4 期

3728. 《金瓶梅詞話》中的文士治生

徐永斌，南開學報，2013 年第 5 期

3729. 《金瓶梅》「身體狂歡」描寫的深層解讀

胡吉星、孫吉，江西教育學院學報，2013 年第 5 期

3730. 明清山東方言語法研究

山東社會科學，2013 年第 5 期

3731. 論《金瓶梅》中潘金蓮與潘姥姥的母女關係

寧莉莉、王傳明，工會論壇（山東省工會管理幹部學院學報），2013 年第 5 期

3732. 古今第一幫閒——論《金瓶梅》中應伯爵

康馨，西江月，2013 年第 5 期

3733. 對舞劇《金瓶梅》在大陸曖昧死亡的思考

吳文君、伍孝彬，文藝生活文藝理論，2013 年第 5 期

3734. 《金瓶梅》出現的歷史動因與文本價值探究

程海權，梧州學院學報，2013 年第 5 期

3735. 《金瓶梅》對古典詩詞意境利用的具體性與顛覆性

白瑛珠，北方文學，2013 年第 5 期

3736. 論張竹坡《金瓶梅》評點中的「情理」

王楠，瀋陽師範大學學報，2013 年第 5 期

3737. 從《金瓶梅》《紅樓夢》等看宋元明清漢語「洗滌」語義場

閻春慧，陰山學刊，2013 年第 5 期

3738. 簡論《金瓶梅》評點的美學價值

賀根民，克拉瑪依學刊，2013 年第 5 期

3739. 左右逢源無限意——論《金瓶梅》中西門慶的人際關係

田茉雲，岳陽職業技術學院學報，2013 年第 5 期

3740. 《金瓶梅詞話》中泰州方言通假考

高菁菁，新疆師範大學學報，2013 年第 5 期

3741. 同情少識潘金蓮

閻連科，讀書文摘，2013 年第 5 期

3742. 古代文學教學中利用教材培養學生科研能力的探討——以《金瓶梅》性描寫問題為例

何水英，寧波教育學院學報，2013 年第 5 期

3743. 《金瓶梅》與《紅樓夢》對《西廂記》人物形象的接受差異

趙婕，淮海工學院學報，2013 年第 6 期

3744. 明代金瓶梅故事紋箱座書櫥鑒賞

朱寶力，傢俱與室內裝飾，2013 年第 6 期

3745. 論《金瓶梅》中的妓女形象

王映霞，長城，2013 年第 6 期

3746. 睜大瞳孔找出《金瓶梅》的藝術——讀書劄記

甯宗一，河南教育學院學報，2013 年第 6 期

3747. 淺談《金瓶梅》中的審美標準對中國古典美學的顛覆

王震堃，南北橋，2013 年第 6 期

3748. 四大奇書中「上元節」民俗文化析論

劉衍青，西北師大學報，201 年第 6 期

3749. 天津圖書館藏《金瓶梅》崇禎本探微

王汝梅，河南教育學院學報，2013 年第 6 期

3750. 西門慶與宋江誰更黑？

淚痕，各界，2013 年第 6 期

3751. 《金瓶梅》詞語雜釋

都興宙，寧波大學學報，2013 年第 6 期

3752. 從《金瓶梅》看明代城市物質文化的發展

陳靜宇、張明閣，南昌教育學院學報，2013 年第 6 期

3753. 探析《金瓶梅》中鞋物件的藝術功能

劉鵬，襄陽職業技術學院學報，2013 年第 6 期

3754. 文龍《金瓶梅》批評思想研究

王輝斌，四川文理學院學報，2013 年第 6 期

3755. 性格決定命運——淺談潘金蓮性格的悲劇性

堯鳳，青春歲月，2013 年第 9 期

3756. 鄭振鐸《金瓶梅》研究的成就與失誤

周鈞韜，內江師範學院學報，2013 年第 9 期

3757. 《金瓶梅》《紅樓夢》中的「美人之死」

潘建國，文史知識，2013 年第 11 期

3758. 美學者 40 年譯完《金瓶梅》

中國總會計師，2013 年第 11 期

3759. 《金瓶梅》評點的新範式

甯宗一，書城，2013 年第 12 期；中華讀書報，2013 年 9 月 18 日

3760.《金瓶梅》諷刺筆法中的冷熱對書——透視李瓶兒、西門慶、潘金蓮的死亡悲劇
　　　寶苗，黑河學刊，2013 年第 12 期

3761.《金瓶梅》中白描修辭的倫理闡釋
　　　王召妍，畢節學院學報，2013 年第 12 期

3762. 商人可能遠離政治嗎？——從西門慶談起
　　　廖保平，同舟共進，2013 年第 12 期

3763. 李瓶兒的「矛盾」性格原因探析
　　　劉玄，現代語文，2013 年第 12 期

3764. 從《金瓶梅》看明朝房價
　　　葉輕馳，龍門陣，2013 年第 12 期

3765. 絕境中的天使——梅布爾與潘金蓮之比較
　　　雲得煜，芒種，2013 年第 13 期

3766. 劉心武認為《金瓶梅》屬於全人類
　　　語文教學與研究，2013 年第 14 期

3767.《金瓶梅》與晚明鞋履服飾史（之一）
　　　周祥，西部皮革，2013 年第 15 期

3768. 奧賽羅殺妻和潘金蓮殺夫中的相似之處
　　　馮鈴，西江月，2013 年第 15 期

3769. 誕生於明代的四大名著
　　　當年明月，中外文摘，2013 年第 16 期

3770.《金瓶梅》與晚明鞋履服飾史（之二）
　　　周祥，西部皮革，2013 年第 17 期

3771.《金瓶梅》與晚明鞋履服飾史（之三）
　　　周祥，西部皮革，2013 年第 19 期

3772. 戴著鐐銬的舞蹈——對潘金蓮的另一種解讀
　　　班業新，名作欣賞，2013 年第 21 期

3773. 假如潘金蓮生活在網路時代
　　　屈默，婚育與健康，2013 年第 21 期

3774. 論《金瓶梅》中潘金蓮的悲劇人生
　　　吳敏燕，名作欣賞，2013 年第 29 期

3775.「壯膽」「色媒」和「添美」——試論「酒」在《水滸傳》《金瓶梅》和《紅樓夢》

中不同的主要功能

李夢圓，西江月，2013 年第 29 期

3776. 《金瓶梅》中龐春梅的角色分析

汪旭，短篇小說，2013 年第 30 期

3777. 論《金瓶梅》中的百業興旺

朱全福，名作欣賞，2013 年第 32 期

3778. 潘金蓮的座位

李開周，政府法制，2013 年第 33 期

3779. 《金瓶梅詞話》曲辭與人物情思的藝術效能

林佩均，東吳中文研究集刊，第 19 期，2013 年 10 月，頁 89-113

3780. 第九屆國際《金瓶梅》會學術研討會歡迎詞

馬強，《金瓶梅文化研究》第六輯（一名《金瓶梅與五蓮——第九屆（五蓮）國際

《金瓶梅》學術研討會論文集》，下同），中國文史出版社 2013 年 12 月

3781. 第九屆國際《金瓶梅》會學術研討會開幕詞

黃霖，《金瓶梅文化研究》第六輯，中國文史出版社 2013 年 12 月

3782. 金學萬歲——第九屆國際《金瓶梅》學術討論會學術總結

吳敢，《金瓶梅文化研究》第六輯，中國文史出版社 2013 年 12 月

3783. 《金瓶梅》「初刊」辨偽略記——從「大安本」說起

黃霖，《金瓶梅文化研究》第六輯，中國文史出版社 2013 年 12 月

3784. 讀天津圖書館藏《金瓶梅》崇禎本劄記

王汝梅，《金瓶梅文化研究》第六輯，中國文史出版社 2013 年 12 月

3785. 《金瓶梅》崇禎本系統東京大學藏本文本數字化比對研究

周文業，《金瓶梅文化研究》第六輯，中國文史出版社 2013 年 12 月

3786. 《金瓶梅》詞話本、崇禎本性描寫比較研究——以第 72 回到 79 回為中心

胡衍南，《金瓶梅文化研究》第六輯，中國文史出版社 2013 年 12 月

3787. 新見《金瓶梅》抄引明文言小說素材考略——兼談周禮《秉燭清談》《湖海奇聞》

的佚文

楊國玉，《金瓶梅文化研究》第六輯，中國文史出版社 2013 年 12 月

3788. 關於《金瓶梅》作者：明代人都說過些什麼？——明人傳聞中的《金瓶梅》作者聚焦

葉桂桐、葉茜，《金瓶梅文化研究》第六輯，中國文史出版社 2013 年 12 月

3789. 關於「《金瓶梅》作者丁惟寧說」的幾點思考

王平，《金瓶梅文化研究》第六輯，中國文史出版社 2013 年 12 月

3790. 丁惟寧、丁耀亢父子創作《金瓶梅》和《續金瓶梅》說的藝術闡釋
張弦生，《金瓶梅文化研究》第六輯，中國文史出版社 2013 年 12 月

3791. 《金瓶梅詞話》透露出作者與補定者的信息
盛鴻郎，《金瓶梅文化研究》第六輯，中國文史出版社 2013 年 12 月

3792. 諸城丁氏與江南文士的交遊及《金瓶梅》的付梓問世
張清吉，《金瓶梅文化研究》第六輯，中國文史出版社 2013 年 12 月

3793. 關於《金瓶梅》作者「趙南星說」的一點探索
陳金鎖，《金瓶梅文化研究》第六輯，中國文史出版社 2013 年 12 月

3794. 徐渭與「蘭陵笑笑生」文獻考略
邢慧玲，《金瓶梅文化研究》第六輯，中國文史出版社 2013 年 12 月

3795. 睜大瞳孔找出《金瓶梅》的藝術——讀書劄記
甯宗一，《金瓶梅文化研究》第六輯，中國文史出版社 2013 年 12 月

3796. 試論《金瓶梅詞話》「說書體」問題的爭議
董國炎，《金瓶梅文化研究》第六輯，中國文史出版社 2013 年 12 月

3797. 情節模式的承繼與改造——論《金瓶梅》中的常時節故事與韓小窗〈得鈔傲妻〉的改編
趙興勤，《金瓶梅文化研究》第六輯，中國文史出版社 2013 年 12 月

3798. 唯女子與小人為難養也——論《金瓶梅詞話》敘事生成的意識形態
李志宏，《金瓶梅文化研究》第六輯，中國文史出版社 2013 年 12 月

3799. 《金瓶梅》史書敘事特點芻議
周遠斌，《金瓶梅文化研究》第六輯，中國文史出版社 2013 年 12 月

3800. 《金瓶梅》意境的數理構設方式及其內隱特徵
康建強，《金瓶梅文化研究》第六輯，中國文史出版社 2013 年 12 月

3801. 傳承與超越——論《金瓶梅》的擬話本品性及其敘事
付善明，《金瓶梅文化研究》第六輯，中國文史出版社 2013 年 12 月

3802. 論《金瓶梅》中的男風情節及其功用
張國培，《金瓶梅文化研究》第六輯，中國文史出版社 2013 年 12 月

3803. 張竹坡《金瓶梅》評點的繪畫之思
賀根民，《金瓶梅文化研究》第六輯，中國文史出版社 2013 年 12 月

3804. 愛的奉獻與妾的地位——封建妾媵制度下的潘金蓮
石鐘揚，《金瓶梅文化研究》第六輯，中國文史出版社 2013 年 12 月

3805. 論潘金蓮

范麗敏、劉芸、寧秀麗，《金瓶梅文化研究》第六輯，中國文史出版社 2013 年 12 月

3806. 《金瓶梅》：女人的悲慘世界

程小青，《金瓶梅文化研究》第六輯，中國文史出版社 2013 年 12 月

3807. 淺談新時代對潘金蓮形象的顛覆性詮釋

張明遠，《金瓶梅文化研究》第六輯，中國文史出版社 2013 年 12 月

3808. 淺論潘金蓮三種角色的轉換

尚福星，《金瓶梅文化研究》第六輯，中國文史出版社 2013 年 12 月

3809. 愛缺失下的絕望反抗——淺析潘金蓮的悲劇命運

張豔新，《金瓶梅文化研究》第六輯，中國文史出版社 2013 年 12 月

3810. 談《水滸傳》《金瓶梅》中的武松形象

魏文哲，《金瓶梅文化研究》第六輯，中國文史出版社 2013 年 12 月

3811. 崇禎本評語中的「世情畫卷」——「評語」研究之二

侯忠義，《金瓶梅文化研究》第六輯，中國文史出版社 2013 年 12 月

3812. 《金瓶梅》文化價值論

許建平，《金瓶梅文化研究》第六輯，中國文史出版社 2013 年 12 月

3813. 《金瓶梅詞話》劄記二則

霍現俊，《金瓶梅文化研究》第六輯，中國文史出版社 2013 年 12 月

3814. 陽明心學與《金瓶梅》中的士商關係

胡金望、莊丹，《金瓶梅文化研究》第六輯，中國文史出版社 2013 年 12 月

3815. 《金瓶梅詞話》中的文士治生

徐永斌，《金瓶梅文化研究》第六輯，中國文史出版社 2013 年 12 月

3816. 試借《道德經》之思解《金瓶梅》之殤

鞠小勇，《金瓶梅文化研究》第六輯，中國文史出版社 2013 年 12 月

3817. 《金瓶梅》：一場身體狂歡的大戲

胡吉星，《金瓶梅文化研究》第六輯，中國文史出版社 2013 年 12 月

3818. 明代社會的風俗畫卷——《金瓶梅詞話》中的賦及其社會文化意義

雷勇、蘇騰，《金瓶梅文化研究》第六輯，中國文史出版社 2013 年 12 月

3819. 《金瓶梅》女子改嫁繼承財產問題初探——以孟玉樓、李瓶兒為例

張進德、祝慶科，《金瓶梅文化研究》第六輯，中國文史出版社 2013 年 12 月

3820. 亦愛亦恨說典當——《金瓶梅》與典當習俗

王祥林，《金瓶梅文化研究》第六輯，中國文史出版社 2013 年 12 月

3821. 試論《金瓶梅》中的收繼婚問題

張同勝，《金瓶梅文化研究》第六輯，中國文史出版社 2013 年 12 月

3822. 論《金瓶梅》中婚姻描寫的宋代鏡像

孫超，《金瓶梅文化研究》第六輯，中國文史出版社 2013 年 12 月

3823. 頭上功夫，頂上風流──金瓶梅中的鬆髻

黃強，《金瓶梅文化研究》第六輯，中國文史出版社 2013 年 12 月

3824. 試論《金瓶梅》蘭陵菊花酒與嶧縣民俗及中醫藥文化

朱文元，《金瓶梅文化研究》第六輯，中國文史出版社 2013 年 12 月

3825. 試論《金瓶梅》中的巫術現象

王永莉，《金瓶梅文化研究》第六輯，中國文史出版社 2013 年 12 月

3826. 《金瓶梅》中的淫器書寫

徐雅貴，《金瓶梅文化研究》第六輯，中國文史出版社 2013 年 12 月

3827. 西門慶宅院的建築空間結構

李輝，《金瓶梅文化研究》第六輯，中國文史出版社 2013 年 12 月

3828. 明清《金瓶梅》研究概論

吳敢，《金瓶梅文化研究》第六輯，中國文史出版社 2013 年 12 月

3829. 魯迅《金瓶梅》研究的成就與失誤

周鈞韜，《金瓶梅文化研究》第六輯，中國文史出版社 2013 年 12 月

3830. 「笑學」「曹學」的觀念與方向

歐陽健，《金瓶梅文化研究》第六輯，中國文史出版社 2013 年 12 月

3831. 一代人有一代人之學術──從《紅學學案》到《金學學案》

高淮生，《金瓶梅文化研究》第六輯，中國文史出版社 2013 年 12 月

3832. 從「小說」到《金瓶梅》──中國小說的近代轉型與成熟

王增斌，《金瓶梅文化研究》第六輯，中國文史出版社 2013 年 12 月

3833. 理解與慈悲──秋水堂主的《金瓶梅》學思論

王思豪，《金瓶梅文化研究》第六輯，中國文史出版社 2013 年 12 月

3834. 「梅」開「瓶」外淯香臭，「金」圍「塔」內賞孤芳──《金瓶梅》研究中的一個問題

馮子禮，《金瓶梅文化研究》第六輯，中國文史出版社 2013 年 12 月

3835. 美國《金瓶梅》研究的歷史與現狀

張義宏、杜改俊，《金瓶梅文化研究》第六輯，中國文史出版社 2013 年 12 月

3836. 《紅樓夢》是《金瓶梅》之「反模仿」和「倒影」論

杜貴晨，《金瓶梅文化研究》第六輯，中國文史出版社 2013 年 12 月

3837. 人情小說的雜語現象——從《金瓶梅》到《躋春臺》
　　徐志平，《金瓶梅文化研究》第六輯，中國文史出版社 2013 年 12 月
3838. 清河綺情與布拉格之戀——比較文學和現代文論視野下的《金瓶梅》
　　譚楚子，《金瓶梅文化研究》第六輯，中國文史出版社 2013 年 12 月
3839. 從《金瓶梅》到《醒世姻緣傳》：晚明性別話語的變遷初談
　　陳國學，《金瓶梅文化研究》第六輯，中國文史出版社 2013 年 12 月
3840. 《金瓶梅》評論中的作品比較現象芻議
　　李娟娟，《金瓶梅文化研究》第六輯，中國文史出版社 2013 年 12 月
3841. 《金瓶梅詞話》與《太函集》比較探究
　　苟洞，《金瓶梅文化研究》第六輯，中國文史出版社 2013 年 12 月
3842. 《金瓶梅》語言三題
　　孟昭連，《金瓶梅文化研究》第六輯，中國文史出版社 2013 年 12 月
3843. 《金瓶梅》典型五蓮方言解析
　　張傳生，《金瓶梅文化研究》第六輯，中國文史出版社 2013 年 12 月
3844. 《金瓶梅》方言辨釋（一）
　　許超，《金瓶梅文化研究》第六輯，中國文史出版社 2013 年 12 月
3845. 《金瓶梅詞話》中的吳音字
　　褚半農，《金瓶梅文化研究》第六輯，中國文史出版社 2013 年 12 月
3846. 「虛簀」訓釋商榷
　　李申、廖麗珠，《金瓶梅文化研究》第六輯，中國文史出版社 2013 年 12 月
3847. 《金瓶梅》十題
　　甘振波，《金瓶梅文化研究》第六輯，中國文史出版社 2013 年 12 月
3848. 《金瓶梅》子弟書的母題接受與滿漢文化交流
　　王立、雷會生，《金瓶梅文化研究》第六輯，中國文史出版社 2013 年 12 月
3849. 論《金瓶梅》現象的文化背景
　　董佳蘭，《金瓶梅文化研究》第六輯，中國文史出版社 2013 年 12 月
3850. 《金瓶梅》性愛描寫的典型意義
　　張廷興，《金瓶梅文化研究》第六輯，中國文史出版社 2013 年 12 月
3851. 文化「軟實力」與大中華文庫本《金瓶梅》
　　洪濤，《金瓶梅文化研究》第六輯，中國文史出版社 2013 年 12 月
3852. 博大精深細巧的《金瓶梅》文化——關於「火不思」（胡博詞 QOBUZ）的英文翻
　　譯和「威妥瑪式」（WADE SYSTEM）拼音法

　　高振中，《金瓶梅文化研究》第六輯，中國文史出版社 2013 年 12 月

3853.應伯爵的笑話

　　王光福，《金瓶梅文化研究》第六輯，中國文史出版社 2013 年 12 月

3854.從《金瓶梅》看明代城市手工藝製作的水準及其商業化

　　齊慧源，《金瓶梅文化研究》第六輯，中國文史出版社 2013 年 12 月

3855.以《金瓶梅》中之真正明朝歷史恢復中華漢族文化——有質感的重新包裝金瓶梅中
　　的漢族文化，再出發

　　陳靖騰，《金瓶梅文化研究》第六輯，中國文史出版社 2013 年 12 月

3856.《金瓶梅》的易學淵源

　　樊慶彥、劉佳，《金瓶梅文化研究》第六輯，中國文史出版社 2013 年 12 月

3857.論清代《金瓶梅》故事在民間戲曲藝術傳播中的兩種演繹現象

　　曾慶雨，《金瓶梅文化研究》第六輯，中國文史出版社 2013 年 12 月

3858.《金瓶梅》中的羊角珍燈考

　　孫秋克，《金瓶梅文化研究》第六輯，中國文史出版社 2013 年 12 月

3859.丁耀亢《西湖扇》的宋娟真偽考

　　劉洪強，《金瓶梅文化研究》第六輯，中國文史出版社 2013 年 12 月

3860.第九屆（五蓮）國際《金瓶梅》研討會綜述

　　霍現俊、張國培，《金瓶梅文化研究》第六輯，中國文史出版社 2013 年 12 月

國家圖書館出版品預行編目資料

金學索引（上編）

吳敢編著.－初版.－臺北市：臺灣學生，2015.06
面；公分（金學叢書第2輯；第29冊）

ISBN 978-957-15-1678-3 (精裝)

1. 金瓶梅 2. 研究考訂

857.48021   104008107

金學索引（上編）

編 著 者：吳　　　　　　　　　　　敢
主　　編：吳 敢 、 胡 衍 南 、 霍 現 俊
出 版 者：臺 灣 學 生 書 局 有 限 公 司
發 行 人：楊　　　　　雲　　　　　龍
發 行 所：臺 灣 學 生 書 局 有 限 公 司
　　　　　臺北市和平東路一段七十五巷十一號
　　　　　郵 政 劃 撥 帳 號 ： 0 0 0 2 4 6 6 8
　　　　　電 話 ： (0 2) 2 3 9 2 8 1 8 5
　　　　　傳 眞 ： (0 2) 2 3 9 2 8 1 0 5
　　　　　E-mail：student.book@msa.hinet.net
　　　　　http://www.studentbook.com.tw

定價：精裝 30 冊不分售
　　　新臺幣 45000 元

二 ○ 一 五 年 六 月 初 版

金學叢書 第二輯

❶ 徐朔方 孫秋克 《金瓶梅》研究精選集

❷ 甯宗一《金瓶梅》研究精選集

❸ 傅憎享 楊國玉 《金瓶梅》研究精選集

❹ 周中明《金瓶梅》研究精選集

❺ 王汝梅《金瓶梅》研究精選集

❻ 劉輝《金瓶梅》研究精選集

❼ 張遠芬《金瓶梅》研究精選集

❽ 周鈞韜《金瓶梅》研究精選集

❾ 魯歌《金瓶梅》研究精選集

❿ 馮子禮《金瓶梅》研究精選集

⓫ 黃霖《金瓶梅》研究精選集

⓬ 吳敢《金瓶梅》研究精選集

⓭ 葉桂桐《金瓶梅》研究精選集

⓮ 張鴻魁《金瓶梅》研究精選集

⓯ 陳昌恆《金瓶梅》研究精選集

⓰ 石鐘揚《金瓶梅》研究精選集

⓱ 王平 趙興勤 《金瓶梅》研究精選集

⓲ 李時人《金瓶梅》研究精選集

⓳ 孟昭連《金瓶梅》研究精選集

⓴ 陳東有《金瓶梅》研究精選集

㉑ 卜鍵《金瓶梅》研究精選集

㉒ 何香久《金瓶梅》研究精選集

㉓ 許建平《金瓶梅》研究精選集

㉔ 張進德《金瓶梅》研究精選集

㉕ 霍現俊《金瓶梅》研究精選集

㉖ 曾慶雨《金瓶梅》研究精選集

㉗ 潘承玉《金瓶梅》研究精選集

㉘ 洪濤《金瓶梅》研究精選集

㉙ 金學索引（上編）──吳敢編著

㉚ 金學索引（下編）──吳敢編著